大 学 问

始 于 问 而 终 于 明

王向远（1962— ），山东人，
现任广东外语外贸大学东方学研究院教授、博士生导师，
东方学、译学、比较文学学者，日本文学翻译家。

治学以东方（亚洲）区域研究为主，著述涉及文学、史学、美学、译学等领域，初步建构了"宏观比较文学""译文学""东方学"三个学科范型及理论体系。

已发表学术论文 320 余篇，出版专著 20 多种、译著 30 多种，著译总字数 1000 万字。著作结集有：《王向远著作集》（全 10 卷，2007 年），《王向远教授学术论文选集》（全 10 卷，繁体字版，2017 年），《王向远文学史书系》（7 种，2021 年），《王向远比较文学三论》（3 种，2020–2022 年），《王向远译学四书》（4 种，2022 年）等。

比较文学
系谱学

王向远

——

著

GUANGXI NORMAL UNIVERSITY PRESS

广西师范大学出版社

·桂林·

比较文学系谱学
BIJIAOWENXUE XIPU XUE

责任编辑：赵　艳
营销编辑：蒋正春
责任技编：伍先林
书籍设计：阳玳玮［广大迅风艺术🦢］

图书在版编目（CIP）数据

比较文学系谱学／王向远著. --桂林：广西师范
大学出版社，2022.2
　（王向远比较文学三论）
　ISBN 978-7-5598-4299-2

　Ⅰ．①比… Ⅱ．①王… Ⅲ．①比较文学－文学
研究 Ⅳ．①I0-03

中国版本图书馆 CIP 数据核字（2021）第 195444 号

广西师范大学出版社出版发行
（广西桂林市五里店路 9 号　邮政编码：541004）
（网址：http://www.bbtpress.com）
出版人：黄轩庄
全国新华书店经销
广西广大印务有限责任公司印刷
（桂林市临桂区秧塘工业园西城大道北侧广西师范大学出版社
集团有限公司创意产业园内　邮政编码：541199）
开本：880 mm × 1 240 mm　1/32
印张：11.375　　字数：260 千
2022 年 2 月第 1 版　　2022 年 2 月第 1 次印刷
定价：68.00 元

序

谢天振 [1]

从某种意义上而言，我与向远教授的关系有点"奇妙"。我们俩见面畅谈的次数极其有限，通信包括电子邮件的往来次数也是屈指可数，但我们的学术研究志趣却出奇地相投：我对文学翻译和翻译文学的思考和探索在他那里得到了强烈的共鸣，并结出极其丰硕的成果，他的《二十世纪中国的日本文学翻译史》（新版改题《日本文学汉译史》）、《翻译文学导论》和《中国文学翻译九大论争》等著作，极大地丰富、深化了我对译介学理论的探讨，并从文学史研究与理论建构的角度给予了有力的呼应与支持。而向远教授对比较文学学科理论及学术史的独具个性的思考和研究，如《比较文学学科新论》《中国比较文学研究二十年》《中国比较文学百年史》《宏观比

---

[1] 谢天振（1944—2020），比较文学与翻译理论家，"译介学"理论的创始者。

较文学讲演录》等著作中的观点，也一直吸引着我的密切注意，并同样引发我的共鸣，且令我获得许多有益的启迪。

经过近三十年的努力，以"概论""原理""教程"为模式的比较文学学科理论建构与研究，在我国已经相当可观了，寻求创新点也变得越来越困难。几年前曾有一家出版社找到我，希望我能单独撰写一本《比较文学概论》，我稍一考虑便婉言谢绝，因为当时国内已经出版了数十本比较文学概论类的著作和教材，在这种情况下我再写一本"概论"，实在没有必要，特别是我自感没有本事在写"概论"时有什么突破和创新。但与此同时，我仍然认为，如果我们不是一窝蜂地去重复编写那些大同小异的"概论""教程"之类，而是认真分析学科理论建构与研究方面的缺漏与需要，是可以发现新选题，并有所作为的。当然，具体究竟该如何作为、从哪些方面去作为，我自己还没有想清楚。

这次收到向远教授寄来的《比较文学系谱学》书稿的打印稿，接着又收到了该书的电子版修正稿，断断续续抽空看完了书稿的全文，感到非常兴奋和欣慰。我觉得这样的书正是我们所期待的选题新颖、有意义有价值的著作，是我们比较文学学科理论建设所需要的。近三十年来，我国出版了数以百计、甚至接近上千种比较文学著述，而从系谱学建构的角度对比较文学学术理论史进行如此全面、系统、深入地梳理、整理和研究的著作却还没有。在国外，类似的著作我们也未见到。《比较文学系谱学》的出现，又一次表明我国学者在比较文学研究及比较文学学术理论研究方面，已经相当程度地超越了对西方学术的追随与模仿，而站在了世界学术前沿，也显示了中国学者对世界比较文学学术理论加以总体把握和阐释的学术责任感。而只有对世界范围内的比较文学学科理论思想的来龙去脉有了切实的清晰的把握，我们才可能对比较文学学科的内涵和性质有更深切的了解，才可能明白中国比较文学应如何定向、定位。从这个意义上而言，《比较文学系谱学》一书的学术价值也就不言而喻了。

《比较文学系谱学》中的"系谱学"这个词，容易使人联想起福柯所说的"系谱学"，但其实向远教授的这本著作与它没有直接关系。正如他在本书"后记"里所言，他之所以使用"系谱学"一词，完全是基于"系谱学"这一汉语语词本身所能显示的基本涵义，"也就是对比较文学学术理论史加以系统的梳理、整理与研究的意思"。他还进一步说明：《比较文学系谱学》是要"对比较文学的学术（学科）理论起源、发展、演变加以系统的研究、评述，寻索比较文学学科理论的发展演进的内在逻辑，对学术理论史上的一些重要人物、重要著述、重要理论观点与学术现象做出独特的解读与阐释，为比较文学学科建立一个理论谱系，并且在世界比较文学学科发展史的大背景下，对1980年以来的中国比较文学加以定性和定位"。《比较文学系谱学》显然实现了这样的写作宗旨。一般而言，通史、通论、概观性的著作容易流于空泛，但眼前这本《比较文学系谱学》选题范围虽然很大（世界范围），理论焦点却很凝练；时间跨度虽然很长（从古到今），但时段的切分却很紧凑。向远教授在刚出版的《宏观比较文学讲演录》的"前言"曾写道："真正有价值的'宏观研究'需要大量的'微观研究'的支撑，而不能一味玩弄抽象的概念与范畴。更重要的是，真正有价值的宏观研究决不能因论题宏大而流于泛泛而论，而是一定要有宏观把握力与理论概括力。这样的宏观研究本身就很可能成为富有独创性的理论形态。"在本书中，也明显贯穿了这样的写作理念。

从纵向的历史梳理与横向的比较分析两个方面看,《比较文学系谱学》都可谓新意迭现,让人耳目一新。其创新之处,首先在于全书的理论架构。作者以清晰明快、富有新意的结构布局,为读者提供了一幅比较文学学科理论思想发展史的全景图。

《比较文学系谱学》对比较文学学科理论发展史的阶段划分上,舍弃了此前较多采用的"史前史""形成史"和"发展史"之类的表述,而分别重新命名为"历史积淀期""学科先声期"和"学科化阶段",这显然更符合比较文学学术理论自身的实际。全书共分七章,以言简意赅的词组,即"历史积淀""学科先声""学科基础""学科成立""学科更新""学术东渐"和"跨文化诗学",分别作为各章名称的核心词,并以此统领全书,为读者勾勒出了一条比较文学学科理论思想从发生、确立、更新、东渐到在中国蓬勃兴起的脉络与系谱。在这一系谱中,"历史积淀"期的"朴素的文学比较"的发生是错落的、多起源的,甚至古代亚洲国家的"朴素的文学比较",较欧洲更为普遍和发达。但到了第二阶段,近代欧洲则由于"世界文学"观念的形成,而较早出现了"比较文学批评"这样一种形态,成为学科成立的"先声"。接着是在哲学、史学、文化人类学等相关学科的研究的成果与研究方法影响下,比较文学进入了学术系谱上的第三阶段,由"比较文学批评"转换为"比较文学研究",从而实现了自身的"学科化"。"比较文学研究"在经历了法国学派与美国学派两个主要学派的彼此消长之后,"东渐"到了亚洲国家,并在1980年代后的中国开始了新的发展时期,即"跨文化诗学"时期。由此,全书为世界几千年间的比较文学学术发展与演变的历史,勾勒出了一个既符合学科历史的实际、又富有逻辑思辨性的"系谱学"。

在《比较文学系谱学》的每一章中，读者都可以看到作者在资料选择运用与理论阐释上的独特眼光与见地。例如，在论比较文学的"历史积淀"期的时候，将古代阿拉伯、古代印度、朝鲜和日本纳入论述范围，是此前的相关著作所未见的。这既反映了比较文学历史积淀期的实际情形，也有利于纠正以往"西方中心论"的偏颇。而且，经过对古代这些主要民族的"朴素的文学比较"加以比较后，作者指出，越是古代文明中心国，例如古希腊、古印度、中国，比较文学越是淡漠，而文明周边国家，如日本、朝鲜，还有文明水准本来不高，却能尊敬与包容先进文化的国家，如阿拉伯帝国，比较文学意识就越强。这显然是一个有启发性的新见解。

接下来，作者明确提出并运用了"比较文学批评"这样一个学术形态的概念，并使之与后来的"比较文学研究"形态相区别，这是全书在理论建构上的一个值得注意的创新点。作者将近代以文学批评为特征的"比较文学"概括为"比较文学批评"（或称"比较文学评论"），并将它作为"学科化"之前比较文学的基本形态，而将"学科化"后的比较文学概括为"比较文学研究"，进而对"比较文学批评"与"比较文学研究"在形态上的不同，做了十分明确的界定，这是颇有新意的。在此前的有关学科史的论述中，尚未见到这样明确的区分和周密的论述。事实上，正如"文学批评"与"文学研究"属于两个不同的范畴一样，比较文学也存在着"批评"与"研究"的形态与分野。作者正确地指出：从欧洲的文艺复兴到19世纪初比较文学学科的成立，这几百年间，"比较文学"属于"比较文学批评"的形态，而比较文学批评，又是"比较文学研究"的"学科先声"。在这样的界定和划分中，近代的"比较文学批评"与现代的"比较文学研究"既有了历史贯通性，又显示出了形态的演化与差异。并且，这也启发我们，即便是在当代的比较文学成果中，实际上也存在着"比较文学批评"与"比较文学研究"两种形态。在学术评价上，如果我们将两者混为一谈，那将是不妥当的。

"比较文学批评"与"比较文学研究"两种形态的甄别与区分，也相应地帮助作者解决了一系列具体的学术评价问题。例如，众所周知，法国学派及梵·第根那样反复强调要使比较文学成为一种国际文学交流史研究，并极力排斥审美价值判断。对此偏颇，后人多有诟病。但《比较文学系谱学》从"比较文学批评"与"比较文学研究"的形态划分出发，对法国学派的这一主张给予了充分的同情的理解，认为那时的法国学者之所以这样做，是要使比较文学学科化，而要使比较文学学科化，就要排斥此前流行的以审美批评为特征的"比较文学批评"，将比较文学由"批评"形态转换为以实证研究为重心的"研究"形态，因为在当时的欧洲，人们坚信只有以文献史料为中心的实证的历史学的、文学史的研究，才算是真正的学术研究。由此，《比较文学系谱学》为法国学派的出现的必然性、合理性及历史定位，做了此前所没有的、更有说服力的说明与论证。

在比较文学研究的学术渊源与学理基础的问题上，以前的相关论述，至多谈到了比较语言学、比较神话故事学、文化人类学等学科对比较文学的影响，但《比较文学系谱学》的考察进一步扩展到哲学、社会学、历史学、乃至法学等多种学科领域，并进一步得出了这样的结论："比较文学学科的体系性的学术理论，不是从古已有之的'朴素的文学比较'中产生，不是从近代的'比较文学批评'

中产生，甚至也不是从文学自身的研究中产生，而是从18—19世纪的历史哲学、文化人类学，比较神话故事学等相关学科中借鉴过来的。"与此同时，他又进一步指出："18世纪后，欧洲的整个思想与学术界的成果，都从不同角度、不同侧面，为比较文学学术理论的形成提供了支持。尤其是德国人的思辨哲学、历史哲学、比较语言学、比较神话学，法国人的实证哲学，英美人的文化人类学等，对比较文学学科理论的建设影响很大。可以说，在19世纪末20世纪初比较文学学科理论基本形成之前或形成的过程中，一些基本理论问题，已经由相关学科首先、或同时提出来，并部分地回答并加以解决了。"这些独具只眼的论述对于读者认清不同国家的学者对比较文学的不同贡献，把握比较文学学科理论思想的渊源及特征，都很有启发。

《比较文学系谱学》在理论建构上的另一个重要创新点，是对学院化、学科化的"比较文学研究"做了进一步形态的区分，将迄今为止世界范围内的比较文学研究，划分为三种基本形态。即把法国学派的"国际文学交流史研究"称之为"文学史研究"形态，把美国学派和苏联学派以理论建构为主要宗旨的比较文学研究称之为"文艺学"形态，而把中国超越学派的畛域，将历史性与审美性、文化视野与文本诗学加以融合的形态，称为"跨文化诗学"形态。这也是前所未见的创新性的概括。当然，任何高度的概括都以牺牲某些具体现象为代价，《比较文学系谱学》的这种概括也不例外。具体而言，把法国学派的比较文学研究称之为"文学史研究"形态，应是毫无疑义的。以呈现历史事实为宗旨的实证研究，的确是法国学派在理论主张与研究实践上的特色。而把美国学派和苏联学派的比较文学研究合称为"文艺学"形态，似乎是与法国学派的"文学史研究"形态相对而言。的确，以"平行研究"为特色的美国学派并不追求史学价值，而是带着某种理论追求，为说明和解决某一问题而进行"平行研究"。换言之，只有带着鲜明的"问题意识"与理论追求的平行研究，才不会堕入为比较而比较的简单的比附。实际上，美国学派的比较文学家大都是文艺理论家，或者是文艺理论家们兼及比较文学，这大概也是向远教授将"美国学派"的比较文学归入"文艺学"形态的主要依据吧。另一方面，将苏联学派也归于"文艺学"形态，大概是因为苏联比较文学家们明确标举为"比较文艺学"。苏联将比较文学归为"文艺学"，反映了他们对"文艺学"的偏重，尽管他们的研究成果中也有相当多的内容属于俄（苏）外文学关系史的研究（代表性著作如日尔蒙斯基的《拜伦与普希金》《俄罗斯文学中的歌德》等），这些恐怕难以纳入"文艺学"形态的范畴。从这一点上看，将苏联比较文学纳入"文艺学"形态可能会引发一些争议。不过在我看来这并不是问题，学术上有不同见解是很正常的，重要的是《比较文学系谱学》对这些研究形态的区分和命名并不是轻率的标新立异，都经过深入的思考和严谨的分析论证。

《比较文学系谱学》中的最后的落脚点，是对中国比较文学的形态与特征的概括，向远教授把中国的比较文学研究形态命名为"跨文化诗学"，也是很有创意、很值得注意的。之所以用"跨文化诗学"作为中国比较文学的特征与发展方向，是在与此前的法国学派、美国学派的比较分析中所得出的严肃的结论。向远教授认为：英国波斯奈特的《比较文学》是将比较文学挂靠在社会学史上的，缺乏"文学性"（诗学）的探讨。法国学派及梵·第根更是明确地将审美分析从比较文学中剔除出去，其比较文学也缺乏"诗学"色彩；后来美国学派则极力矫正法国的"非诗学"性，强调对"文学性"的研究，注重对具体作品的语言形式与文本结构的分析与审美判断，却常常造成历史维度与实证研究的缺失，同时美国学派又强调"跨学科""跨文化"，又容易使"文学"（"诗学"）被"文化"所淹没。鉴于此，向远教授认为，世界比较文学系谱中的各学派，在理论与实践中都存在着"文化"与"诗学"两者之间的背离和悖论，"因而都难以使用'文化诗学'或'跨文化诗学'这一概念来加以概括"。而作为世界比较文学第三阶段的中国比较文学，恰恰具备了这样的"跨文化诗学"的特征。

就这样，向远教授在《比较文学系谱学》中，对法国学派、苏联学派、美国学派这三个学派及其之间的相互批判继承的关系，对中国的比较文学与前三个学派的联系与区别，都做了较此前更深入、更辩证的阐释、说明与论证。

对中国比较文学的"跨文化诗学"特征的认识，来源于向远教授对中国比较文学学术史的系统而深入的研究。在这方面，他已出版了《中国比较文学研究二十年》《中国比较文学百年史》等著作。而这部《比较文学系谱学》则在对世界各国比较文学加以比较的基础上，对中国的比较文学学术理论与方法论的创新点做了高度的提炼与概括。例如由台湾地区学者首次提出的"阐发研究法"、严绍璗教授较早倡导的"原典性实证研究"法、以叶舒宪教授为代表的"人类学三重证据法"。与此同时，向远教授还列举了由他本人从"影响研究"中剥离出来的"传播研究"法，从钱锺书、季羡林等先生的相关学理思想中归纳得出的、由"平行研究"改造修正而来的

"平行贯通"法，以及由"跨学科研究"改造而来的"超文学研究"法等等。向远教授还指出了中国比较文学在若干分支学科领域所做的见解独到的理论探索，包括"译介学"与"翻译文学""文学人类学""变异学""世界文学学"与"宏观比较文学"等。还对中国比较文学研究实践中形成的两大范式——"中西比较文学"与"东方比较文学"——做了分析。这些提炼与概括，对读者了解当代中国比较文学的特征与发展趋势都大有裨益。

《比较文学系谱学》在学术上的新意，还处处表现在作者对学术史上的具体现象、具体的理论家及其成果的微观分析与评价上，例如他对丹纳的《艺术哲学》、波斯奈特的《比较文学》、梵·第根的《比较文学论》、维谢洛夫斯基的《历史诗学》及韦勒克的相关著作，都做了独到的解读和阐释，这里限于篇幅，不遑一一列举。总体上可以说，《比较文学系谱学》具有宏观研究与微观研究的双重品格。作为宏观研究的理论，全书提出了、或者说重新厘定了若干新的范畴与概念，并且自圆其说、自成体系；作为微观研究，作者收集了比较文学学术理论史上的基本文献，并依据其历史地位与价值，作了详略不同的具体评析，体现了史学研究、实证研究与理论分析的结合。当然，以一人之力，为比较文学撰写一部"系谱学"著作，是非常繁难的工作。特别是在资料的利用与发掘方面存在种种困难。在现有条件下，本书对比较文学学术史上的基本文献材料的收集与研读已经很尽力了，并且使用这些材料足以能够说明问题。不过另一方面，由于个人涉猎范围与我国翻译介绍的局限，尚有不小的空间有待开发利用，因而这部《比较文学系谱学》对世界比较文学学术系谱的建构，既是开拓性的，也是初步的。因而，我与向远教授在本书"后记"中所表达的期待一样，衷心希望今后能有学者在本书的基础上，继续推进比较文学系谱学方面的研究。

2009年5月15日

目　录

绪　论

―――――――――

一

　　到2008年为止，比较文学学科在中国已经建设了三十年，取得了不小的成绩。三十多年来，我们已经有了关于比较文学学科理论的二十多种教材与专著，有了《中国比较文学百年史》等五六种学科史著作，有了《中国比较文学年鉴1986》《中国比较文学百年书目》《中国比较文学论文索引（1980—2000）》等一系列工具书，更有了四百多部相关的专门著作、一万多篇相关论文，作为一门学科所不可或缺的几项基础工作已基本完成。但也有该做而未做的工作，其中最重要的，就是对比较文学的学术（学科）理论起源、发展、演变加以系统研究、评述的专门著作，还付之阙如。

　　众所周知，对于一门学科而言，学科理论的形成史与发展史都必不可少。我国学者早就意识到了这一点，因而在大部分比较文学学术理论专著或教科书中，都将各国比较文学学科理论及学术历史的评述纳入其中。例如，我国第一部比较文学学科理论著作，卢康华与孙景尧先生合著的《比较文学导论》（1986年）一书中，第三章《比较文学简史》就占了全书一半的篇幅。朱维之、崔宝衡、李万钧三位先生主编的大学教材《中外比较文学》（1992年）用了五分之二的篇幅评述了法国、美国、苏联和中国的比较文学学科史。曹顺庆先生等著的《比较文学学科理论研究》（2001年）上编是《比较文学学科理论史》，占全书的一半篇幅。不用说，将比较文学学术理论与学术理论史放在学科理论著作或教材中加以评述是必要的。但由于体例、视角等方面的制约，要在这些著述中将世界比较文学学科理论的发展演化进程作为一个系统整体描述出来，将其内在的发展逻辑充分揭示出来，是相当困难的。对此，在2002年出版的《比较文学学科新论》一书的"后记"中，我曾说过："……'学科史'研究属于独立的研究领域，与学科理论本身并不是一回事，应以专门的著作加以系统的清理和研究。"基于此，我的《比较文学学科新论》完全没有专门涉及学科史的章节。此后，我陆续出版了《中国比较文学研究二十年》《中国比较文学百年史》《20世纪中国人文科学学术史丛书·比较文学研究》（与乐黛云先生合著）等书，对中国的比较文学学术史做了系统的研究。但这些仅仅是中国的比较文学学术史，对外国的比较文学学术史也应该以这样的幅度和规模，甚至更大的幅度与规模加以研究。不过，要撰写一部翔实的《世界比较文学学术史》，需要研读各语种的汗牛充栋的文献，需要多卷册的，数百万字的规模。从目前的学术积累来看，我们写不了，外国学者恐怕也写不了。

但是，这并不意味着在这一领域就只有无所作为，我们可以先从力所能及的领域入手加以研究。我认为，可以把比较文学学科史划分为两个部分：一是"比较文学学术理论史"，一是"比较文学学术研究史"。"比较文学学术理论史"主要研究比较文学的学术理念论、学科方法论与学科建设论的历史，这一部分内容对我们的学科建设、对学科教学与人才培养尤其重要。这一部分所涉及的文献材料虽然也很丰富，但比起汪洋大海般的世界比较文学学术研究史来，还是较为有限的、可以把握的。而且迄今为止，我国学者对这一部分文献材料的翻译介绍与研究也有了一定的基础。因此我想，不妨在现有的翻译与研究的基础上，对"比较文学学术理论史"做系统的建构性研究，为比较文学学科勾画出一个理论系谱，进而总结概括中国比较文学对世界比较文学的独特贡献与学术特色，为中国比较文学定位和定性——这就是本书的主要动机。

《比较文学系谱学》的着眼点是世界比较文学学术理论的起源、发展与演变，这是一种历史的、系统的、动态的描述、总结与概括。我认为，"系谱"不必像一般史书那样强调文献史料的巨细无遗及篇幅规模的庞大，而是要寻求和呈现出研究对象本身的逻辑性与体系性。为比较文学学术理论建立"系谱"的关键，就是要在世界学术文化的大背景下，对比较文学学术理论史上的重要人物、重要著作与重要现象作出独特的分析、解读与阐释，在各种理论观点之间寻求联系性、相关性，揭示它们之间的影响与被影响的关系、继承与超越的关系，相辅相成或相反相成的关系；要在前后左右的比较研究中，指出某种理论观点提出的语境及其前因后果，描述与概括各种理论主张的特点、在历史上所占的地位及所起的作用，最终揭示比较文学学科理论的形成轨迹和发展演变的内在逻辑。

根据这样的思路，本书将世界比较文学学术理论谱系划分为三个历史时期。第一期，古代的"朴素的文学比较"，是比较文学的历史积淀期；第二期，近代的"比较文学批评"，比较文学以文学批评的形态存在，是比较文学的学术先声期；第三期，19世纪末20世纪初，比较文学由"文学批评"转换为"文学研究"，实现了"学院化"和"学科化"。

二

在19世纪末学科成立之前，比较文学经历了一个漫长的历史积淀期。这一时期没有形成比较文学的自觉意识与方法论，而仅仅是一种以自国为中心、在有限的国际区域视野中的朴素的"文学比较"，呈现出地域性（非世界性）的、偶发性的、简单的异同对比等特征。这种朴素的"文学比较"在古代各文明民族国家，或多或少地大都存在，但情况有所差别。原发性的文明古国大都有着"自国即天下"的想法。一方面由于周边民族的未开化，一方面由于交通条件的限制，对周边以外的地区所知甚少，跨文化的比较意识无从产生。例如，古代希腊学术文化的发展水平在当时的世界遥遥领先，他们固然知道周边民族也有其自己的民族文化，但却视之为"蛮人"而不屑一顾。在这种心态下，连求知欲极强的、博学的亚里士多德对周边民族的文学也缺乏兴趣。倒是在并非文艺理论家的古希腊历史学家、旅行家和散文家希罗多德的巨著《历史》中，我们可以找到不少在今天看来属于比较文化、乃至比较文学的东西。中国的情况也很相似。长期以来，汉文学以外的文学很少能够引起中国的文学家、文学批评家与研究者的注意，属于中外文学比较的文字材料极为罕见。有的学者在谈到中国比较文学"史前史"的时候，认为魏晋南北朝时期的南方与北方文学的比较属于比较文学。但实际上，中国古代的南北文学比较虽跨越了狭义的"民族"（甚至"国家"）的界限，但却是在走向融合的"中华文化"内部进行的，而且是在汉语言文学内部进行的，因此不是现代比较文学所指的"跨语言""跨文化"的比较。中国古代真正的跨文化的文学比较，是在印度佛教经典翻译的过程中发生的。在佛经翻译过程中，一些翻译家在中印的比较中，看出了印度文章不同于中国的一些特点，并且提出了有关翻译的理论主张及中印文学不同特征的一些看法。但那基本上是在宗教学、语言学的范畴内进行的，而且流于只言片语。最缺乏比较文学意识的文学大国是印度，以印度教为核心信仰的印度人，讲"种姓"而不讲"民族"与"国家"，以天神为中心建立起来的宇宙观具有强烈的封闭性，排除了与另外的文化体系进行对话与比较的可能。在丰富的梵语诗学文献中，几乎看不到比较文学的一点点痕迹。印度人的文学评论与诗学研究，基本上局限在胶着于语言学、修辞学的框架内，胶着于文学形式的因素，在对"情""味""风格""诗德""诗病"等进行繁琐的数字分类中，也不免使用比较的方法，但那种"比较"不是比较文学的跨文化的"比较"。

相比而言，在古代东西方各国，最具有国际观念与比较文学意识的，首推阿拉伯帝国时期的阿拉伯作家与评论家，其次是东亚的朝鲜与日本。8至11世纪阿拉伯帝国广泛接收和吸纳周边各民族的文化，熔铸成新的阿拉伯—伊斯兰文化。在各民族交往日益频繁的大背景下，学者、文学家们自然产生了文学与文化的比较意识，学者和评论家们喜欢对不同地区、不同民族的诗人及其作品加以较，并以此判别优劣高下，中国的东邻朝鲜和日本两国始终感受到中国文化、中国文学的强大存在，因此很早就产生了异文化观念和国际文学眼光。朝鲜人相对于中国自称"东人"或"东方"，而称汉学为"西学"，对汉文化特别是唐朝文化的繁荣强盛，普遍具有敬畏感、自卑感，但也同时普遍产生了民族国家意识和民族文学的自觉追求。日本的情况与朝鲜一样，其语言文字与书面文学是在汉语言文学的影响下发生发展的，而且，汉文化与汉文学东渐日本，很大一部分是以朝鲜为中介的。因此，日本人较早就具有了"国际"的观念，在认同汉文化的先进性的同时，相对于"唐土"，有了"本朝""日本""神国""皇国"等民族与国家的观念，并逐渐产生了民族文学的自觉。到了18世纪的所谓"国学派"，甚至用比较的方法论证日本文学优越于中国文学，从而由文学的国际意识、民族意识发展到了文学上的民族主义。

比较文学学术谱系上的第二个阶段，是近代的"比较文学批评"（或称"比较文学评论"）。这种批评形态发源于、并且多见于近现代欧洲国家，后来（19世纪后）在欧洲的影响下，亚洲各国也进入比较文学批评的时代。在欧洲，文艺复兴运动后各民族文学迅速成熟和发展，其间的联系日益广泛和深刻，各国文学的特性与全欧洲的普遍性共存，使得批评家要为某作家作品或某种文学现象做出定性与定位，就要运用国际的眼光与比较的方法。换言之，在欧洲文学的一体化的大背景下，一个批评家要对任何一个作家作品作出肯定与否定、正与负的价值判断，都无法局限在本国文学范围内进行；

一个批评家要指出一个作家作品、乃至一个民族文学的特点，不拿他与其他国家及其作家作品进行比较，就没有参照性和说服力；一个批评家要提出一种新的理论主张，要引进新的创作观念和创作方法，不援引外国文学就没有可能，于是形成了"比较文学批评"这样一种批评形态。它是欧洲文学批评的切实需要，也是它的必然产物。尤其是到了18世纪末至19世纪初的浪漫主义时代，为了解放思想和释放想象力，其文学视阈大为开阔，文学家们不仅热衷于民间民族文化，更追求异国情调乃至东方趣味。浪漫主义时代的文学批评也相应地表现出了对外部文学的浓厚兴趣，不仅突破了此前西欧乃至欧洲的视阈，而且初步具备了包括亚洲文学在内的东西方文化与文学的广阔视野。

"比较文学批评"作为文学批评，虽然也有高低优劣的价值判断，但它不同于古代朴素的"文学比较"的根本特点，是批评家们淡化了本国文化中心论思想，较多地具有了多元文化意识与文化平等观念，能够正确理解和看待文学的民族性与多民族构成的区域性文学的关系，并在这个基础上产生了"世界文学"的观念。同时，在比较批评的实践中，一些批评家不仅在具体实践中运用比较批评的方法，而且提出了比较文学的方法论问题（虽然还是很简单的）。如德国的弗·施莱格尔提出的"宏观把握"与"整体描述"的比较方法，法国的斯达尔夫人提出的"南方文学""北方文学"的区域划分与区域比较法以及"集体性的、现实的比较"的方法，不仅具有实践价值，也具有重要的理论价值。这些都为19世纪后期比较文学学科理论的建构提供了经验，成为比较文学研究及比较文学学科成立的先声。

然而，"比较文学批评"毕竟属于"文学批评"。文学批评虽然也有一定的科学性，但它本质上是一种颇具主观性的审美活动，具有很强的鉴赏性、自我感受性、审美领悟性与价值判断功能。因此，"比较文学批评"与作为科学研究的"比较文学研究"还具有相当的距离，甚至在许多重要方面，两者是矛盾对立的。例如，"比较文学批评"具有个别性、片断性，"比较文学研究"具有系统性、整体性；"比较文学批评"的对象主要是作家与作品，"比较文学研究"除作家作品外，更包括了一切跨文化的文学关系；"比较文学批评"依赖主观感受，"比较文学研究"依赖客观材料；"比较文学批评"较为随意，其观点对与错难以验证，"比较文学研究"需要严谨，其观点的正确与否能够以史料实证方法加以验证。凡此种种，都表明，"比较文学批评"与"比较文学研究"属于两种不同的形态，"比较文学"要由"文学批评"形态发展为"文学研究"形态，要由"比较文学批评"发展为"比较文学学科"，首要的是要建立一套学科理论体系，特别是方法论体系，来规范和指导研究实践。

三

值得注意的是，比较文学学科的体系性的学术理论，不是从古已有之的"朴素的文学比较"中产生，不是从近代的"比较文学批评"中产生，甚至也不是从文学自身的研究中产生，而是从18—19世纪的历史哲学、文化人类学，比较神话故事学等相关学科中借鉴过来的。18世纪后，欧洲的整个思想与学术界的成果，都从不同角度、不同侧面，为比较文学学术理论的形成提供了支持。尤其是德国人的思辨哲学、历史哲学、比较语言学、比较神话学，法国人的实证哲学，英美人的文化人类学等，对比较文学学科理论的建设影响很大。可以说，在19世纪末20世纪初比较文学学科理论基本形成之前或形成的过程中，一些基本理论问题，已经由相关学科首先、或同时提出来，并部分地回答且加以解决了。这些问题包括：第一，比较文学学科成立的理论前提，人类文化整体性与多样性的确认，人类文化发展史及其不同的进化阶段所具有的普遍有效性和普遍适用性；第二，文学的外部决定因素的研究，亦即跨学科研究的基点：种族、环境、时代；第三，比较文学研究的基本范型与基本单位：各民族文化类型及其"基本象征"物，各种文明"单位"与文明类型，在此基础上，可以比较、总结各民族文学的基本特征及基本类型；第四，比较研究方法：综合的、系统的，而非个别的比较（即现在人们所否定的简单化的X与Y式的双项比较）；第五，比较文学的各种研究类型，包括"原始共同语""神话残片""语言残片"的追根溯源式的"渊源学"的研究，探寻文学在各民族之间流变轨迹的"借用研究""传播研究"，以若干民族的集合体为单位的"文学圈"亦即区域文学的研究，对各民族文学作品按情节、题材、主题或"功能"加以分类并加以比较的"类型学""主题学"与"题材学"研究等。相关学科的这些理论建构，在学术视野的全球性与宏观性、研究对象的综合性与整体性、研究方法的科学性与实证性、学科理论建构的体系性等方面，为比较文学学科理论的产生与学科的成立提供了理论支撑，奠定了学理基础。

在这种情况下，由近代形态的"比较文学批评"，到现代形态的"比较文学研究"的转型，由片断的比较方法论，发展为有体系的比较文学学科论及学科方法论，在19世纪末到20世纪初的几十年间的欧洲国家，可谓水到渠成。

在近现代学术史及学科发展史上，一个学科的成立，还需要经历"学院化"的过程，比较文学学科成立也不例外。只有通过"学院派"之手，才能使比较文学成为一个"学科"。比较文学的"学院化"大体是从19世纪末开始的，17—18世纪盛行的"比较文学批评"的主体是文学家和文学批评家，而19世纪"比较文学研究"的主体则主要是学者和教授，主要基地在大学。"比较文学研究"由文坛走向学院，带上了"学院派"的特征。比较文学的第一部学科理论著作——英国人波斯奈特教授的《比较文学》，显示了将比较文学学院化的努力。波斯奈特虽然还没有要将比较文学建设成为一个独立学科的明确目的与意图，但他把比较文学研究看成是文化史、文明史研究的一个组成部分，把"比较文学"推到了"文明史"研究的领域，从而将此前的作为文学批评形态的比较文学学术化、"史学"化了。而后来的法国学者则在此基础上，进一步将比较文学从"文明史"研究拉到"文学史"研究中来。两者在将比较文学"史学化"这一点上，是一脉相承的。法国学派的理论家梵·第根在其比较文学学科理论的经典之作《比较文学论》中认为，比较文学是一种历史科学，属于文学史的研究，其研究方法是以史料为依据的历史学的、科学的考证，这样就将"比较文学"与一般的"文学比较"划清了界线。与这一性质相联系，"比较文学"不是审美的鉴赏与批评，而是一种科学研究，这就把"比较文学研究"与"比较文学批评"划清了界线。梵·第根的这种界定在比较文学学术史上具有划时代的意义。由此，"比较文学"具备了"科学"的性质，并有理由、有资格成为一门"学科"。对此，比较文学学术史应该给以高度的评价。后来一直有人认为梵·第根这个定义"有明显的缺陷"，批评他仅仅从文学史的科学性角度来看待和要求比较文学，而轻视和排斥文学鉴赏和审美活动在文学发展中的作用。这样的看法虽然不无道理，但显然是对梵·第根的比较文学"学科化"的意图缺乏理解。第根虽然没有明说，但显然已经意识到：倘若比较文学作为"文学批评"的形态而存在，它就不会成为一个学科，而比较文学要成为一个学科，就一定要"史学化"。在欧洲乃至世界的学术史上，任何学术的研究都是"史"的研究，连法学、社会学研究这样的现实性极强的社会学科，都具有"史"的研究性质。因此，"比较文学"要成为一种"科学"和一门"学科"，必须强调它的"史"的性质，即"文学史研究"的性质。况且，第根主张比较文学要"摆脱全部的美学含义"，并不意味着在具体的研究中完全不要审美判断。那既不可能，也无必要，而只是要将比较文学从"文学批评"中摆脱出来，因为文学批评的本质是审美价值判断。比较文学一旦从文学批评中超越出来，其审美判断必须服从于实证的、科学的、历史的判断。假如不把比较文学由文学批评转换为国际文学关系史的研究，那就不需要运用文献学、考据学、目录学、统计学等一系列实证的研究；假如没有实证研究，就难以使比较文学成为真正可靠的科学研究或成为一门学科。——可惜对于这一点，迄今为止的比较文学学术史，还没有予以充分的理解与评价。不深刻理解这一点，就难以切实领会和公正评价第根及法国学派为比较文学的学科化所作出的关键贡献。

20世纪50年代，比较文学学科发展出现了历史性转机。美国学者韦勒克对以文学交流史研究为对象、以实证方法为中心的法国学派提出了强烈批判，站在"文学性"的角度，即文学的语言、结构、形式等审美价值的角度，提出了一系列新的理论主张，是对法国学派的超越，也是对法国学派的修正与补充。美国学派强调比较文学要摆脱实证主义与"唯事实主义"，不拘泥于史实的发掘和事实的呈现，要有助于人们将人类文学作为一个整体来看待和理解，要具备知识整合功能与理论概括功能。如果说法国学派的研究宗旨是客观地描述史实和呈现史实，那么美国学派的研究宗旨就是在比较中发现文学现象内在联系性的普遍规律，研究方法也随之由文献学的实证的、呈现与描述的方法，转变为以理论提升为目的的平行比较方法。这是美国学派和法国学派的根本不同。由此，美国学派对法国学派实现了三重突破：一是从国际文学关系史研究到"文学性"的比较研究，二是从文学范围的研究到文学与其他学科的跨学科研究，三是从"西方中心"到全球性的东西方比较文学乃至比较诗学，并且在此基础上形成了以跨文化研究、跨学科研究为特征的"美国学派"。美国学派的最大贡献，是将比较文学从法国文学的"国际文学关系史研究"这一较为狭窄的领域中解放出来，将比较文学与文学批评、文学理论乃至美学与文化理论连通起来，从而使其转化为以宏观视阈、理论概括、学科整合为主要特征的"文艺学研究"。

值得强调的是，美国学派所使用的平行比较的基本方法，看上去与比较文学学科成立之前的"比较文学批评"的方法非常相似，事实上，平行比较确实不排斥而且容纳文学批评的成分，而在具体操作过程中，寻求异同的"平行比较"也常常容易流于随意的、主观鉴赏式的"文学批评"的层面。然而美国学派的平行比较的精髓，是强调普遍的理论价值的追求，因此它本质上不同于19世纪之前的比较文学批评，它将比较文学落实在"文学理论"与"文艺学"的基础上，同样有利于比较文学作为一门学科的发展和深化。"文艺学"是一门科学，它有自身的学科规律与规范，而"文学批评"本质上却属于一种主观性的、广义的文学创作活动。因此，当"比较文学"作为"比较文学批评"而存在的时候，它不能成为一门学科；当比较文学作为"文艺学"而存在的时候，它就是一门学科，而且其学科空间比法国学派的"国际文学关系史研究"更广阔，因为文艺学研究不能脱离文学史的研究，否则它就是架空的。从这个角度看，美国学派不是对法国学派的彻底颠覆，而是对法国学派的继承和擢升。当年法国学派排斥文学批评，拒绝审美判断，为的是使比较文学超越主观性很强的文学批评形态，而提升为以实证为主要特征的学术研究的层次，并由此将比较文学建设为一门学科。而现在美国学派又将文学批评纳入比较文学中，也不是简单地复归旧有的批评传统，而是要将文学批评及审美判断作为文学理论与文艺学建构的基础。

稍后，苏联学者在19世纪维谢洛夫斯基的"历史诗学"的基础上，加上历史唯物主义史观，提出了与西方的"比较文学"相抗衡的"历史比较文艺学"（简称"比较文艺学"）的概念。这一概念在马克思主义指导、强调"历史诗学"研究方面与美国学派明显不同，但在将比较文学由"文学史"研究转换为"文艺学"研究上，它与美国学派是一致的。苏联的"历史比较文艺学"的限定词是"历史"。所谓"历史比较文艺学"明显是为了矫正美国比较文学在横向的平行研究中常常出现的缺乏历史感的问题。在这一点上，苏联学者与法国学派的"国际文学关系史研究"又有了契合。实际上，苏联的"历史比较文艺学"是在美国学派及此前的法国学派的基础上批判地继承而来的，而其指导思想则是马克思主义的历史唯物主义。从这个意义上说，苏联的"历史比较文艺学"有着自己的特色，也不妨说形成了比较文学的"苏联学派"。假如将"比较文艺学"的政治意识形态含义除外，就学科定义的准确性而言，"比较文艺学"比现在通行的"比较文学"这一概念更能揭示这门学科的"文艺学"性质。因为"比较文学"可以包含"文学比较""比较文学批评""比较文学研究"等不同历史时期的学术文化形态，而"比较文艺学"指称的则是运用跨文化的比较所进行的"文艺学"研究，所强调的是比较文学的文艺学属性。

四

从"比较"的角度看，在比较文学学科谱系中，各国学者都发挥自己的文化优势，为比较文学作出了特殊的贡献。例如，德国学者贡献给比较文学的主要是其思辨哲学的基础、先验的理论范畴与概念，强调的是精神史与比较文学的联系；英国学者贡献给比较文学的主要是其人类文化视野与历史维度，强化的是文明史与比较文学的关联；法国学者贡献给比较文学的是实证科学的方法，注重的是比较文学的史学化、科学化与学科化；俄苏学者贡献给比较文学的主要是鲜明的意识形态立场与历史唯物主义态度。而20世纪80年代至今的中国比较文学，是继日本之后，将比较文学由一种西方的学术形态与话语方式，转换为一种东方西方共有的话语方式与学术形态，真正将比较文学提升为一种包容性、世界性、贯通性的学术文化形态。

20世纪80年代世界比较文学的重心移至中国后，中国比较文学逐渐成为世界比较文学发展新阶段的代表。三十年间中国比较文学理论与实践的过程，是对欧美比较文学学科理论的阐释、继承与超越的过程。中国学者对比较文学研究方法做了一系列新探索与新表述，提出了包括阐发法、原典实证法、三重证据法等方法论，并将"影响研究"与"传播研究"相剥离，将平行研究优化为"平行贯通"研究，将"跨学科"研究法修正为"超文学研究法"，从而解决此前比较文学学科理论中的一系列逻辑悖论与理论难题。中国比较文学在比较文学的若干分支学科上做出了新开拓与新建构，包括：建立了从"译介学"到"翻译文学"的本体理论，提出了"世界文学学"与"宏观比较文学"的分支学科范畴，提出了"形态学"与"变异学"的概念。在丰富的理论探索与研究实践中，中国比较文学以其开阔的胸襟与宏大的视野，超越了比较文学长期难以突破的欧美性、西方性，超越了法国学派、美国学派、苏联学派那样的"学派"性质。世界比较文学发展到当代中国，犹如大河汇流，百川归海，逐步达成整合学派、跨越文化、超越学科、和而不同的新阶段，将东方文化与西方文化融合，文化视阈与文学学科融合，历史深度与现实关怀融合，形成了自己鲜明的特色，在上述欧美比较文学的两种历史形态的基础上，逐渐形成了第三种形态，就是"跨文化诗学"。

"文化诗学"这一概念是美国"新历史主义"的代表人物格林布拉特较早提出来的，对这个概念国内外都有不同的阐释。进入20

世纪90年代中期后，我国有学者不拘泥于这个外来概念的学派与语境的限制，吸收其合理成分，联系中国的学术文化实践，对"文化诗学"的概念做了阐发，从而把它改造为概括与总结20世纪80年代后中国诗学、文艺学研究的理论与实践，并指导未来方向的、颇具包容性、综合性但又不空泛的、含义明确的学术概念。总体上说，"文化诗学"的本质就是超越、打通、整合、融汇，这与比较文学研究的宗旨非常吻合。再加上比较文学固有的"跨文化"的特质，则"文化诗学"就是"跨文化诗学"，亦即在中外文化、人类文化、世界文化视阈中研究文学、文艺学问题，它的基本特征就是跨越、包容、打通、整合。具体说，就是跨越民族、国家、语言与文化，包容以往不同的学术方法与学术流派，打通文化各领域、各要素与诗学之间的壁垒，整合文学与各知识领域而提升为诗学理论形态。换言之，"跨文化诗学"的基本宗旨就是超越以往的学派分歧（例如法国学派与美国学派的分歧），将文学的文本属性与历史文化属性结合起来，而走向文化与诗学的融合。

将"跨文化诗学"作为中国比较文学的特征与发展方向，并不排斥此前其他的相关提法，并且能够更加有效地整合、包容、凝练、概括此前一些学者提出的观点。例如，"跨文化诗学"可以将"跨文化研究"或"跨文明研究"的提法包容进来。以"跨文化研究"或"跨越东西方异质文明"的"跨文明研究"，来说明中国比较文学的性质，固然没有错，但"跨文化研究""跨文明研究"作为一个概念，其本身未能表述出"文学研究"的内涵，要清楚地表述出这一内涵，只能加上"文学研究"或"比较文学研究"字样，表述为"跨文化的文学研究"或"跨文明的比较文学研究"之类，这从术语、概念的角度看，就不免冗长拖沓。更重要的是，倘若以"跨文化"的眼光来看比较文学，则任何国家的比较文学都是"跨文化"的。而跨越"东西方异质文化"的也不仅仅是中国的比较文学，日本、朝鲜、印度等许多东方国家的比较文学也跨越了"东西方异质文化"，西方的"东方学"研究也是"跨越东西方异质文化"的。而且，"跨文化研究"或"跨文明研究"的提法，是以"学派"的思路来看待中国比较文学的。而"学派"的本质就是宗派、派别，学派往往旗帜鲜明，而又各执一端。中国比较文学显然已经超越了这样的"学派"范畴，因而不能将中国比较文学视为一个"学派"。相比之下，"跨文化诗学"这一概念虽然相当包容，但又具有明确的特指性，它不像"跨文化"那样可以概括所有国家、所有阶段的比较文学，而是最适合概括中国的比较文学。具体地说，英国波斯奈特提出的比较文学，和后来法国学派的比较文学，本质上是一种历史学的、国际关系史的研究，"文学性"（诗学）的因素相对淡薄。梵·第根更是明确地将审美分析从比较文学中剔除出去，因而法国学派的比较文学本质上缺乏"诗学"研究的性质。后来美国学派虽则极力矫正法国的"非诗学"性，同时强调跨文化，但美国学派的研究在实践中出现了两种偏向：一种是受"新批评派"的影响，在理论上过分强调"文学性"，在实践上过分注重对具体作品语言形式与结构的分析与审美判断，"诗学"性质突显，而历史文化的维度受限；另一种偏向就是主张"跨学科研究"，而使比较文学丧失了它应有的学科边界，走向了泛文化的比较，"文学"或"诗学"常常被"文化"淹没。可见，世界比较文学系谱中的法国学派与美国学派，在理论与实践中都存在着"文化"与"诗学"两者的背离和悖论。中国的比较文学与前苏联的比较文学有很多相通之处，但作为社会主义市场经济国家的比较文学，与当年社会主义苏联的带有强烈政治意识形态性质、与东西方冷战色彩的"苏联学派"，显然有着本质上的不同。在东方较为发达的日本的比较文学，总体上也以法国学派的实证研究为正宗，是法国学派的延伸与发展。

以上分析可以表明，20世纪80年代后，中国比较文学继日本之后，将比较文学由一种西方的学术形态与话语方式，转换为一种东方西方共有的话语方式与学术形态，超越了学派的畛域，摆脱了此前比较文学各学派中的历史性与审美性、文化视野与文本诗学的背离，把比较文学提升、整合为包容性、世界性、贯通性的学术文化形态，即"跨文化诗学"的形态。并由此使世界比较文学进入了一个新的历史阶段。

本书的基本结论大致如上。

对于学术研究而言，结论很重要，而结论的具体论述过程同样重要。换言之，"说什么"很重要，"怎么说"同样重要。以下各章内容，将对上述结论展开具体说明与论证。

第 1 章

历史积淀：
古代朴素的文学比较

　　比较文学在19世纪末学科成立之前，经历了一个漫长的历史积淀期。这一时期没有形成比较文学自觉意识与方法论，而仅仅是一种以自国为中心、在有限的国际区域视野中的朴素的"文学比较"。在这一时期，"文学比较"的发生是非普遍性的、地域性的、偶尔的、不自觉的，比较的场合与范围也是很有限的，比较的方法大都是简单的对比。这种朴素的"文学比较"在古代各文明民族国家，或多或少，大都存在，只是情况有所差别。原发性的文明古国，如希腊、印度、中国大都有着"自国即天下"的想法，国际观念与比较意识淡漠。后起的民族集合体国家，如阿拉伯帝国，还有处于文明中心国影响下的民族国家，如朝鲜、日本等，则有着较强的比较意识，并留下了大量有关文学比较的史料。

一、古代欧洲人的国际视野与比较意识

最早的比较文学学术的源头，可以追溯到古代各个文明古国，在接触到外来文化的时候，所产生的"异文化"感觉与"族际"（民族之间）的、国际（国家之间）的视野。没有这种感觉和视野，只在本民族语言文化内部看问题，或在本民族文学内部谈论文学问题，都与"比较文学"无涉。例如，古代希腊文明十分灿烂辉煌，希腊的学术文化的发展水平在当时的世界中遥遥领先。他们固然知道周边民族也有自己的文化，但却视之为"蛮人"，而不屑一顾。在这种心态下，连求知欲极强的、博学的亚里士多德（公元前384—前322），对周边民族的文学也缺乏兴趣，所知甚少。在亚里士多德的文论名著《诗学》中，没有异文化的参照和国际视野，虽然他对希腊史诗、悲剧、戏剧、酒神颂等文体样式做了比较，但那只是在希腊文学内部的比较，我们从中难以发现"比较文学"的因子。对此，近代德国著名学者、文学家奥古斯特·威廉·施莱格尔曾指出：

> 希腊人当然不可能有自己的艺术史（的比较研究），因为从诗的方面来说，他们不知道任何别的民族，可供他们作为自

己发展的比较点，而且一般说来，他们感觉自己多于理解自己。罗马人不过是希腊人的模仿者，他们钻研了希腊人所有的艺术形式。大多数近代民族则片面地局限于自己的民族性，并在一定程度上认为，只能够模仿古人。①

在威廉·施莱格尔看来，希腊人没有把别的民族的文学放在眼里，罗马人的眼睛、乃至后来欧洲人的研究只盯住从前的古人，因而缺乏比较文学的"比较点"。这种判断基本是正确的。

倒是在并非文艺理论家的古希腊历史学家、散文家希罗多德（前484—前430/420年）的巨著《历史》中，我们可以找到不少在今天看来属于比较文化、乃至比较文学的东西。希罗多德为调查和研究公元前5—6世纪发生的希腊与波斯的战争（史称"希波战争"），而前往东方的西亚和北非地区，耳闻目睹，并亲身体验了东方各民族文化，于是形成了强烈的异文化感和国际意识，所著《历史》一书被公认为是西方最早的一部"世界史"。在《历史》中，他以希波战争为背景，不仅记载了那场战争的来龙去脉，而且通过希腊波斯两国的政治制度的比较，总结了雅典胜而波斯败的一个重要原因，即在于雅典公民享有民主自由权利，而波斯军人则是处于专制暴君统治下，没有国家公民意识。他在该书第五卷第78节中认为：当雅典人蜷伏在暴君统治之下的时候，他们一点也不比其邻邦的居民更优越，然而一旦挣脱暴君的统治，他们就变得英勇盖世了。这是因

---

① ［德］奥古斯特·威廉·施莱格尔：《关于美文学和艺术讲座》，见《外国文学研究资料丛刊·欧美古典作家论现实主义和浪漫主义》（第二册），北京：中国社会科学出版社，1981年，第365页。

为，当人们在暴政压迫之下的时候，一切都只是被动地为了君主，并不努力作战，而听任自己被击败，然而他们一旦获得了自由，就人人竭其所能地争光效力，把国事当作自己的事了。除了对希波战争的记述分析外，希罗多德还通过实地走访调查，收集和记录了有关西亚北非地区各国、各民族，特别是埃及、波斯、印度等国的历史传说、风俗习惯、宗教文化、文学艺术等方面的史料。他带着自觉的比较文化的眼光，对这些地区各民族之间的文化交流与相互影响，进行了记载、考辨、推测和论证。例如，在第二卷第48—49节中，他发现，希腊的狄奥尼索斯的祭日和古埃及的大体相同，"所不同的只是埃及人没有伴以合唱的舞蹈。他们发明了另外一种东西来替代男性生殖器，这是大约有一佩巨斯高的人像，这个人像在小绳的操纵下可以活动，它给妇女们带着到各个村庄去转。这些人像的男性生殖器，和人像本身差不多大小，也会动。一个吹笛的人走在前面，妇女们在后面跟着，嘴里唱着狄奥尼索斯神的赞美诗。"希罗多德认为，最初是埃及人把狄奥尼索斯的名字及其崇拜仪式，还有带着男性生殖器的游行行列教给了希腊人。希腊的"狄奥尼索斯"神就是埃及的"奥西里斯"神。他还进一步断言：

　　可以说，几乎所有神的名字都是从埃及传入希腊的。我的研究证明，它们完全是起源于异邦人那里的，而我个人的意见则是，较大的一部分则是起源于埃及的。除去我前面所提到的波赛冬和狄奥司科洛伊，以及希拉、希司提亚、铁米斯、卡利铁司和涅列伊戴斯这些名字之外，其它的神名都是在极古老的时候便为埃及人所知悉了。①

　　这就指出了，古希腊的神话乃至希腊文学的源头是古埃及，这其中包含了后来的比较文学学科所倡导的渊源学与实证的传播研究的萌芽。

　　继承了希腊文化的罗马帝国急剧向四周扩张，将地中海沿岸各国、各民族逐一征服，形成了所谓"希腊化时期"。此时期由于东西方文化的融合和交流，学者们的世界意识也强化起来。斯多噶学派的代表人物芝诺（约前350—前220年）最早明确阐述了"世界主义"的观念，他反对希腊其他学派将人类分为希腊人（文明人）和"野蛮人"，而认为人类是一个整体，没有文明与野蛮之分，世界上应该只有一种公民，即"世界公民"，世界只有一种国家，即"世界国家"。稍后，公元前2世纪的历史学家波里比阿（约前204—前122年）在其历史著作《通史》中，认为各民族的历史是一个整体，"只有将各事件与总体之间的千丝万缕的联系一起揭示出来，指出其相似点和不同点，才有可能认识历史全貌。"这是欧洲最早的"世界主义"思想的表述，尽管这种"世界主义"还不能真正摆脱希腊文化、西欧文化中心的观念，却是"比较文化"理论形成的基础，而比较文化理论又是后来的比较文学理论的基础。

　　在欧洲中世纪，受教会的一元化的统治，占绝对统治地位的是基督教的世界观。基督教思想家们虽然有民族的区分与国际的观念，

---

　　①［古希腊］希罗多德:《希罗多德历史》上卷，王以铸译，北京：商务印书馆，1985年，第133页。

也不乏人类整体性的观念，但却认为所有的民族和国家都是在上帝统驭之下的。中世纪思想家圣·奥古斯丁（354—430年）在《上帝之城》一书中，认为上帝之城由所有的民族构成，上帝之城高耸在所有的国家上面，人类是一个整体，整个人类都将围绕上帝聚集。这就在承认民族、国家的存在之后，又以上帝否定了这些民族或国家的个性。这种求同不存异的思想，使得中世纪欧洲无法产生各民族文化的平等观念，也无法产生比较文化的观念。从文学上看，当时整个欧洲通用一种宗教——基督教，一种语言——拉丁语，一种文学——宗教文学。官方不支持各地方、各民族语言及其文学的发展。因此，整个欧洲中世纪内部，缺乏比较文学所必须的多种文化并存、各民族文化和文学冲突与融合的土壤与条件，因此，较之同时期的阿拉伯帝国及东亚各国，文学评论中比较文学因子可以忽略不计。

只是到了中世纪后期，随着文艺复兴黎明期的到来，各民族文化的独立意识开始觉醒。诗人、思想家但丁，批评家明屠尔诺等人，提出了建立意大利民族语言的构想。但丁（1231—1265）在《论俗语》一书中，对"俗语"的优越性和形成标准意大利语的必要性及其方法、途径、标准等问题作了阐述，对解决意大利的民族语言和用民族语言从事翻译的问题都起了重大的作用，也启发和推动了德国、法国、西班牙、英国等欧洲其他国家民族语言的形成，为欧洲近代文学民族多元化奠定了基础，也为欧洲比较文学的发展提供了条件。但丁在《飨宴》这部著作中，还对翻译问题作了论述。他对《圣经·诗篇》的拉丁语译文进行了认真的研究，发现原文中有许多诗的特征在译文中消失了，在《飨宴》第一篇第七章中，但丁写道：

"要让大家都懂得，任何富于音乐、和谐感的作品都不可能译成另一种语言而不破坏其全部优美和谐感。正因如此，荷马的史诗遂未译成拉丁语。同样，《圣经·诗篇》的韵文之所以没有优美的音乐和谐感，就是因为这些韵文先从希伯来语译成希腊语，再从希腊语译成拉丁语，而在最初的翻译中其优美感便完全消失了。"这是欧洲比较文学史上较早的关于诗歌翻译、文学翻译的见解，开辟了欧洲翻译文学评论与翻译文学研究的先河，也是文学作品"不可译"论的滥觞。

二、古代阿拉伯人的国际视野与比较意识

另一个具有国际意识的帝国是公元8世纪以后的阿拉伯帝国。这个时期的阿拉伯帝国广泛接收和吸纳西方的希腊、罗马文化，东方的波斯、印度、埃及与北非文化，熔铸成新的阿拉伯—伊斯兰文化。在各民族交往日益频繁的大背景下，学者、文学家们自然产生了文学与文化的比较意识。如，据古代伊本·阿布德·朗比在《珍奇的串珠》一书记载：有一次，一群人和著名翻译家、学者、作家伊本·穆格法（724—759）在米尔拜德地方聚会，当伊本·穆格发问起哪个民族最有理智时，大家面面相觑，以为他要大家回答的是他的老家波斯，便答道：波斯人。伊本·穆格发却说：不对。波斯人虽然拥有辽阔的土地，并从他们中涌现出伟大的国王，还征服过众多的民族，但他们并没有用自己的头脑发明过什么东西，也没有创造过什么哲理。众人又说：罗马人。伊本·穆格发说：罗马人都是工匠。众人又说：中国人？答道：中国人妙语连珠。又问：印度人？答：印度人是哲学家。又问：苏丹人？答：真主子民中最低劣者。众人说：那你说吧。伊本·穆格发说：是阿拉伯人。众皆哗然。伊本·穆格发说："我原本就知道你们不会同意。我虽然不是出身名门，

但却不乏学识。阿拉伯人是独特的。阿拉伯人是骆驼和羊的主人，是毛和皮的享用者。他们每个人都贡献力量，作出努力，同甘共苦，共同奋斗。阿拉伯人聪明睿智。写什么，像什么，作什么，成什么。一支生花妙笔，肆意褒贬。……"①又据古代阿拉伯散文集《文萃》第二卷记载，伊本·穆格发在谈到诗及诗的特色时说过："还有什么样的智慧能比一个阿拉伯牧童的智慧更卓绝、更奇特的呢？他从来没有到过农村，也从来没有吃过一顿饱饭。他生性孤僻，远离人群，只喜欢荒郊野外，飞鼠羚羊。他惯与鬼魅为伍，与精灵结伴。但就是这样一个牧童，一旦作起诗来，就能描写出闻所未闻、见所未见的景象来，他还能评论各种品德的优劣，时而赞美，时而讥讽，时而谴责。人们对他怎样描写，怎样赞扬，都不为过。"

在阿拉伯帝国，学者和评论家们还喜欢使用比较的方法，对不同的诗人及其作品加以比较和区分。可以说，"比较方法"成为阿拉伯诗歌批评与文学批评的主要方法。例如，文学史家伊本·萨拉姆（767—846）在《诗人的品级》一书中，将此前的蒙昧时代和伊斯兰时代的阿拉伯著名诗人，分别分为十个等级，每一等级中列出四位诗人，按多产、题材多样化、质量等原则标准进行比较分析。这里的"比较"虽然还是在阿拉伯伊斯兰文学内部，并不是比较文学意义上的比较，但萨拉姆在总体阐述阿拉伯诗歌的时候，已经具备了族际的、国际的眼光。他写道：

---

① ［埃及］艾哈迈德·爱敏：《阿拉伯—伊斯兰文化史》第二册，朱凯、史希同译，北京：商务印书馆，1990年，第45页。

诗歌是一个民族的旗帜。没有其它作品比诗歌这面"旗帜"更显著了。伊斯兰教出现之后,阿拉伯人忙于信奉伊斯兰教,忙于远征,忙于入侵波斯及罗马,无暇顾及作诗及传述诗歌。当伊斯兰教确立下来,阿拉伯人完成开拓疆域大业后,阿拉伯人对其疆域已经安心。他们又开始传述诗歌。但他们既不把它记述下来,也不整理成册,而只是传述。有的阿拉伯人死于战斗。阿拉伯人只背记一小部分诗歌,大多数诗歌已失散了。[1]

所谓"诗歌是一个民族的旗帜"的判断,已经相当具有现代意味了。表明公元9世纪的萨拉姆已经明白,诗歌是反映各民族及其文化精神的最好的载体,得出这样的判断,没有族际的文学比较是不可能的。同时,说阿拉伯人不将诗歌记述下来并整理成册,显然也是与希腊人、波斯人等主要以书面为诗歌传承方式的民族比较而言的。当时,阿拉伯帝国内关于阿拉伯文化与其它民族的文化的优劣的争论正在进行,萨拉姆也谈及了阿拉伯诗歌与另外"一些民族"的诗歌的不同。他写道:"当阿拉伯人传述诗歌,提及其光荣历史、赫赫战功时,一些民族认为他们诗人的诗歌以及提及其战役的诗太少。还有一些民族本身没有很多战役,诗歌也很少。他们想追上那些有赫赫战功、有许多诗歌的民族。因而借口齿伶俐的传述者来杜撰诗歌。"[2]可见,在当时阿拉伯帝国统治下的各民族及周边各国,是自觉地将自己的诗歌(文学)与其它民族相攀比、相比较的。

---

[1] 曹顺庆主编:《东方文论选》,成都:四川人民出版社,1996年,第465页。
[2] 曹顺庆主编:《东方文论选》,第465页。

阿拉伯帝国的阿拔斯王朝时代前期，各民族文化产生了深度融合和激烈冲突，并出现了所谓"反阿拉伯人的民族主义"思潮，即"舒毕主义"思潮。学者们就阿拉伯文化与其它民族的文化孰优孰劣的问题展开了激烈争鸣，与此同时，也对阿拉伯人民族性与其它民族的民族性进行了比较，其中也自然涉及到了语言文学的比较。例如，当时的"舒毕主义"者还从阿拉伯人最擅长和自鸣得意的演说艺术入手，在比较中对阿拉伯人的文学艺术水平加以贬损。他们说：演说并不是阿拉伯人所独擅的，演说是一切民族共有的，就连愚昧无知、品质恶劣的黑人也擅长演说。最擅长演说者当推波斯人而非阿拉伯人，你们（阿拉伯人）的思想、格言、讲演、思维方法怎么能和波斯人、希腊人、印度人相比呢？你们那种只能用来吆喝牲口的粗野的语言和粗犷的声音，怎么能和波斯人、希腊人、印度人细腻的思想、讲究的用词、温柔的声音相比呢？这种贬低阿拉伯人及其文化水平的声音，在当时著名学者伊本·阿布德·朗比《珍奇的串珠》一书中也有反映：

世界上任何民族都有国王的保护，有城市的范围，有让人遵守的法律，有哲学研究的成果，有工艺上种种瑰奇的成就，如织造绸缎，发明棋子与天秤，又如罗马人之研究哲学，创制法律，发明天文星盘……等。只有阿拉伯人既没有国王出来团结大众，拢络边远，惩治顽强，制止愚蒙，又没有工艺的产品和哲学的遗产。虽在诗歌方面稍有成就，然而诗歌发达的民族，并不只是阿拉伯人，其它民族的诗歌，也是发达的，如罗马也产生过瑰奇美妙的、音调铿锵的诗歌。[①]

面对这些责难，著名学者、作家查希兹（775—868）在《修辞与释义》（一译《解释与说明》）一书中给予驳斥，在该书第八卷中，他将阿拉伯民族和别的民族作了比较，认为：

> 印度有许多著作乃是经过若干时代的淘汰，才由古代留传下来的文化遗产，并非某一个名人、某一个著名学者的个人成就。希腊产生过哲学、逻辑学，但发明逻辑学者，却是一个口齿迟钝、不善辞令的人。波斯虽然产生过许多演说家，但是波斯人措辞立意，都是经过长久的深思熟虑后，才发表出来的。至于阿拉伯人，无论讲什么，都无暇深思，不事推敲，直感所及，便如受了感召似的，一念之下，意思便涌上心头，言辞便脱口而出。阿拉伯人是文盲，不知书写，是自然人，不受拘束。不以强记他人的学问，模仿前辈的言辞为能事。他们的言辞多半发自内心，出于肺腑，同自己的思路，紧密相通；不矫揉，不造作，不生吞活剥。他们的言辞鲜明爽朗，丰富多采。[②]

查希兹一生著书三百多种，传世的就有一百七十余种，内容涉及文、史、哲、宗教等多种方面。他不仅精通阿拉伯伊斯兰的各门

---

① ［埃及］艾哈迈德·爱敏：《阿拉伯—伊斯兰文化史》，第一册，纳忠译，北京：商务印书馆，1982年，第33页。

② ［埃及］艾哈迈德·爱敏：《阿拉伯—伊斯兰文化史》，第一册，纳忠译，第33、34页。

知识，而且对希腊、波斯、印度及其基督教、犹太教、袄教、佛教都有深入的了解。他在流传至今的《动物志》《修辞与阐释》等散文著作中，以伊斯兰文化为中心，对当时世界上各种文化做了比较评论。在当时的文化优劣的论争中，查希兹是阿拉伯文化优越论者，例如他在对阿拉伯语言文学与其它民族的语言文学进行比较后断言："世上没有一种语言比智能过人、能言善辩的阿拉伯游牧人的语言更加有益、更加华丽、更加动听、更加使人心旷神怡，更加符合健康理智的逻辑、更加有利于锻炼口才。"[①] 在《动物集》一书中，查希兹又说："地球上没有一种语言，其动听、优雅能比得上聪明的游牧人的言谈话语；没有一种语言，比阿拉伯学者的雄辩更理智、更畅达，更富于启迪和教益。地球上没有一种享受，能比聆听他们滔滔不绝的言词更令人心旷神怡。"[②] 在《修辞与阐释》中，他还比较说："波斯人说话是经过深思熟虑、反复推敲的，而阿拉伯人讲话则是凭直感，脱口而出，好似灵感、天启一般。"

在论述某个问题的时候，查希兹喜欢将其它民族国家的同类现象拿出来进行比较，然后得出自己的结论，如在《修辞与阐释》的第一卷中，他将各民族对"修辞"所下的定义做了比较：

> 问波斯人，什么是修辞？答：了解语句的分与合。问希腊人，什么是修辞？答：修正句式，是选择用词。问罗马人，什么么是修辞？答：简繁得当，用词贴切。问印度人，什么是修辞？

---

① ［埃及］艾哈迈德·爱敏：《阿拉伯—伊斯兰文化史》，第二册，朱凯、史希同译，第45页。

② 曹顺庆主编：《东方文论选》，第475页。

答：层次清楚，句式得体，词语恰当。①

查希兹还论述了翻译问题，例如，查希兹在《动物志》卷一中写道："印度的著作、希腊的格言和波斯的文学已被翻译成阿拉伯文，有的译文比原文还美。如果将阿拉伯格言译成其它文字，那阿拉伯文的节奏和韵律就都失去了……"②这在世界翻译文学的理论史上，较早的提出了"译文可以胜过原文"，以及"诗歌不可译"的问题。

与查希兹是同时代、并受到查希兹的影响的伊本·古太白（828—889），被认为是阿拉伯科学的文学性批评的奠基人，他的著述将阿拉伯传统文化与希腊、波斯、印度文化熔于一炉、具有广博的知识含量。在《诗与诗人们》一书中，谈到诗人一定要有多学科的修养，他说过："如果你想成为一个专门家，那你就去探求一门艺术；如果你想成为一个文学家，那你就向各门科学扩展。"这里已经点破了文学与多学科之间的关系，蕴含了现代比较文学研究的跨学科的学术观念。伊本·古太白编著的《故事之源》一书中，在故事的收集、评论与编排方面，体现了跨文化的文学眼光。这部散文与故事的选集共分十部分，涉及到阿拉伯、印度、波斯、罗马等多民族的材料。伊本·古太白在分析与讲解的时候，总是旁征博引，罗列阿拉伯人、波斯人、印度人、古希腊与罗马人的看法，以多种文化的材料相互参证。这与中国学者钱钟书所提倡的"打通"的方法，

---

① ［埃及］艾哈迈德·爱敏：《阿拉伯—伊斯兰文化史》，第二册，朱凯、史希同译，第367页。

② ［埃及］艾哈迈德·爱敏：《阿拉伯—伊斯兰文化史》，第二册，朱凯、史希同译，第354页。

已经相当接近了。

公元10世纪的阿拉伯学者、文学家艾布·曼苏尔·赛阿里比（1037—？年）在散文著作《稀世珍宝》（四卷）中，记载并评论了阿拉伯文学史上的著名诗人，并对他们做了比较。赛阿里比对诗人的划分方法，与此前的伊本·穆阿塔兹等批评家给诗人划分等级，然后再做比较评论的作法有所不同。他是按照诗人所在的地区、国家等来划分诗人的类别，如沙姆[①]、埃及、摩洛哥、伊拉克等地，基于这样的地域划分所做的比较评论，已带有现代比较文学中的民族文学、区域文学研究与评论的色彩。例如他写道：

> 沙姆阿拉伯诗人以及它邻近地区的诗人比蒙昧时代以及伊斯兰时代的伊拉克诗人及邻近伊拉克地区的诗人更富诗意，其原因是这些民族在古代与现代比其它民族更卓越。这是由于他们接近贾希兹，远离外国人。而伊拉克人与波斯人、奈伯特人接近，并与他们混合。而沙姆地区的诗人更兼具伶俐的口齿及文明人文雅甜蜜的辞巧。这些诗人受哈姆达尼族及瓦尔格乌族国王的供养。而这些民族酷爱文学，以光荣的历史及慷慨大方而闻名，并兼具文治武功。他们中有杰出的文学家，不仅写诗而且加以批评，对最优秀的学者给予报酬。这些优秀的文学家独具才华、文笔洗炼。他们循着一条阿拉伯人走过的道路写作……。[②]

---

① 沙姆，即现在的叙利亚、黎巴嫩地区。
② 曹顺庆主编：《东方文论选》，第519页。

在这段文字中，赛阿里比和其它阿拉伯评论家一样，流露出明显的阿拉伯民族主义倾向。他在同书中甚至声称："阿拉伯诗歌是一种令人欣羡的文字，是阿拉伯人而非其它民族的一门学科。"但另一方面，这种民族主义的倾向恰恰是由于强烈的异文化感觉、国际感觉所造成的。这正是比较文学所必需的。

11世纪阿拉伯著名哲学家伊本·西拿（980—1037）对希腊哲学有深刻的研究，对亚里士多德的《诗学》有独到的见解。在《标准流畅的阿拉伯语之秘密》中，伊本·西拿谈及阿拉伯语言文学，并与希腊相比较。他认为，阿拉伯语是最优秀的语言，其最重要的特征是词汇的丰富多彩。一个概念可用许多名词来表达。这正好与希腊语相反，在希腊语中，许多概念只用一个名词表达。阿拉伯语的特点是一种含义、多种表达。一个含义既可平铺直达，也可使用比喻、借喻等修辞方法来表达。一个单词既可用于散文也可用于诗歌创作，同样悦耳动人。

12—13世纪之交的另一位阿拉伯学者伊本·艾西尔（1163—1239）在修辞学与文学批评著作《通例》一书中，同样流露出阿拉伯文学的自豪感与民族主义倾向。他批评当时有些人在评论诗歌时的"言必称希腊"的倾向，他反问道："难道未曾向希腊学者学习的人就不能成为诗人吗？"他举出阿拉伯文学史上著名诗人的名字，如艾布·努瓦斯、穆斯里姆、本·瓦里德、艾·泰马姆·布赫图里、穆台纳比等，说这些诗人对希腊学术并不了解，但他们都成为著名诗人。他的结论是："诗歌及演讲是专属于阿拉伯人的本性及禀性"；"不必言必称希腊，而必须从阿拉伯源泉中去追根溯源"。

13世纪阿拉伯文学研究家艾布·哈桑·哈兹姆（1221—1286）《修辞学家的提纲、文学家的明灯》一书，基本具备了现代比较文学研究的性质。在这部书中，他以篇幅很长的专章，论及希腊哲学家、文论家亚里斯多德对诗歌及其修辞学的观点；他以亚里士多德的《诗学》的模仿理论为中心，也转述了他的前辈学者伊本·西拿对《诗学》的阐释，然后将古希腊与阿拉伯文学做了比较研究，总结出了阿拉伯文学的一系列特点。哈兹姆认为，希腊诗歌与阿拉伯诗歌，比较起来看，两者各有特点，在形式及题材方面颇有区别。阿拉伯人的诗歌重视描述事件的主人，而希腊诗歌更重视的是描述情况即事件本身，而并不把注意力集中于描述主人公。阿拉伯诗歌由于侧重对主人公的"摹仿"，因此重视各种修辞形式，如比喻、借喻及比拟等，阿拉伯诗人在这方面的才能远远超出希腊人。而希腊诗歌侧重的是历史事件，以及神话或现实中主人公在小说、史诗、戏剧或笑剧中的行为，因而强调模仿的真实性。

　　哈兹姆还从比较文学的角度，站在阿拉伯文学的立场上，对亚里士多德的《诗学》及希腊诗歌做了研究，在某些方面还丰富发展了亚里士多德《诗学》中的观点。例如为文学中的"摹仿"划分出了层次等级，他有意识地通过对阿拉伯文学的研究，来丰富和补充亚氏的诗学原理。对此他写道：

　　　　如果亚里斯多德除研究希腊诗歌外，也研究一下阿拉伯诗歌，就会发现在希腊诗歌中存在的许多格言、谚语、推理，及词义艺术中出现的各种不同形式在阿拉伯诗歌中早已存在。如果对诗歌中各种含义作深入研究，并研究与义相符的词的安排，对结构规则的处置，研究一下诗人所注意、所体现的，不断叙述的事物，研究诗人依赖的思想根源，其观点倾向以及对想象传闻的使用，就会对诗歌规律有新的补充。伊本·西奈对《诗学》的总结，即是对第一教师《诗学》一书地位的总结。然而他只做了一半工作，还有一半工作尚需我们去做，以便按照时代要求对诗学作出新贡献。[①]

同时，哈兹姆还对《诗学》中的有关论断提出质疑。他认为：《诗学》中有关诗歌的种类如史诗、悲剧、喜剧的理解并不精确，希腊人过分重视各种传说故事，这并不值得。阿拉伯人在文学鉴赏的方面与希腊人大有不同。希腊人喜欢谈论和描述神的行为，喜欢各种想象性的神话故事，而阿拉伯人的伊斯兰教信仰决定了阿拉伯人不能接受诸神的观念，他们认为那些有形的男女神只是偶像不是神，而伊斯兰教徒憎恶偶像崇拜。阿拉伯人喜欢通过诗歌来表情达意，通过诗歌进行描述与摹仿，这些事物都是客观存在，而非希腊式的空想。他指出："希腊人诗歌韵律的范围不广。他们创作诗歌的轨迹围绕着神话内容进行，设想实际并不存在的事物及形式存在。这些实际并不存在的事物成为实体存在的楷模及典型。"

---

① 曹顺庆主编：《东方文论选》，第555页。

三、古代中国人与印度人的国际视野及比较意识

在古代东亚地区，中国的汉语言文学是世界上最为源远流长的文学体系之一，并对东亚其它国家产生了深刻影响。但是，从比较文学的角度看，由于汉文学自身的先进性与保守性，长期以来，汉文学以外的外来文学，很少能够引起中国的文学家、文学批评家与研究者的注意。因而在中国文学史上，属于中外文学比较的文字材料极为罕见。有学者在谈到中国比较文学"史前史"的时候，认为魏晋南北朝时期的南方与北方的文学的比较，是地道的比较文学。王文勇先生认为："当时南北方，不但分属不同的国家，不同的民族，（在北方，掌握统治权的主要是鲜卑族等族）而且使用着不同的语言，因此，当时南北文学交流、影响与比较，正是在跨越国家与民族界限，有时甚至是在跨越语言界限的基础上进行的。即使用今天的标准来衡量，这也是地地道道的比较文学。"[1]他在古籍中找出了许多南北作家互相评论及两相比较的材料，比较典型的如《隋书·文学传序》中所载魏徵关于江左（南方）与河朔（北方）诗歌比较的

---

[1] 曹顺庆等著：《比较文学学科理论研究》，成都：巴蜀书社，2001年，第32页。

一段话：

> 然彼此好尚，互有异同，江左宫商发越，贵于清绮，河朔
> 词义贞刚，重乎气质。气质则理胜其辞，清绮则文过其意。理
> 深者便于时用，文华者宜于咏歌。此其南北词人得失之大较也。
> 若能掇彼清音，简兹累句，各去所短，合其两长，则文质彬彬，
> 尽善尽美矣。

中国幅员辽阔，东西南北风土人情各有不同，文学风格也有差异。但总体上，中国古代的南北文学，虽跨越了狭义的"民族"（甚至"国家"）的界限，但却是在走向融合的"中华文化"内部进行的，而且是在汉语言文学内部进行的，因此不是现代比较文学所指的"跨文化"的比较。以上引述的《隋书·文学传序》中的一段话，所比较的也是南北方的汉语诗歌的风格差异，而并非不同语言文学之间的比较。但即使如此，仍能说明古代中国人善于比较并在比较中取长补短。

中国古代真正的跨文化的文学比较，是在翻译印度佛教经典的过程中发生的。在佛经翻译过程中，一些翻译家在中印的比较中，看出了印度文章、印度文学不同于中国的一些特点，并且提出了有关译学理论的主张及中印文学不同特征的一些看法。

首先，是在梵语与汉语的对照中，认识到两国语言的差异和翻译的困难。三国时吴国支谦在《法句经序》中说："诸佛典皆在天竺。天竺言语，与汉异音。云其书为天书，语为天语。名物不同，传实不易。"正因为翻译的"不易"，才应该把翻译当做一门学问来

做，才应该探讨翻译的理论与方法。这成为中国翻译理论的前提和出发点。到了东晋时期，翻译理论家道安（314—385）在《摩诃钵罗若钵罗蜜经钞序》中提出了著名的"五失本""三不易"的理论。其中，所谓"三不易"则是从佛经的博大精深的角度谈翻译的困难，认为佛经出自"圣人"之手，而要由凡人来翻译它，实为"不易"。

道安最有创造性的是他提出的"五失本"的见解：

> 译胡为秦，有五失本也。一者，胡语尽倒，而使从秦，是失本也；二者，胡经尚质，秦人好文，传可众心，非文不合，斯二失本也；三者，胡经委悉，至于咏叹，叮咛反复，或三或四，不嫌其烦，而今裁斥，三失本也；四者，胡有义说，正似乱辞，寻说向语，文无以异，或千五百，刈而不存，四失本也；五者，事已全成，将更旁及，反腾前辞，已乃后说，而悉除此，五失本也。①

所谓"失本"，就是失去原作的本来面目之意。"五失本"理论，是道安站在中国文学的立场上对佛经文学与中国文学文体特征的一种比较。虽然他还分不清"胡"与"梵"，即西域文字与梵语文字的区别，但他所说的实际上也是对印度佛经文学（其实也是整个印度文学）特点的一种认识。可以说，道安的"五失本"的理论是我们所知道的最早的中印文学比较研究的滥觞。这里所谈的"一失本"，

①〔东晋〕道安：《摩诃钵罗若波罗蜜经抄序》，释僧祐《出三藏记集》卷八，苏晋仁、萧炼子点校，北京：中华书局，1995年，第290页。

涉及到了佛经语言与汉语的句法顺序的差别。从汉语的语法角度看，佛经的句法顺序是颠倒的，汉译时必须改从汉语句法。"二失本"至"五失本"，谈的其实都是一个问题，就是印度佛经冗长拖沓、重复再三，不厌其烦。这里涉及到了印度"口传"文学所具有的根本特点。而汉语文学的审美理想，即道安所说的"文"，却是言简意赅、含蓄蕴藉。所谓"胡经尚质，秦人好文"显然是从这个角度说的。道安的"五失本"，从中印文学的比较出发，论述了佛经翻译过程中那些虽不理想、但又迫不得已的、可以容许的"失本"的情况，这既是佛经翻译的基本特点和规律的总结，也是中印文学比较论。

稍后，大翻译家鸠摩罗什（344—413）也提出了和道安相同的问题。《出三藏记集》卷十四《鸠摩罗什传》载：

> 什（鸠摩罗什）每为睿（僧睿）论西方辞体，商略同异，云："天竺国俗，甚重文藻，其宫商体韵，以入弦为善。凡觐国王，必有赞德见佛之仪，以歌咏为尊。经中偈颂，皆其式也。但改梵为秦，失其藻蔚，虽得大意，殊隔文体，有似嚼饭与人，非徒失味，乃令呕秽也。"[①]

这里谈的其实也是"失本"的问题。不过罗什认为将印度文学作品译成汉文，就丧失了原文的词藻修辞，译文就好像嚼过的饭，不但没味，甚至令人恶心反胃。这里强调的是，翻译是迫不得已的

---

① 〔梁〕释僧祐：《鸠摩罗什传》，释僧祐《出三藏记集》卷八，苏晋仁、萧炼子点校，第534页。

事情，译文总归比不上原文。虽然这种结论未必科学，但却道出了那个时代的翻译家在翻译文学的探索中切身的感受与体会。

值得注意的是，罗什说"天竺国僧，甚重文藻"，道安却说"胡经尚质，秦人好文"，说法截然不同。这不同的说法，表明了翻译家对中印两国文学审美价值的不同判断。在印度人看来，铺张夸大、反复咏叹的文字，才是"文藻"之美。而以中国语言文学的审美趣味看，印度佛经文学啰嗦拖沓，是为不"文"。罗什为什么不把原文的"文藻"照译出来，而反倒"删繁"呢？看来他已经意识到：在印度是"文"的，在中国则可能就不"文"了。所以，他一方面认为印度"甚重文藻"，一方面又在译文中大量"删繁"。东晋高僧慧远（334—416）在《大智度论钞序》中提到：鸠摩罗什原先翻译的《大智度论》本已做了大量删节，但"文藻之士，犹以为繁"，也就是说，还是嫌不"文"。

无论是认为汉语言文学"文"还是印度佛经文学"文"，都有一个在翻译中以"文"就"不文"，或以"不文"就"文"的问题，从而造成了更多、更大的"失本"状况。但是，"文"与"质"是相对而言的。历来中国的文章就有"文"与"质"之分，同样，印度的佛经也有"文"与"质"之别。慧远发现了这种情况，他在《大智度论钞序》中提出：

> 于是静寻所由，以求其本，则知圣人依方设训，文质殊体。若以文应质，则疑者众；以质应文，则悦者寡。……远（慧远）

于是简繁理秽，以详其中，令质文有体，义无所越。①

慧远在这里认识到印度的"圣人"本来是"依方设训"，即根据不同的对象来讲道理的；佛经有文体上的"文""质"之别，因此译文的文体也不能一概"以文应质"或"以质应文"，而应该做到"令质文有体，义无所越"。可见，到了慧远，佛经的翻译家已能够辩证地看待"文"与"质"的问题，这是佛经翻译在理论上走向成熟的一个表现。

在魏晋时期的佛经翻译中，还形成了名曰"格义"的法则，所谓"格义"，就是把佛经中的概念与中国古籍中的同类概念加以印证、比附与阐发。《高僧传·竺法雅传》中写道：

> 竺法雅，河间人。凝正有器度，少善外学，长通佛义，衣冠仕子，咸附咨禀。时依，门徒，并世典有功，未善佛理。雅与康法朗等，以经中事数，拟配外书，为生解之例，谓之格义。及毗浮、昙相等，亦辩格义，以训门徒。②

这里所说的"事数"，指的是佛经中的"四谛""十二因缘""五根""七觉"等名相（概念），"外书"指老、庄、孔、孟等儒、道经典，就是以汉学来阐释佛学。对此，《大正大藏经》卷五十的《释道

---

① 〔东晋〕慧远：《大智论抄序》，释僧祐《出三藏记集》卷八，苏晋仁、萧炼子点校，第389页。

② 〔梁〕慧皎《高僧传·晋高邑竺法雅》，汤用彤校注，北京：中华书局，1992年，第152页。

立传》说得明白："少出家公安为师，善《放光经》，又以庄老、三玄微应佛理，颇以属意焉。"《慧远传》也说："远乃引庄子意为连类，于是惑者晓然。是后公安特慧远不废俗书。"此外，支敏度等人另行创设了"心无义"的方法，"取外书之义，以释内典之文"，与"格义"之法大同小异。

除佛经翻译中的中印文学比较及翻译理论的初步建构之外，在漫长的中国传统文学中，关于中外比较文学的文字少之又少。实际上，当时的中国并不缺乏国际意识，汉魏时代之于印度、西域，唐宋时代之于东瀛日本，明清代之于东洋西洋，都有很频繁的交流。例如唐宋时代，中国不少文学家、诗人都有频繁的国际交往，特别是与朝鲜新罗、日本的诗人文人往来密切。唐代诗人王维、李白、刘禹锡、张籍、贾岛、皮日休、陆龟蒙，司空图等，宋代的欧阳修、梅尧臣等，都曾与日本和朝鲜的来华诗人、学僧等有过诗歌唱和。然而直到晚清的黄遵宪之前，中国学者和文学家对日本文学本身，几乎没有了解与学习的冲动和兴趣，更无法进行中日文学的比较。对于更近邻的朝鲜及朝鲜文学，亦是如此。在这种情况下，关于中国文学与其它民族、其它国家的文学比较的言论，真如凤毛麟角，异常难求。对此，笔者在与乐黛云教授合写的一篇文章中曾做过分析。我们认为，在中国传统学术中未能孕育出以跨越异文化为根本特征的比较文学，其根本原因，或许就是因为传统中国人缺乏那种依靠输入外来文学来更新自身文学的自觉而又迫切的要求。由于汉文学自成体系，作为东亚诸国文学的共同母体，具有强大的衍生力和影响力。汉文学史上的历次革故鼎新，并没有主要依靠外力的推动，而基本上是依靠汉文学自身的矛盾运动来实现的。在中国几千年的文学舞台上，一直没有一个外来文学体系堪与汉文学分庭抗礼。佛经翻译虽然引进了印度文学，但那主要是在宗教范畴内进行的，而且又较快地被汉文学吸收消化，在不自觉地引进印度文学的过程中，并没有在中国人的文学观念中产生诸如"印度文学"或"外国文学"之类的观念或概念。没有对等的外来文学体系的参照，就谈不上"本国文学"和"外国文学"的分野，因而也就无法形成"汉文学"或"中国文学"这样的与外来文学对举的概念。而"比较""比较文学"总是双边的甚至多边的，这种没有"他者"在场的汉文学的"单边"性，只能是汉文学的"独语"，或者是汉文学对周边异文学的"发话"，而不是汉文学与异文学之间的"对话"。而"文学对话"的意识正是比较文学成立的根本前提之一。在人类历史的发展演进中，"文化对话"对任何一个民族及国家来说都不可回避。这种"对话"（抑或"争吵"）往往通过政治、外交、战争、宗教等途径和方式进行着。历史上汉文化与异文化之间有过多次的"对话"或"争吵"，而相对而言，作为"文化对话"之组成部分的"文学对话"，则往往并不是文化"对话"的必需方式。"文化对话"为"文学对话"提供了必要的语境，但有了"文化对话"未必一定就能够进行"文学对话"。"文学对话"需要更具体和更复杂的话语平台，即"对话"所需要的语言能力和异文学文本的阅读能力。而恰恰是这种能力的缺乏，使汉文学与异文学之间无法进行真正的"文学对话"。试看在漫长的古代汉文学史上，有几个文学家掌握了汉语之外的另一种语言？除了宗教信仰的动力促使一些人学习并掌握了梵语等印度语言外，似乎没有一个诗人、作家和文学研究家有足够的动力和条件，为着纯文学的目的来学习一门外语。如此，"文学对话"

从何谈起呢？"比较文学"缘何成立呢？①

在悠久漫长的印度文学传统中，比较文学意识比中国更为淡漠。这是因为以印度教为核心信仰的印度人，讲"种姓"而不讲"民族"与"国家"，以天神为中心建立起来的宇宙观具有强烈的封闭性，排除了与另外的文化体系进行对话与比较的可能。在印度教的观念中，似乎地球上只存在四个种姓，而对印度教观念之外的世界缺乏探求的兴趣。在丰富的梵语诗学文献②中，几乎看不到比较文学的一些痕迹。印度人的文学评论与诗学研究，基本上局限于胶着于语言学、修辞学的框架内，胶着于文学形式的因素，津津乐道于"情""味""风格""诗德""诗病"等，自然，在对"情""味""风格""诗德""诗病"等进行繁琐的数字分类中，也不免使用比较的方法，但那种"比较"不是比较文学的跨文化的"比较"。

---

① 参见乐黛云、王向远：《中国比较文学百年史整体观》，载《文艺研究》，2005年第2期。

② 译成中文的印度的梵语诗学文献有：金克木选译《古代印度文艺理论文选》，北京：人民文学出版社，1980年；黄宝生选译《梵语诗学论著汇编》，北京：昆仑出版社，2008年。

四、古代朝鲜人和日本人的国际视野及比较意识

与中国的情况不同，中国的东邻朝鲜和日本两国始终感受到了中国文化、中国文学的强大存在，因此很早就产生了异文化观念和国际文学眼光。

在相当长的历史时期内，朝鲜文学一直使用汉字、写作汉文，因此基本上是中国文学的一个分支。三国时期和统一后的新罗时期，一般文人士大夫，面对中国，自称"东人"或"东方"，而称汉学为"西学"，对汉文化特别是唐朝文化的繁荣强盛，普遍具有敬畏感、自卑感，但同时也普遍产生了民族国家意识和民族文学的自觉追求。例如，新罗时代著名诗人学者崔致远（857—？年）少年时代留学中国，并在中国为官多年，著有大量的汉诗汉文作品。他在《真鉴禅师碑铭并存》一文中说"夫道不远人，人无异国，是以东人之子，为释为儒"，也就是说，在"道"——学问与文学——面前，不应有大国小国之分，"东人之子"，照样可以"为释为儒"，流露出对新罗士大夫阶层中小国自卑论的不满和批评。他又在《遣宿卫学生首领等人朝状》一文中强调："可证人无异国，臣窃以东人西学，惟礼与乐，至使攻文以余力。"表现了强烈的"东人西学"的跨文化观念。

公元10—14世纪的高丽时期，在统治者的大力扶持下，朝鲜的汉文学创作取得了高度繁荣，艺术水平趋于成熟。与此同时，他们不再将自己的汉诗汉文视为中国文学的一个分支，而是认为高丽的诗歌是高丽人自己的文化遗产。这时期的一些"诗话"作品，满怀自豪之情弘扬、赞美本国的汉诗文创作传统，并在与中国作品的比较中，强调高丽的汉诗文"美于中国"（比中国诗文的审美水平高）。例如诗人、学者李仁老（1152—1230）在朝鲜第一部诗话集《破闲集》中，这样写道："丽水之滨必有良金，荆山之下岂无美玉！我本朝境接蓬瀛，自古号为神仙之国，其钟灵毓秀，间生五百，现美于中国者，崔学士孤云唱之于前，朴参政寅亮和之于后。而名儒韵释，工于题咏，声驰异域者，代有之矣。"[1]稍后的诗人、学者崔滋（1188—1260）在《补闲集·序》中也说了同样意思的话："我本朝以人文化成，贤俊间出，赞扬风化……汉文唐诗于斯为盛。"[2]

在中国诗话的影响下，诗话（亦称"诗学"）作为评论与研究汉诗的文体样式，在朝鲜也非常盛行。在朝鲜学者诗话中，将中朝诗人、诗作加以比较，则成为一种常例。有的诗话将朝鲜某诗人的某作品，与中国某诗人的某作品加以比较，指出其相似，并做出优劣判断。如，李朝的梁庆遇（1568—?）在《霁湖诗话》中，以杜甫的诗为标准，极力称道朝鲜诗人卢守慎（号苏斋，1519—1590）的五言律诗所取得的成就：

---

[1]［朝鲜］李仁老:《破闲集》，蔡美花、赵季主编《韩国诗话全编校注》第一册，北京：人民文学出版社，2012年，第43页。

[2]［朝鲜］崔滋:《补闲集》，蔡美花、赵季主编《韩国诗话全编校注》第一册，第61—62页。

卢苏斋五言律酷类杜法，一字一语皆从杜出、其"诗书礼学未，四十九年非"之句世皆传诵，实出于老杜咏月诗"羁栖愁里见，二十四回明"，可谓工于依样矣。杜诗长律纵横雄宕，不可学而能之。故苏、黄、两陈俱不敢仿其体，而苏斋欲力追及之，难矣哉！①

　　这里既有比较文学的影响研究的性质，也带有"出典"研究即渊源学研究的意味。又如，朝鲜诗话作者张维（1587—1638）在《溪谷漫笔》中写道：

　　温庭筠渭上题诗，有曰："吕公荣达子陵归，万古烟波绕钓矶，桥上一通名利迹，至今江鸟背人飞。"我朝金悦卿咏《渭川垂钓图》曰："风雨萧萧拂钓矶，渭川鱼鸟亦忘机。如何老作鹰扬将，空使夷齐饿采薇。"二诗俊爽颇相类。然温诗直以名利讥太公，殊无意致。悦卿诗用意深远，有关世教，识者自能辨之。世谓古今人不相及，真影响语耳。②

　　这里不只是通过具体作品的分析，指出两者之间的"颇相类"，印证了温庭筠对金悦卿的影响，而且直接使用了"影响"一词。所

---

①［朝鲜］梁庆遇：《霁湖诗话》，蔡美花、赵季主编《韩国诗话全编校注》第二册，第1430页。

②［朝鲜］张维：《谿谷漫笔卷之二》，蔡美花、赵季主编《韩国诗话全编校注》第二册，第1605页。

谓"世谓古今人不相及，真影响语耳"，"影响"一词，显然已经具备了现代比较文学意义上的"影响"一词含义，是难能可贵的。

在高丽时期，随着朝鲜国语文学的产生与发展，不少文人学者在与汉文化、汉文学参照中，开始认识到了朝鲜国语诗歌的价值。在当时日益高涨的民族自主意识和爱国观念的推动下，不少文人着手总结国语诗歌的创作经验，宣扬国语诗歌的优越性。如高丽文宗时的文人崔行归在《均如传序文》中写道："诗构唐辞，磨琢于五言七字；歌排乡语，切磋于三句六名。论声则隔若参商，东西异辨；据理则敌如矛盾，强弱难分。虽云对炫词锋，足以同归义海，各得其所，于何不臧?！而所恨者，我邦之才子名公，解吟唐音，彼土之鸿儒硕德，莫解乡谣。矧复唐文如帝纲交罗，我邦易读；乡扎似梵书连布，彼土难谙。"崔行归认为"唐辞"与高丽本朝的"歌排乡语""乡扎"①属于两种不同的诗歌艺术，各有千秋，因此"强弱难分"。但又有共性，"足以同归义海，各得其所"。他慨叹当时的朝鲜文士"解吟唐音"，而中国的"鸿儒硕德"却"莫解乡谣"。在中朝两国的比较中，痛感到两国文化与文学交流的不平衡。

15世纪朝鲜的李朝时期，文字方案"训民正音"经朝廷颁布后，可供书写的朝鲜民族文字逐渐形成，虽然被视为"谚文"（通俗语言），但逐渐被文人作家所使用，并慢慢形成了朝鲜国语文学（朝鲜人简称"国文学"），而与"汉文学"并行不悖。16世纪末抗击倭寇的"壬辰战争"之后，关于"国文学"评论也逐渐起步。在评论

---

① 在朝鲜字母创立之前，朝鲜本土的诗歌的发音利用汉字的音、义标记，称为"乡扎标记法"。

中，也开始有了"汉文学"与"国文学"两者之间的比较意识。较早的例子，可以举出16世纪的学者申象村的《放翁诗余序》和《书芝峰朝天录歌辞》等文。他虽然有了明确的朝鲜国文学的意识，但却把它视为汉文学的余技，而且他认为，从本质上和文学价值上看，朝鲜诗歌同中国汉诗并无差别，两者之间只不过是"语音殊"罢了，本质相通。李晬光（号芝峰，1563—1628）在其著作《芝峰类说》中专门辟有歌辞类目。同申象村一样，也认为朝鲜国的歌辞同中国的乐府不同，是用"方言"写成，因此虽有诸如宋纯、郑澈等人的优秀作品，但只能口耳相传，而不能形诸文字，为此他感到惋惜。洪万宗（1643—1725）在其著作《旬五志》（1678年）中指出，韩国的民族诗歌中，方言和文字混用，这同中国乐府不一样，这是韩国的国俗，就该如此。他在评论国语歌辞时，时常以中国文学、中国诗歌为参照，如：

> 《将进酒》，亦松江所制。盖仿太白、长吉"劝酒"之意，取杜工部"缌麻百夫行"、"君看束缚去"之语，词皆通达，语句凄婉。若使孟尝君闻之，泪下不但雍门琴也。[①]

小说家、诗人金万重（号西浦，1637—1692）在谈到诗歌时，也在朝、中两国文学的相互关照、比较中，强调真正的韩国诗歌只能用朝鲜语来表现。他非常赞赏歌辞诗人郑澈（号松江，1537—

---

① ［朝鲜］洪万宗：《旬五志》，蔡美花、赵季主编《韩国诗话全编校注》第四册，第2539—2540页。

1594）的《关东别曲》和前后《思美人曲》，他在用汉语文言文写成的《西浦漫笔》一书中的一段话，可以称作古代朝鲜"比较诗学""比较文学"的一段有代表性的文字：

> 松江《关东别曲》、前后《思美人曲》，乃我东之《离骚》。而以其不可以文字写之，故唯乐人辈口相授，或以传国书而已。人有以七言诗翻《关东曲》而不能佳。或谓泽堂少时作，非也。鸠摩罗什有言曰：天竺俗最尚文，其赞佛之词极其华美，今译以秦言，只得其意，不得其辞。理固然矣。人心之发于口者为言，言之有节奏者为歌词文赋。四方之言虽不同，苟有能言者，各因其言而节奏之，则皆足以动天地、通鬼神，不独中华也。今我国诗文舍其言而学他国之言，假令十分相似，只是鹦鹉之人言。而闾巷间樵童汲妇咿呀而相和者，虽曰鄙俚，若论真赝，则固不可与学士大夫所谓诗赋者同日而论。况此三别曲者，有天机之自发，而无夷俗之鄙俚，自古左海真文章只此三篇。然又就三篇而论之，则后《美人》尤高。《关东》、前《美人》犹借文字语以饰其色耳。[1]

从比较文学学术史角度看，金万重这段话含有几重意思。第一，朝鲜语歌辞以朝鲜口语作成，因而不能很好地翻译成汉诗形式，否则正如鸠摩罗什所说的"只得其意，不得其辞"。第二，各民族文学

---

① ［朝鲜］金万重：《西浦漫笔》，蔡美花、赵季主编《韩国诗话全编校注》第三册，第2274—2275页。

虽各有不同，但也各有其美，"不独中华"诗歌才有。朝鲜的歌辞虽俚俗，但表现出朝鲜人的内心世界（"真膺"）。第三，朝鲜的诗文作者不能舍弃自己的语言而学习"他国之言"，否则无论怎样相似，都是鹦鹉学舌。这些都表明，在学习模仿中国文学上千年后，朝鲜人的语言文学中的民族意识已经相当自觉。没有国际文学的视野和比较文学的意识，文学上的这种民族主义的自觉是难以想象的。

日本的情况与朝鲜一样，其语言文字与书面文学是在汉语言文学的影响下发生发展的。而且，汉文化与汉文学东渐日本，很大一部分是以朝鲜为中介的。因此，日本人较早就具有了"国际"的观念，在认同汉文化的先进性的同时，相对于"唐土"，有了"苇原中国"（日本神话中的"日本"的称谓）"本朝""日本""神国""皇国"之类的民族与国家的观念，并逐渐产生了民族文学的自觉。

最初，日本人为了确立民族文学的正统合法性，不得不援引中国文学的概念和标准来诠释日本文学。这一点，在日本最早的文学理论文献《古今和歌集》的"真名序"（汉语序言）与"假名序"（日语序言）中，表现得十分清楚。在《真名序》中，作者纪贯之（约868—945）将中国《诗经》的"六义"直接套用到和歌上，"和歌有六义，一曰风，二曰赋，三曰比，四曰兴，五曰雅，六曰颂。"在纪淑望的《假名序》中，则适应于日语的表达而稍有变化，指出："和歌样式计有六种，唐诗中亦有之。"一曰"讽歌"，二曰"赋歌"，三曰"比歌"，四曰"喻歌"，五曰"正言歌"，六曰"颂歌"。含义也与中国的"六义"基本相同。从比较文学的角度来看，这属于用中国的诗歌概念和理论，来阐发、诠释日本的作品。可以视为"他山之石，可以攻玉"式的"阐发研究"的萌芽。后来，日本文人学者在论述日本文学问题的时候，也常常援引中国事例，或与中国的情况做比较，以寻求立论上的支持。如散文作家、文艺理论家鸭长明（1153—1216）在"歌学"著作《无名抄》一书中，面对时人对"新体"和歌的指责，指出："这样责难是不合适的。即使是新体，也未必不好。在唐土（即中国——引者注），有限的文体也是随时世推移而有所变化。我国是个小国，人心尚欠睿智，所以万事都欲与古代趋同。"他以中国为例证，论证旧的未必就好，和歌创作需要创新。

在探讨日本文学中的某些体裁、文体样式的源流的时候，古代日本学者也很注意说明它的外来渊源。如著名连歌作者、学者二条良基（1320—1388）在"歌学"著作《筑波问答》中，在回答"连歌只有我们日本国才有吗？别国是否也有？"的提问时，指出："连歌在天竺叫做'偈'，各种经卷中的'偈'即是连歌。在唐国①称为'联句'。在我国接连吟咏的和歌，称为'连歌'。从前的人也称为'续歌'"。这就理清了从印度的"偈"，到中国的"联句"，再到日本的"连歌"的渊源关系。在关于日本戏剧样式"能乐"（又称能、申乐）的渊源探讨中，古代日本学者也同样在国际的背景中追根溯源。例如，著名能乐作家、理论家、表演艺术家世阿弥（1363—1443）在戏剧理论著作《风姿花传》第四章《神仪篇》中，详细地阐述了关于能乐起源的几种说法，一是"神代"说，即认为能乐产生于日本上古的"神代"（神话时代），二是认为"天竺起源说"，三是中国传来说。对此，世阿弥写道：

---

① 唐国：亦作"唐土"，指称中国。

"能"产生于日本之事，据说在钦明天皇当朝，大和国泊濑河泛滥之时，自上流顺水漂下一坛罐，漂至三轮神社前的鸟居[①]附近，被宫中之人拾起，只见坛罐中有一婴孩，柔美如玉。因其人为天降之人，奏闻天皇。其夜，天皇梦婴孩曰："我本大汉国秦始皇之再生，因与日本有缘，今在此显现。"天皇觉奇，于殿上召见。此人随其成长，才智过人，年十五时任大臣，被赐予"秦"姓，此人即秦河胜。

　　上宫太子治理国政，天下出现动荡之兆时，太子按神代、天竺吉例，命河胜演奏六十六首模拟曲，同时制作六十六首曲目使用的假面具"能面"，赐予河胜。河胜在皇宫橘寺中的紫宸殿演出这些曲目，于是天下大治，国土安泰。上宫太子鉴于世风日渐衰败，将原来"神乐"的"神"字去掉偏旁，只留其半，这样就成为干支的"申"字，故命名为"申乐"，即申说愉悦之意，同时亦有分离于"神乐"的"神"字之意。

　　……平安时代村上天皇当朝之时，御览昔时圣德太子御笔《申乐延年记》，只见太子写道：申乐于神代或于天竺起源，由天竺、中国传至日本，以绮语之艺，颂扬佛教，降厄招福。演奏申乐，国泰民安人增寿。……[②]

世阿弥的上述记述，虽然主要基于传说，还不算是现代意义上

---

　　① 鸟居：神社正门前的牌坊。

　　② ［日］世阿弥：《風姿花伝》，见《日本古典文学大系·歌论集　能乐论集》，东京：岩波书店，1961年，第369—370页。

的比较文学中的传播与影响的缜密考证与研究，却正确地指出了日本戏剧与印度、中国的密切联系，体现出可贵的国际视野。

古代日本的国际文学视野和比较文学观念，还体现在对中日汉诗的比较评论中。汉诗是中日两国传统文学中的共同诗体，因此可比性很大。在中国诗话的影响下的日本诗话（大多用汉语文言写成），在诗人诗作的评论赏析中，常常使用比较法，不仅在日本诗人中做比较，在中国诗人中做比较，而且还将中日诗人做比较，这种中日比较已经是严格意义上的比较文学了。其中，有从宏观角度比较中日两国诗人、诗作总体风格上的差异的。例如，江户时代的赤泽一堂（1796—1847）在《诗律》中比较两国诗作，认为：

> 大抵汉人学士之诗，利于案上，而不利于场上。本邦学士之诗，利于眼中，而不利于舌头。此是本邦学士作诗之法……。①

说中国诗人的诗作"利于案上，而不利于场上"，中国人未必认同。不过，赤泽一说"本邦学士之诗，利于眼中，而不利于舌头"，却指出了日本诗人由于大都不会讲汉语，只依据日本式的训读法来掌握音律，所以"不利于舌头"、不适合朗诵。相比之下，日本民族诗歌和歌、连歌及俳句是适合吟诵的，而汉诗只能是看（"利于眼中"）。这是通过中日比较才能得出的结论。

---

① [日] 赤泽一堂：《诗律》，赵季、叶言材、刘畅辑校《日本汉诗话集成》第八册，北京：中华书局，2019年，第3568页。

其次，也有日本学者将中国和日本诗人的个人风格与影响加以比较，例如，加藤善庵（良白）在《柳桥诗话》（1836年）中比较了中国清代诗人袁枚和日本的菊池五山（1772—1855）的诗作，其中写道：

> 评者谓：五山先生，本邦之袁子才也。是说但见其杜德机耳。盖其似者三，不似者三。举世推为诗伯，其似一；诗话共传，纸价为贵，其似二；声色之好，老而不废，其似三矣。子才氏园池之胜，栋宇之丽，歌于是、哭于是，而先生祝融屡灾，移居不定，其不似一，子才氏之著书，莫不开雕问世，而先生一点心血，又为火所焚，其不似二；子才氏以穹碑巨制，为世所讥，而先生之文莫有白璧微瑕，其不似三也。[①]

经过这样的相似与不似的比较，中日诗人各自的特色就突显出来了。

还有作者由中日诗作、中日文坛风气的比较对照，对日本的国民性、文坛习气作出了批判。例如长野确（长野丰山，1783—1837）在《松阴快谈》（1820年）中，有感于日本诗坛党同伐异之风，将中日两国诗人的性格心态作了一番比较。他写道：

> 大概西土人性通达宽厚，喜同恶异之弊少，故互美其长而

---

①［日］加藤善庵：《柳桥诗话》，赵季、叶言材、刘畅辑校《日本汉诗话集成》第八册，第3713页。

弃其短。本土人性苟塞狭隘，动辄异同相轧，务护己短好毁人长，一切莫不皆然，猜忌妒媚虽出于沉溺名利之深，然亦其资性然也。好艰涩之文者笑平易之文，喜平易之文者讥艰涩之文，不知其各有美也。[1]

"西土之人"指的是中国人，"本土之人"指的是日本人。尽管党同伐异之风不只是日本文坛的现象，中国文坛也相当程度地存在着，但长野确在这里运用了比较文化、比较文学中常见的"异文化反照法"，即：为了揭示和批评本国文化的负面，而刻意地拈出他国的相反例证，以异文化反衬本国文化，从而达到批判与反省的目的。至于用作反例的异文化中的相关现象是否真实可靠，则显得无关紧要了。

这种比较批评的方法，在江户时代、18世纪盛行的日本"国学"研究及反驳中国儒家文化的国粹主义思潮中，运用得更为全面彻底。在以贺茂真渊（1640—1701）、本居宣长（1730—1801）为代表的"国学"派的文学研究著作中，可以找到不少"异文化反衬法"的例子。贺茂真渊在其研究和歌的著名长文《国歌八论》中，极力弘扬和歌的价值，认为从前日本文化发展较迟，所以借用"西土"（中国）汉字，而礼仪、法令、服章、器材等，大都来自异国。"唯有和歌，用我国自然之音，毫不杂汉语。至于冠辞或转意续音之句等，西土语言之所不及。唯喜我国之纯粹也。"他认为和歌根本上不同

---

① [日] 长野丰山：《松阴快谈》，赵季、叶言材、刘畅辑校《日本汉诗话集成》第六册，第2685—2686页。

于中国诗歌，归根到底属于一种娱乐，所谓有利于世道人心，所谓"动天地，感鬼神"之类的说法，都是虚妄之词，不可相信。这里将汉诗的功用性与和歌的纯娱乐的无功用性加以对照，来强化日本和歌的独特性，从而否定儒家诗教中的功利主义。

本居宣长在研究和歌的专著《石上私淑言》的第二卷中，在论述日本和歌的独特性的时候，也拿中国文学做反衬。他认为中国的汉诗最早的《诗经》尚有情趣，与日本和歌无异，但发展到后来，在经学的影响下，诗多豪言壮语，喜欢说教。虽然中国诗歌中也不乏风雅之趣，"但与我国之歌比较，即使可以视为风雅者，受国土风习的影响，也是如说教者为多，偶有堪称'物哀'者，也如凤毛鳞角。"在将中日两国加以比较之后，本居宣长自豪地宣称："我国乃天照大神之御国，优于他邦，国强人美，人心、技艺、言语，优雅诚实，天下无事，国泰民安，而别国（指中国——引者注）那种繁缛艰深，丝毫未能渗入我国。"虽然和歌作为日本独特的语言艺术也受到了中国唐朝白居易的影响，但却"未杂唐国之风"，保持了日本的优雅情趣。在回答为什么日本文学作品多写性爱和淫乱，而中国正统文学作品则很少表现情色这一现象时，本居宣长认为：

> 好色之事，不论古今，不分唐土还是日本，彼此相同。翻阅唐土历代文章，就可以知道淫猥之事多有记载，然如上所述，那个国家有一种习惯，就是无论何事，都喋喋不休地以善恶论，自命圣贤的学者大量撰文，对好色之事口诛笔伐，不依不饶。于是诗自然就被这种国家风俗所左右，只喜欢抒发大丈夫之豪言壮语，而视柔情蜜意为可恶可耻，避而不言。这只是故作姿

态，粉饰外表，并非人心之真实。而后世读者不明就里，误以为那些诗文中所言即为真情实态，以为中国人极少沉迷于色，这样看未免太愚蠢了。

　　而我日本人万事率心由性，通脱自在，不自命圣贤，所以对人之善恶不愿说三道四，只是原样写实，其中和歌、物语等，以"物哀"为主旨，将好色者的种种样相和心态，径直写出。但另一方面，在我国模仿《唐书》等撰写的历代国史中，全然看不出我国的特点，无论如何也看不出与唐土有何不同。以为只有我国人沉迷于色，是未读国史，只读和歌、物语的人所具有的偏见而已。如若不信，请读《唐书》中的《魏志》，其中不是明明写着"其风俗不淫"吗？不只是恋情方面，在一切方面，唐土都有很多不好的东西。唐土之所以有很多清规戒律，正是因为那个国家的人品质恶劣。自古以来，我国对人之言行不加褒贬，只是顺其自然，然而也没听说恶人恶行增多，岂不是因为我国是神国的缘故吗？[①]

　　本居宣长的这种中日两国比较论，流露出强烈的大和民族主义，其结论虽颇有参考价值，但也有相当的主观性。

　　与此同时，在《石上私淑言》中，本居宣长还对日本歌学中的许多概念、范畴、典故，做了考证和厘定。例如，日本的和歌之"歌"的来源，"歌"字如何来自中国，如何被训读为"于多"；"谣"

---

　　① 本居宣长：《石上私淑言》，见《新潮日本古典集成·本居宣长集》，东京：新潮社，昭和五十八年（1983年），第427—429页。

字与"歌"字有什么关系，与中国的《诗经》中的"我歌且谣"有什么关系；吟咏和歌的"詠"字与读和歌的"余牟"（よむ），与日本、中国的典籍有什么关系；"倭"与"倭歌"的概念是怎样形成的，等等。在回答这些问题的时候，本居宣长将中国古籍与日本古籍相互参证，在传统的训诂学中，运用跨文化的比较方法，已经属于比较文学中的发生学、渊源学的研究了。尽管本居宣长在当时并没有比较文学的学科自觉。

18世纪的日本"国学"派的文学研究，在理论与方法上，都即将跨入现代状态，即比较文学的学科自觉状态。

第 2 章

学科先声：
近代"比较文学批评"和"世界文学观"的形成

　　"比较文学批评"（亦可称为"比较文学评论"）是指运用跨文化的比较方法所从事的文学批评，这种批评形态多见于近现代欧洲。欧洲文艺复兴运动后，随着各民族书面文学的形成和发展，各国文学之间的联系日益加深，文学批评中自然而然地、普遍地采用了跨国度的比较方法，形成了"比较文学批评"这样一种批评形态。19世纪后东方各国文学批评也开始以西方文学为参照，展开比较文学批评。另一方面，比较文学批评的广泛运用和东西方各国文学之间日益形成的关联，催生了人类文学一体化与"世界文学"的观念。从比较文学学术系谱上看，"比较文学批评"的展开与"世界文学"观念的产生，成为比较文学研究及比较文学学科成立的先声。

一、欧洲文艺复兴至启蒙运动时期的比较文学批评

在中世纪，官方的拉丁语及拉丁语文学一统天下，各民族书面语言不成熟，民族语言的文学创作，除了底层的民间口头文学之外，几乎无所造就。在这种情况下，以跨文化为前提的比较文学无从谈起。14—15世纪在欧洲各地陆续兴起的文艺复兴运动，使欧洲走出了中世纪、跨入了近代，开辟了欧洲历史、欧洲文学的新纪元。从16世纪开始，不少欧洲学者开始冲破中世纪基督教神学的历史与民族观念，试图构建新的"世界历史"。如法国史学家鲍杜安（1520—1573）、勒卢阿（1510—1577）、波普利尼埃尔（1540—1608）先后提出了"世界历史"或"整体的历史"的观念和构想，其中也自然涉及到民族文化、文学的比较。以波普利尼埃尔为例，他以人类对自己的文化历史的表述形式，勾勒了世界历史的发展阶段，认为早期阶段是自然阶段，以自然产生的歌曲、舞蹈和符号为标志，之后是诗的或史诗的历史阶段，而当理性思维的程度提高时，出现了散文历史写作阶段。他将这种新型的历史观称为"整体的历史"，也称为"比较历史"。而且从他使用的关键词"歌曲""诗歌""散文"等可以看出，其"比较历史"中也含有"比较文学"的影子。

但总体看来，刚刚从中世纪拉丁语文学中脱胎而出的欧洲各国的民族文学，需要有一个较长时间的成长过程，各民族文学的鲜明特色需要在相当长的历史过程中才能逐渐显现出来。在这种情况下，虽然文艺复兴时期的意大利、西班牙、英国、法国等国家的文学都很繁荣，文学批评与文学理论也很活跃，但欧洲各国文学一时还缺乏比较文学所需要的氛围与条件，也缺乏足够的民族文学成就的积累。换言之，那时欧洲各民族文学中还没有足够的"异文化"参照，没有足够的成果与资源，来供给民族文学之间的比较批评与比较研究。另一方面，文艺复兴运动的指归，是复兴古代希腊与古代罗马的人本主义传统，以反抗中世纪的宗教禁欲主义。各民族文学的民族意识和国家意识的觉醒是在寻求古代传统的时候萌生的，民族文学的独立意识，是与古希腊罗马文学的同源意识相反相成的。因而，这种独立意识的成长是自然、缓慢的。文艺复兴后期，以至16—17世纪的古典主义运动时期，在各国的文学批评中，出现了一些相互比较。例如，法国的文学评论家斯盖里杰（1540—1609）在《诗学》一书中，就将古希腊的荷马与古罗马的维吉尔相比较，把罗马的贺拉斯、奥维德与希腊人相比较，并在比较中断言罗马人比希腊人更优秀。那时文学批评集中关注的最大焦点，是如何对待、如何处理新文学与古希腊、罗马文学的关系问题，这一所谓的"古今之争"似乎也是"跨国界"与"跨语言"的，似乎也符合比较文学的特征。但是，对当时的欧洲各国文学而言，无论是崇古派还是革新派，古希腊、罗马文学本质上都不是一种"异文化"，而是各国的精神文化与文学的源头，从这个意义上看，"古今之争"不是跨文化的论争，因而不具有严格意义上的比较文学评论的性质。但古今之争最终以

"今派"占上风而告终，更多人确信历史是发展的，更多人认为自国的作家作品超过了古代希腊罗马。这种民族主义与爱国主义的倾向，从一个侧面推动了民族文学意识的进一步自觉，从而也有利于比较意识的强化与比较文学观念的形成。

15至17世纪有鲜明的比较文学意味的言论，集中在翻译领域。正是在使用民族语言翻译希伯来语、希腊语或拉丁语的《圣经》，翻译古希腊、罗马的文献与文学作品的时候，翻译家、批评家才逐渐切实具有民族语言文学独立性的自觉意识，读者们才切实感受了民族语言的独特性与魅力；正是《圣经》的翻译，以及古希腊、罗马作品的翻译，促使了德语、英语、法语等欧洲主要民族语言书面化，为民族语言的形成、成熟和发展奠定了基础。在翻译的初期，一般翻译家都极力主张严格尊重原文，甚至逐字逐词地直译。但随着时间的推移，随着对民族语言的越来越强的自信，到了16世纪，更多的翻译家、翻译理论家，强化了民族语言的本位意识，在"直译派"与"意译派"的论争中，"意译派"占了上风。例如法国的翻译家雅克·阿米欧（1513—1593）在翻译古希腊、罗马的文学作品的时候，不主张机械地字句移译，而主张翻译在尊重原著的前提下，以模仿原著的风格与情调为重心，他在翻译实践中，大胆进行创造性的翻译，借鉴原语而创制了大量的有关政治、哲学、科学、文学艺术等方面的词语，大大丰富了法语的词汇。在英国，人们在宗教与哲学文献的翻译中强调准确忠实，而在文学翻译中，却较多采用创作性的翻译方法。例如，以优美的英语翻译了荷马史诗的诗人兼翻译家乔治·查普曼（1559—1634）曾明确表示："我鄙夷译者陷入逐字对译的泥潭，丧失本民族的活的灵魂，用生硬的语言给原作者抹黑；

同时我也憎恨不求简练，使用繁文缛语以表达原意。"①文学翻译中的这种不能"丧失民族活的灵魂"的思想，是在民族语言与原语的对照、互动中被感受和被强调的，因而具有强烈的比较文学的意味和价值。

到了18世纪的启蒙运动时期，欧洲各国的文学有了三四百年的丰厚积累，各国文学的民族性、民族特色也逐渐显现出来。在这种情况下，启蒙主义的文学家们，在追求自由、博爱、平等的普世价值的同时，对文学的民族特性、区域特性的关注也日益强烈起来，他们反对古典主义者以古希腊、罗马文学为不变楷模与准则的"泛欧洲主义"，而强调东西方各民族文化与文学的独特风格与民族特性。

这一思想，首先从启蒙主义思想领袖、法国思想家封·伏尔泰（1694—1778）的《论世界各国的风俗与精神》（简称《风俗论》）中表现出来。在《风俗论》中，伏尔泰从全球的宏观角度来纵横考察人类文明史，从波斯到阿拉伯，从印度到中国，从日本到秘鲁，把整个世界都置于其视野之内，并且开创性地运用比较历史研究的方法，他把欧洲各国的社会制度、民族精神和风俗习惯同其他国家相比较，指出欧洲并非一切都是先进的，并进而肯定了东方文化的价值。在该书序言中，伏尔泰写道："西方人所写的关于几个世纪以前的东方民族的事情，在我们看来，几乎全部不像是真的。我们知道，在历史方面，凡是不像真事的东西，就几乎总是不真实的。"②为此他

---

① 转引自谭载喜：《西方翻译简史》，北京：商务印书馆，1991年，第99页。

② ［法］伏尔泰：《风俗论》上册，梁守锵译，北京：商务印书馆，2000年，第3页。

要呈现东方的真实面目。伏尔泰的比较不仅有宏观的，而且有微观的，不仅在西方各国之间进行，也在东西方各国之间进行，如将中国哲学与希腊斯多噶学派进行比较。除横向比较外，他还进行纵向比较，如他在研究西欧历史中，根据思想自由程度，对希腊人和英国人作了比较。这部巨著开世界各民族文明史的综合研究、比较研究之先河，在比较文学学术史上也有一定的地位。

伏尔泰的比较文学评论在《哲学通信》（1733年）中的若干篇章中多有体现。《哲学通信》共二十五封信中，有四、五封信是专门谈悲剧、喜剧及文学研究问题的，他一边介绍和评论英国文学的状况，一边拿英国文学与法国文学，还有意大利文学进行比较。例如，他以法国人的戏剧准则为依据，认为英国的莎士比亚很有天才和激情，却"丝毫不懂得艺术规律"；认为英国人只有历史记录而没有真正的历史学。这些比较带有相当的主观随意性，但不仅仅是一种价值判断，其用意更在于促进英国、法国及欧洲各国之间的互相理解和交流。在第二十二封信中，伏尔泰写道："英国人大大利用了我国语言的著作，礼尚往来，我们在给予之后，就该轮到我们向他们要些什么了。英国人和我们的前进只比意大利人晚了一步，他们曾经是我们的导师，而我们在某些事物上已经超越了他们。我不知道三个民族中哪一个必须另眼相看，然而那个能够辨别他们的不同优点的人乃是幸运儿！"①这里体现了伏尔泰鲜明的国际观念与敏锐的国际感觉。

---

① ［法］伏尔泰：《哲学通信》，高达观等译，上海：上海人民出版社，1961年，第106页。

伏尔泰的比较文学批评在《论史诗》一文中表现得最为集中。在《论史诗》（1733年）中，伏尔泰从"史诗"说起，反对以《荷马史诗》为准则给史诗下一个僵硬的定义。他认为，史诗无非"是一种用诗体写成的关于英雄冒险故事的叙述"，从古至今，欧洲各国都有自己的史诗，每个民族对史诗的理解都有相同的东西，也有不同的东西。"每种艺术都具有某种标志着产生这种艺术的国家的特殊气质。""任何有意义的东西都属于世界上所有的民族，各个民族都认为单一而简单的情节比混在一起的互不相关的冒险事迹更能使人感到愉快……同时，情节必须是动人的，因为一切的心灵都要求受到感动……叙事诗应该有完整的内容……这些就是大自然给一切创造了文学的民族所制定的主要法则。但是选择什么样的结构，是否写神力的干预以及故事插曲的性质等等问题，却是由不同的习惯和鉴赏趣味来决定的。在这个问题上存在着千百种不同的见解，没有什么共同的法则。"他接着写道：

> 但是你要问：难道没有为所有民族共同接受的关于鉴赏趣味的准则吗？毫无疑问，这样的准则是有很多的。自从文艺复兴以来（当时古代作家被公认为创作的典范），荷马、德谟斯梯尼、维吉尔、西塞罗等在某种程度上已将所有的欧洲人联合起来置于他们的支配之下，为所有各民族创造了一个统一的文艺共和国。但是在这个共同的领域之中，各个国家引进了各自的特殊的欣赏趣味。①

---

① ［法］伏尔泰：《论史诗》，见伍蠡甫编《西方文论选》（上卷），上海：上海译文出版社，1979年，第322页。

伏尔泰由此而论述了各民族文学的共通性与民族特性之间的关系。就是在欧洲这个"统一的文化共和国"中，各个国家有自己的"特殊的欣赏趣味"，他进一步解释说：

> 从写作的风格来认出一个意大利人、一个法国人、一个英国人或一个西班牙人，就象从他面孔的轮廓、他的发音和他的行动举止来认出他的国籍一样容易。意大利语的柔和和甜蜜在不知不觉中渗入到意大利作家的资质中去。在我看来，词藻的华丽、隐喻的运用、风格的庄严，通常标志着西班牙作家的特点。对于英国人来说，他们更加讲究作品的力量、活力和雄浑，他们爱讽喻和明喻于一切。法国人则具有明彻、严密和幽雅的风格。他们既没有英国人的力量，也没有意大利人的柔和，前者在他们看来显得凶猛粗暴，后者在他们看来又未免缺乏须眉气概……要看出各相邻民族鉴赏趣味的差别，你必须考虑到他们不同的风格。①

伏尔泰在这里运用的是一种各民族语言文学总体风格之间的平行比较，这种比较仅仅是宏观的、描述性的，而非具体的、实证性的深入研究。但是，将各民族文学的某一方面的特点放在一起，进行较为系统的平行的对比评论，伏尔泰是开了先例的。而这种宏观的、总体的、描述性的比较评论，又是个别的、具体的、微观的比

---

① ［法］伏尔泰：《论史诗》，见伍蠡甫编：《西方文论选》（上卷），第323页。

较文学研究的出发点。这种比较评论的方法在后来的斯达尔夫人的有关著作中，被充分运用、展开了。更值得强调的是，伏尔泰的《论史诗》中的比较评论，是在各民族文学共通性与差异性的矛盾统一的基础上建立起来的，这恰恰是比较文学的基本的理论前提。他对文学的民族特性的强调，也是为着建立他所说的"一种人们曾经如此徒劳无益地寻找过的共同的艺术欣赏趣味"，这就将民族性与人类性（世界性）的确认与寻求，辩证地统一起来了。

如上所述，法国人伏尔泰从张扬文学的民族性出发，从"史诗"说起，反对以《荷马史诗》为准则给史诗下一个僵硬的定义。同时代的德国启蒙主义剧作家、理论家莱辛（1729—1781）则为了发展德国的民族戏剧，而反对把伏尔泰为首的法国新古典主义的戏剧理论与实践生搬硬套到德国。当时的莱辛受聘于新建立的汉堡民族剧院，担任艺术顾问。他对该剧院在一年中上演的各国戏剧做了系统的评论，连续撰写了一百多篇文章，结集为《汉堡剧评》一书。从比较文学学术史的角度看，这本书是一部跨国度的戏剧评论集。莱辛对上演的法国、英国、意大利、西班牙等国的戏剧，都做了具体的评论，在评论中常常自然而然地运用比较的方法。从跨国度评论与比较评论两个角度看，《汉堡剧评》堪称是一部典型的"比较戏剧论集"。

当时的德国较之英国、法国而言还比较落后，文学也以学习法国为时尚，正在时兴的法国新古典主义戏剧在德国很有市场。戏剧家高特舍特等人主张以法国新古典主义为榜样革新德国戏剧。而莱辛则意识到，以法国宫廷为土壤的法国新古典主义戏剧，对于建立以德国市民阶级为基础的民族戏剧而言只有妨碍，没有价值。他借法国新古典主义戏剧及其代表人物，如高乃依、拉辛和伏尔泰的剧作在汉堡民族剧院上演的机会，对法国新古典主义戏剧在选择题材、运用语言和戏剧规则（主要是"三一律"）等方面做了深入的分析批判。在德国戏剧应该以哪个国家的作家作品为榜样进行革新的问题上，莱辛反复地拿英国的莎士比亚与法国新古典主义进行比较，包括总体上的比较，细节上的比较。这样的比较评论在书中随处可见，如第十二篇："伏尔泰〔剧中〕的鬼魂只是一部艺术机器，它只是为情节而存在，我们对它丝毫不感兴趣。莎士比亚的鬼魂则相反，是一个真正行动的人物，我们关心它的命运，它唤起恐怖，但也唤起怜悯。"第十六篇："德国人的趣味与意大利人的趣味相比，距离是多么远哪，这简直是不可思议的！伏尔泰的作品对意大利人来说太短，对德国人来说则太长。"在比较中，莱辛得出结论认为，法国新古典主义者歪曲了亚里士多德学说的结论，把亚里士多德著作中不重要的东西，当成了实质性的东西，而把真正实质性的东西加以限制和忽视。莱辛以亚里士多德的学说来衡量莎士比亚的戏剧，认为莎士比亚较之高乃依、拉辛，更接近亚里士多德的基本精神，是真正伟大的戏剧天才，而自认为颇得亚里士多德真传的法国新古典主义者，则只学到了《诗学》的皮毛，而长期以来德国人却一直相信，模仿法国新古典主义就是继承了亚里士多德的精髓，就能建立自己的民族戏剧。莱辛为德国文学的这种不成熟、不自立深感忧虑，他恳切地写道：

……我们德国人还不成其为一个民族！我不是从政治概念上谈这个问题，而只是从道德的性格方面来谈。几乎可以说，德国人不想要自己的性格，我们仍然是一切外国东西的信守誓约的摹仿者，尤其是永远崇拜不够的法国人的恭顺的崇拜者，来自莱茵河彼岸的一切，都是美丽的，迷人的，可爱的，神圣的，我们宁愿否定自己的耳目，也不想作出另外的判断，我们宁愿把粗笨说成潇洒，把厚颜无耻说成是温情脉脉，把扮鬼脸说成是作表情，把合辙押韵的"打油"说成是诗歌，把粗鲁的嘶叫声说成是音乐，也不对这种优越性表示丝毫怀疑。①

面对英国莎士比亚的作品，莱辛欣慰地指出："幸运的是，几出英国戏剧把我们的感情从昏迷中唤醒过来，使我们终于认识到，悲剧除了高乃依和拉辛给它的效果之外，还能产生一种截然不同的效果。在这种突如其来的真理光辉照耀下，使我们从另一个深渊的边缘上退了回来。"他的结论是，只有借鉴莎士比亚，才能帮助德国诗人建立自己的民族戏剧。

莱辛的《汉堡剧评》既具有极强的欧洲文学连带感，也具有鲜明的民族文学意识；既具有排斥不良外来影响的鲜明而坚定的态度，也具有吸收借鉴优秀的外国文学的殷切之情与包容之心。这种矛盾统一的文化立场，正是比较文学应有的文化立场，对后来的比较文学批评也具有相当的参考价值。

---

① ［德］莱辛：《汉堡剧评》，张黎译，上海：上海译文出版社，1981年，第512页。

二、欧洲浪漫主义时代的比较文学批评

19世纪欧洲的浪漫主义文学，为了解放思想和释放想象力，其文学视阈大为开阔，文学家们不仅热衷民间民族文化，更追求异国情调乃至东方趣味。浪漫主义时代的文学批评也相应地表现出对外部文学的浓厚兴趣，在这种氛围中，比较文学批评得以进一步展开，而有些比较文学批评，从深度上看已经接近"比较文学研究"的形态了。

浪漫主义时代对比较文学批评做出最大贡献的人物，首推德国浪漫主义作家、理论家弗里德里希·施莱格尔（1772—1829）。他在古希腊罗马、德国及整个欧洲文学批评与文学研究中，进一步强化了欧洲各国文学的民族性与欧洲文学的统一性的观念，在"民族文学"与"区域文学"的相互关联中，看待和评论作家作品与各种文学现象。他在1797年写的《论希腊诗的研究》一书中，认为文学是一个完全相互联系的整体，一种有机体。他写道："自文艺复兴以来，在一些最伟大和最有素养的欧洲不同民族的诗歌中产生了一种经常性的相互模仿……如果把现代诗歌的民族部分从其整体中分离而出，并视其为独自存在的整体，那么这些民族部分无法解释。它们只有

在互相联系中才有其立足点和意义……我们必须……从两个方面来探索现代诗歌的统一性，朝后，探索它们的起源和发展；朝前，探索它们继续展开的最终目标……"这也就是主张在横向发展与纵向演进中，把握欧洲文学的史的脉络。在欧洲文学史的评论与研究中，弗·施莱格尔主张从"宏观"上把握欧洲文学史的面貌，他在《法兰西之旅》中曾说过："如果不是作宏观把握，而是细致入微地观察，那么甚至在外在的生活方式上，两个民族的差异仅仅是在第一印象里才不甚显著，倘若作进一步观察，人们就会发现存在着一个巨大的差异。"换言之，"宏观把握"有助于在总体上把握民族文学之间的"巨大差异"。在《古今文学史》[①]"前言"中，弗·施莱格尔宣称：

> 对于一个民族整个的后来发展和全部精神存在而言，文学首先正是在这个历史的、按照各民族的价值来对各民族进行比较的观点上显示出它的重要性。[②]

换言之，只有对"对各民族进行比较"，文学才能"显示出她的重要性"。这种对"比较"的重视与强调贯穿在施莱格尔的欧洲文学史评论与研究中。他承诺："我现在将努力勾勒出一幅全欧文学的图画来，而不仅限于德国文学。"明言其写作目的是强化欧洲文学之间的联系性。弗·施莱格尔强调了他的文学和以往的文学史的不同：

---

①《古今文学史》初版于1815年，分为两卷，1822年经作者修订以后仍以两卷本出版。

②［德］弗·施勒格尔：《浪漫派风格：施勒格尔批评文集》，李伯杰译，北京：华夏出版社，2005年，第273页。

我的这部作品决不是一部本来意义上的文学史，即字里行间充斥着［重复使用过的］引语，或是有关作者生平的信息的一部文学史。我的目的是，也只能是，把每一个时代中的文学精神、文学的总体状况，及其在几个最重要的民族中的发展进程展现在读者眼前。因为这部著作的主旨仅在于整体的描述，所以这本书里并没有就具体对象进行的详尽的批评研究，如同我过去在别的作品中经常所尝试的那样。[1]

　　这样的区域文学史实际上就是一部"宏观把握"的文学史，此前，在欧洲文学史研究中还很少见。后来，英国著名散文作家和学者卡莱尔（1795—1881）的系统描述与评论欧洲文学史的《文学史讲演集》[2]，在理论与方法上与弗·施莱格尔一脉相承，可以见出弗·施莱格尔影响的痕迹。弗·施莱格尔这种"整体的描述"的方法，也就是以上引述的所谓"宏观把握"的方法。弗·施莱格尔认为："一个国家的文化是有机的，如同经验再清楚不过地告诉我们的那样，单个国家的性格并不能按照南北纬度或是根据海拔用数学方法来确定，而是相反，只有从一个内在组织推导出来，其任何特点也只能作为有机体在它的个性中去把握、去观察。"也就是说，任何民族的特点都在一个大的系统中显示出来，在与别的民族的比较

---

　　① ［德］弗·施勒格尔：《论古今文学史》，见《浪漫派风格：施勒格尔批评文集》，第267页。

　　②《卡莱尔文学史演讲集》中译本由姜智芹翻译，广西师范大学出版社于2005年出版。

中呈现出来。另一方面，文学民族性的突显是为了强化欧洲文学的整体性，也就是在各国文学的民族个性中寻找欧洲文学的共性。弗·施莱格尔痛陈欧洲文化、欧洲文学之间的"分裂"状况，他指出，南欧和北欧之间就是"截然不同"的地区，他甚至认为："这样一种气候上的大相径庭，一种内在的、有机的分裂在我看来——从物理学和历史角度看，而且这二者永远不应当被分开——倒是欧洲国家性格的本质。"为了反衬欧洲的这种分裂状况，弗·施莱格尔甚至拿东方国家加以比较："在东方，一切都是以未曾分裂的力量从源头奔涌而出，而在这边，这一切却似乎都一分再分，以更加人为的方式发展。在这边，人的精神似乎在分解成碎片，精神的力量在无限分裂。也正是基于这个原因，人的精神才会变成它本来不该变成的这样。"他写道：

> 在亚洲总是以未曾分裂的、整体的力量作用着的一切，在欧洲却很早就仿佛由于内在的必然而分裂成了诗与哲学。而这种把科学艺术分裂开来的必然，只是一种主观的、纯粹欧洲的观念。古代的希腊罗马文化和现代的浪漫时代，在不止一个意义上构成了截然的对立。
>
> 古典文化与浪漫时代给我们提供的是一种欧洲式的分裂。因为在印度，古典与浪漫这二者给人类精神的形成和精华提供了许多优秀的东西，而这些东西在那里都是统一的，长成了最美的奇葩，或者各自保持着极其鲜明的个性又互不排斥，比肩

存在。①

现在谁都知道，18世纪及其之前的东方各国，并非如弗·施莱格尔所说的是一个完整的、不分裂的区域，但这里体现出了一个憧憬异域东方文化的德国浪漫派作家常用的"反衬"式的比较方法：拿东方反衬西方，拿亚洲反衬欧洲，而不太深究东方的实际情形究竟如何。

弗·施莱格尔不仅仅是拿东方作西方的比较参照物，而且他也注意揭示文学史上东方文化与文学给予西方的影响。他说：

> 我将简要地作一个总结，回顾欧洲早在希腊人和罗马人的时代以及现在这个时代，在精神文明和文学方面通过希腊罗马人而受惠于东方民族的一切。虽然从时间顺序来看，东方最早的精神遗产早于希腊，不过我的意图在于勾勒一幅讨论欧洲精神文明的世界史画卷，而且考察文学首先应该从文学对生活的影响出发，所以为了这个目的，最恰当的方式还是为着理解和解释欧洲的思维方式和精神文明的目的，来介绍东方的思维方式和精神文明，东方对欧洲在什么地方产生影响及作用，我就将在什么地方插入有关东方的内容。②

弗·施莱格尔具备了世界文学的视野与眼光，在西方文学评论

① ［德］弗·施勒格尔：《论古今文学史》，见《浪漫派风格：施勒格尔批评文集》，第232—233页。

② ［德］弗·施勒格尔：《浪漫派风格：施勒格尔批评文集》，李伯杰译，第275页。

与研究中，既注意东方的比较参照，又注意东方对西方的影响的揭示。从比较文学学科方法上而言，这就兼具了平行的比较与传播、影响的研究两种基本的方法。在欧洲近代文学批评与文学史研究中，弗·施莱格尔的理论与方法已经呈现出了相当浓厚的"现代性"特征。

弗·施莱格尔的胞兄、德国文学史家和文艺批评家威廉·施莱格尔（1767—1845）于1809—1811年间写成了《关于戏剧艺术和文学的讲座》，他在书中比较研究了希腊、罗马、西班牙、葡萄牙和德国戏剧，在比较文学学术史上也值得一提。

德国浪漫主义诗人、评论家海涅（1797—1856）在思想倾向上反对以施莱格尔兄弟为首的耶拿派的唯心主义诗学观，但在比较文学批评方法的运用上，与施莱格尔兄弟是很相同的。作为批评家的海涅写了《论浪漫派》《论德国宗教与哲学的历史》《精印本〈堂·吉诃德〉引言》《莎士比亚笔下的少女和妇人》《弗罗伦萨之夜》等文章与著作，在评论政治、文化和文学现象的时候，不时地使用比较的方法。例如，在《精印本〈堂·吉诃德〉引言》中，他将西班牙、英国、德国的文学做了比较，认为西班牙的塞万提斯、英国的莎士比亚、德国的歌德是欧洲文学的三巨头，分别在纪事、戏剧、抒情三类创作里登峰造极。他写道："我称瓦尔德·司各脱为英国第二位大诗人，称他的小说为杰作。不过我只极口推崇他的天才，绝不会把他那些作品跟塞万提斯的这部伟大小说比拟。要讲史诗的天才，塞万提斯远在司各脱之上。西班牙人的功勋是产生最好的小说，正如产生最好的戏剧应当归功于英国人。"①他还以幽默的口吻提出建议：等各国人民把自己的政务处理完后，就让德国人、英国人、西班牙人、意大利人都到绿叶成荫的树林子里去唱歌，请夜莺来作裁判。他深信，在这场歌唱比赛里，歌德的抒情诗会获得头奖。

法国作家、评论家司汤达（1783—1842）在理论上鼓吹"浪漫主义"，却被后来的研究者划归为"现实主义""批判现实主义"者。司汤达的理论主张在题为《拉辛与莎士比亚》的小册子中有集中的体现。该书是由司汤达在1823和1825年发表的两本批判古典主义的小册子合并而成，将法国作家拉辛作为古典主义的象征，将英国莎士比亚作为"浪漫主义"的代表。标题"拉辛与莎士比亚"，看上去就是一个比较文学的题目。该书的第一章的主题是："为创作能使观众感兴趣的悲剧，应该走拉辛的道路，还是莎士比亚的道路？"司汤达这本模拟"浪漫主义者"与"院士"（古典主义者）当场辩论的论战性极为浓厚的小册子里，大力挞伐法国古典主义戏剧所坚持的将地点限制在同一场合、将时间限制在二十四小时内的"地点整一律和时间整一律"。他认为这仅仅是法国人的习惯，而"在英国，已经有两个世纪，在德国，已经有五十年，他们演出的悲剧，戏剧行动发生过程长达几个月之久，观众的想象适应地尽善尽美。""院士"听罢大怒："嗬！你居然给我引述外国的事例，而且还有德国人！""浪漫主义者"针锋相对地指出："一般法国人，尤其是住在巴

---

① ［德］海涅：《精印本〈堂·吉诃德〉引言》，见《海涅选集》（政论与文学评论选集），张玉书等译，北京：人民文学出版社，1983年，第412页。

黎的人，对世界上其他民族有一种不容争议的优越感"①，而这种优越感是带有偏见的。在该书第二章《笑》中，斯汤达随时将古希腊的、法国的、英国的、德国的不同时代的喜剧家加以比较，论述如何使戏剧产生更多的"笑"的效果。从司汤达的《拉辛与莎士比亚》来看，在当时的欧洲，使用跨文化的比较方法亦即比较文学批评，是几乎所有文学批评、包括论战性的文学批评，自觉或不自觉使用的方法。

上述的批评家和学者，有关比较文学的言论，都是作为散点，或多或少、零零星星地弥漫在具体的批评文本中，但法国的浪漫主义先驱作家、批评家斯达尔夫人（本名安妮·路易丝·日尔曼尼·内克，1766—1817）的情况就颇有不同了。斯达尔夫人以其经多见广、与欧洲各国作家密切交往、精通法、德、英多种语言的优势，无论是在文学思潮的把握，还是在作家作品的批评上，都具有当时一般评论家少见的欧洲区域文学的眼光。她的《论文学》（1800年）和《论德意志》（1813年）两部著作，全面地运用比较文学的方法，在欧洲文学的范围内，对当时欧洲的文学大国德国、法国、英国等国家的文学，进行了全面深入的评论与研究，堪称欧洲近代比较文学学术史上最为系统的比较文学批评著作。斯达尔夫人所使用的是区域划分与区域比较法，显然受到了孟德斯鸠的影响。法国启蒙主义思想家孟德斯鸠（1689—1755）在《论法的精神》一书的第三卷中，从地理环境的角度，分析指出了文化区域性的存在。他认

---

① ［法］斯汤达：《拉辛与莎士比亚》，王道乾译，上海：上海译文出版社，1979年，第8页。

为，在欧洲，气候环境造成了南北人民的性格差异，在北方寒冷的气候条件下，人的精力充沛，自信、勇敢、直爽，但不够活泼，感受性也较迟钝，而在南方炎热的气候条件下，情况正好相反。这种不同的性格也造成了南北方政治、法律制度与文化的不同。孟德斯鸠还据此进一步分析了东方各国历史文化特点，他认为东方各国的宗教、法律、习俗之所以经久不变，是因为东方国家气候的炎热造成身体上的懒惰。[①]孟德斯鸠的地理气候决定论的观点虽然还很粗糙，东西方的比较也带有偏见，但他的区域比较法为后来的斯达尔夫人继承下来，并在比较文学批评中加以展开。

斯达尔夫人在《论文学》(全名《从文学与社会制度的关系论文学》)一书中，试图"考察宗教、风俗和法律对文学的影响，反过来，也考察后者对前者的影响"。在该书的第一部分的第十一章中，斯达尔夫人将欧洲文学划分为"南方文学"与"北方文学"两部分，她写道：

> 我觉得有两种完全不同的文学存在着。一种来自南方，一种源出北方。前者以荷马为鼻祖，后者以莪相为渊源。希腊人、拉丁人、意大利人、西班牙人和路易十四时代的法兰西人，属于我称之为南方文学的这一类型。英国作品、德国作品、丹麦和瑞典的某些作品应该列入由苏格兰行吟诗人、冰岛寓言作家和斯堪的纳维亚诗歌肇始的北方文学。[②]

---

① [法] 孟德斯鸠：《论法的精神》，北京：商务印书馆，1978年，第227—241页。
② [法] 斯达尔夫人：《论文学》，见伍蠡甫编《西方文论选》上卷，第124—125页。

这种划分方法受到了孟德斯鸠的地理环境决定论的影响，也直接承袭了卢梭关于南方语言与北方语言的风格区别、弗·施莱格尔的"南欧和北欧之间是截然不同的地区"的说法，不过斯达尔夫人比施莱格尔的论证要详细周密得多。她从南北两个地区文学的比较中得出结论，认为其特点是由地理环境、气候因素等形成的："气候当然是产生这些差别的主要原因之一。加上自然景象在他们身上起着强烈的作用。"她说，南方天气晴朗，溪流清澈，丛林密布，人们生活愉快，感情奔放，但人们不耐思考。北方阴郁多云，土地贫瘠，人们性格趋于忧郁，但长于哲学思辩。因此，南方文学较普遍地反映民族意识和时代精神，北方文学则较多表现个人性格。对"南方文学""北方文学"的划分与研究，使斯达尔夫人开创了欧洲区域文学研究的先例。

不仅在欧洲内部的区域文学的划分与研究上，而且在德、法、英等国别文学的比较中，斯达尔夫人也表现出了相当的开拓性。在《论德国》①的第二部分中，她指出：

> 只有对这两个国家进行集体性的、现实的比较，才能弄清楚为什么它们难于相互了解。②

---

①《论德国》（一译《论德意志》），共分四个部分，其中第二部分专论德国的文学和艺术，此部分的中文译本名为《德国的文学与艺术》，丁世中译，北京：人民文学出版社，1981年。

②［法］斯达尔夫人：《德国的文学与艺术》，丁世中译，第2页。

可以把这句话看作是斯达尔夫人的比较方法论。从《论德国》第二部分的整体内容上看，所谓"集体性的、现实的比较"，不是单个作家的一对一的比较，而是一个国家与另一个国家的"集体性的"比较，亦即总体的、描述性的比较。所谓"现实的比较"，似乎可以理解为与"历史的比较"相对而言，斯达尔夫人的比较全都是为了解答"为什么法国人不能公正地对待德国文学"，解释两国人民及其两国文学为什么"难于相互理解"的问题，这些都是现实问题。斯达尔夫人是在当时德法文学的现实语境中，来从事两国文学比较的，因此，这种比较与强调历史纵深度的"历史的比较"，即文学史的比较研究，是有一定区别的。这种比较尽管很系统，也不乏深刻性，但仍然属于"比较文学评论"（而非比较文学研究）的范畴。总之，所谓"集体性的、现实的比较"是斯达尔夫人比较文学批评的主要的方法。

从"集体性的、现实的比较"这种方法论出发，斯达尔夫人一方面是在比较中描述德、法、英文学的总体风格的不同，另一方面是将文学本身的影响因素与文学的背景因素——政治、社会、民族心理、生活习俗等，作为一个互为联系的整体，解释它们之间的相互关联。

例如，关于德法两国文学总体民族风格的不同，斯达尔夫人写道：

> 在法国，清晰被认为是作家首要的长处之一。因为当法国人上午阅读的时候，要紧的是不能有诘屈聱牙之感，要能抓住那些在晚上谈话时足以自我炫耀的东西。但德国人却知道：清

晰只能是一种相对的长处……德国人恰恰相反，他们觉得晦暗是一种乐趣；他们常常要把本来已在光天化日之下的东西，重新送进黑夜，而绝不愿意走别人走过的道路。他们对一般平庸的见解深恶痛绝，而当他们不得不复述此类见解时，总要镀上抽象的纯哲理色彩，使人误以为是什么新鲜思想，直到识破之日为止。德国作家丝毫也不替读者设想；既然他们的作品被当成神谕来接受、评论，那么，他们愿给这些作品绕多少层云雾，就绕上多少层。①

关于不同的民族语言对文学风格的总体影响，斯达尔夫人比较说：

让·雅克·卢梭说过：南方的语言是欢快的产物，而北方的语言是需要的产物，意大利和西班牙语抑扬顿挫如一曲曼妙的轻歌；法语特别适用于交谈；而议会辩论及本民族的精力旺盛使英语富于表现力，补充着英语的韵律学。德语远较意大利语适用于哲理，以其无畏无惧而论又比法语富于诗意，比英语更便于诗歌的节奏；但德语总保留着一种死板的色彩，恐怕是由于在社交和公众场合不大使用的缘故。②

具体到法国与德国戏剧艺术的民族风格，斯达尔夫人做了这样

---

① ［法］斯达尔夫人：《德国的文学与艺术》，丁世中译，第3页。
② ［法］斯达尔夫人：《德国的文学与艺术》，丁世中译，第36页。

的总结：

> 戏剧艺术是一个突出的例子，说明两国人民的智能有显著的区别。一切有关行动、情节、事件的兴趣方面的因素，法国人的构思、设计要优越得多，一切有关内心感受的展开、炽热感情的秘密爆发，德国人的描写则深刻得多。
>
> 为了使两国的出类拔萃之士都能达到至善尽美的境界，法国人就必须有宗教感情，而德国人则必须稍为合群一些。[①]

具体到德国诗歌与英国诗歌的民族风格的不同，斯达尔夫人做了这样的概括：

> 德国文学深受占统治地位的哲学影响。疏远两者之一，也就必然会影响到另一方面。但若干时期以来，英国人很愿意翻译德国诗人的作品，并不否认由于文学渊源相同所产生的共同点。在英国诗歌中，感觉的成分较多，而德国诗歌中想象的成分较多。家庭感情对英国人的心灵深有影响，所以他们的诗歌中具有这种感情的纤细、执着色彩。德国人在各方面都更具独立性，因为他们不那么自由，他们描绘感情犹如描绘思想一样，是隔着云雾的。[②]

---

① ［法］斯达尔夫人：《德国的文学与艺术》，丁世中译，第4页。
② ［法］斯达尔夫人：《德国的文学与艺术》，丁世中译，第7页。

关于英国、德国、法国的宗教、民族性格及其与文学的关系，斯达尔夫人写道：

> 英国的宗教比较严格，而德国的宗教比较松泛。各民族的诗歌必然带有各自宗教感情的烙印。在英国，艺术中礼仪是否合度不像在法国那样起决定作用，但是舆论的影响比在德国要大，原因在于这两个国家是统一的。英国人要在各方面使行动与原则一致，他们是明智、有秩序的民族，认为荣誉就在于明智，而自由就在于秩序井然。德国人只是梦想过荣誉和自由，他们研究思想是不管如何实施的，这样他们就必然要在理论方面达到更高的境界。[1]

关于德法两国文学与社会大众、与读者的关系，斯达尔夫人认为：

> 德国作者自己造就读者；在法国，则是读者指挥作者。因为法国有才智的人远比德国多，所以读者的势力大得多，而德国作家则高踞于评判者之上，对之进行统治而不是听命于他。正因为如此，这些作家很少从批评中求得长进；读者或观众不耐烦的心情并没有迫使他们削掉作品中冗长的章节……法国人是通过别人的存在来思考、生活的，至少在自尊心这方面是如此。他们的多数作品使人感到，主要的旨趣并不在于讨论的题

---

① ［法］斯达尔夫人：《德国的文学与艺术》，丁世中译，第8页。

目，而在于自己能产生怎样的效果。法国作家总是处于社会联系中，甚至于创作时也是如此，因为他们并没有忽略别人的评判、嘲笑，以及正在时兴的趣味，换句话说，他们并没有忽略所处的特定时代的文学权威力量。①

关于德国人与法国人的不同的思维特点对文艺创作的影响，斯达尔夫人指出：

> 一般说来，德国人的艺术构思比艺术实践高明，他们一有所感，便能发挥出一大套思想。他们对于神秘大肆称道，但目的是要将神秘揭示出来给人看；在德国，若要证明某种东西是独到的，大家会不厌其详地向你阐释它的来由，否则就不行。这对艺术来说，尤其是一大障碍，因为艺术里的一切都凭感觉。②

即使是比较单个的作家，斯达尔夫人也是将他们置于一个国家的总体的文化、文学背景上加以比较考察。换言之，她不是孤立地看待某个国家的某个作家作品，而总是将他们作为一个国家、一个民族的"集体"的有机组成部分，并在这个前提下进行比较。例如，关于法国作家狄德罗与德国的歌德，斯达尔夫人比较说："两人似有天壤之别。狄德罗受到自己思想的羁绊，而歌德却能驾御自己的才

---

① ［法］斯达尔夫人：《德国的文学与艺术》，丁世中译，第2页。
② ［法］斯达尔夫人：《德国的文学与艺术》，丁世中译，第326页。

智；狄德罗着意追求效果而不免做作，而歌德对于功名成败不屑一顾，竟使别人在感奋之余对那种潇洒作风颇感不耐。狄德罗处处要显示博爱精神，便不得不添油加醋地补足自己所欠缺的宗教感情，歌德却宁可尖酸刻薄而绝不自作多情，但他最突出的一点，还是自然质朴。"①

可见，斯达尔夫人的比较文学评论，是在比较文学学科没有成立之前的、最为系统的、最为深入的文本形态，也是欧洲的"比较文学评论"向19世纪的"比较文学研究"的过渡形态，在比较文学的学科系谱中具有承前启后的位置。

正如19世纪后期欧洲文学重心向北方偏移一样，比较文学在此时期也开始在北欧发展起来。丹麦的文学批评家格奥尔格·勃兰兑斯（1842—1927）的文学批评巨著《十九世纪文学主流》（1890年）集中显示了比较文学批评的全面化、系统化和深入化。在该书的"引言"中，勃兰兑斯写道：

> 这部书的中心内容就是谈十九世纪头几十年对十八世纪的文学的反动和这一反动的被压倒。这一历史现象具有全欧意义，只有对欧洲文学做一番比较研究才能理解。在进行这样的研究时，我打算同时对法国、德国和英国文学中最重要的运动的发展过程加以描述。这样的比较研究有两重好处：一是把外国文学摆到我们面前，便于我们吸收，一是把我们自己的文学摆到一定距离，使我们对它获得更符合实际的认识，离眼睛太远或

---

① [法] 斯达尔夫人:《德国的文学与艺术》，丁世中译，第29页。

太近的东西我们都看不真切。对文学的科学的观点给我们提供了一副望远镜，一头可以放大，一头可以缩小，必须把焦距调整适当，使它能纠正肉眼的错觉。①

可见，"比较"是勃兰兑斯所自觉运用的主要的批评方法，这是一种欧洲区域文学的比较。在这个框架内，勃兰兑斯将19世纪前半期欧洲文学思潮作为一个密切关联的整体，不但廓清了此时期欧洲文学思潮及文学运动的来龙去脉，分析了欧洲各国的浪漫主义文学的消长盛衰的过程，以及现实主义接踵而起的历史必然性，而且对各国相关的重要作家与作品随时随地进行比较评论。勃兰兑斯一方面将欧洲各国文学之间的事实联系作为比较评论的依据，另一方面又将心理共通性，或称共同人性作为比较的基础。他认为："文学史，就其最深刻的意义来说，就是一种心理学，研究人的灵魂，是灵魂的历史。"事实联系与共同心理，这两个方面已经包含了比较文学中的传播影响的实证研究与异同对比的平行研究这样两种基本形态，对事实关联加以呈现的客观性、描述性，与左右前后随时比较的灵动性，两者密切统一起来，虽然《十九世纪文学主流》所处理的对象是当代文学问题，但由于其比较评论的系统化、深入化，"比较文学评论"已经呈现出向"比较文学研究"过渡和衔接的状态。这也是欧洲比较文学评论发展到成熟状态、运用到完美状态的一个标志。

----

① ［丹麦］勃兰兑斯:《十九世纪文学主流·引言》第一分册，张道真等译，北京：人民文学出版社，1980年。

三、近代亚洲的比较文学批评

东方各国从传统社会发展到近代社会的进程大大落后于西方，"近代"化的进程大约开始于18世纪末，而大体结束于20世纪初，前后约有一百来年。东方各国比较文学系谱上的"近代期"比西方短得多，纵向上与西方的时间错位约有四五百年。在近代东方各国，由于西方文化的入侵和西方文学的全面渗透，使得这一时期东方各国的文学批评，普遍具有了东西方文学之间的冲突意识、对照意识、融合意识，比较批评弥漫于所有的批评活动和批评文本中。换言之，近代东方各国的文学批评，整体上具有"比较文学批评"的色彩和性质。

近代东方各国文学批评中的比较文学色彩或比较文学性质，首先表现在，评论家们相当普遍地援引西方的文学理论的概念、范畴，解读本国作品，解释文学现象。西方近代哲学、美学思潮，特别是文明进化论、审美无功利论、科学主义与实证主义，个性主义或个人主义、现实主义的模仿论与浪漫主义的情感论等等，普遍为东方批评家所接受。

例如，在中国，以梁启超、王国维、鲁迅、周作人、郭沫若、胡适、茅盾、梁实秋等为代表的文学批评家，无一不带有强烈的西学（包含"东学"日本）的背景。王国维以德国古典哲学与美学来阐发中国文学，梁启超的启蒙主义批评以欧洲、日本为参照，胡适在文学批评中贯穿美国哲学家杜威的实验主义的科学方法，周作人的文学批评受到西方的文化人类学理论、特别是英国的蔼里斯的影响，郭沫若的文学批评以西方的浪漫主义为准绳，茅盾的文学批评以西方的现实主义、自然主义等文学理论做基础，梁实秋的文学批评以美国的白璧德的新人文主义为圭臬，如此等等。再如日本，其近代文学（明治时期）是在西方文艺思潮的推动下向前发展演进的，在文学批评方面，也与西方的写实主义、浪漫主义、人道主义、唯美主义理论与思潮密切相关，因而从整体表现出"泛比较文学"的色彩。除了一些就事论事的具体作家作品的评论外，日本的几乎所有的文学批评，乃至文化批评，无论是西方派还是保守派的，都具有跨文化的意识，都明里暗里地以西方文学为参照系。近代文学史上的重要的批评家，如坪内逍遥、森鸥外、北村透谷、高山樗牛等，都具有相当自觉的世界文学视野，受到来自西方的影响。如森鸥外（1862—1922）文学批评中的理想主义，就受到了德国古典哲学、美学中的审美论，特别是美学家哈特曼的影响。北村透谷（1868—1894）的浪漫主义、个性主义、神秘主义文论，就受到了美国的超验主义哲学爱默生的影响，同时也有中国老庄哲学的影子。高山樗牛（1871—1902）的浪漫主义评论，受到了尼采的影响。长谷川天溪（1876—1940）等人的自然主义文学批评受到了法国自然主义的影响。又如，在阿拉伯，埃及著名文学家、学者塔哈·侯赛因（1899—1973）利用从西方特别是法国学来的理论方法，评论与研究阿拉伯的古典遗产，他的《伊斯兰教以前的诗歌研究》（1926年）一书，采用笛卡尔的科学实证的、理性的研究方法，对古典作品的真实性提出大胆怀疑，对一切现成的结论都看作是相对的、可以重新加以探讨的。在此基础上，他指出在流传至今的许多古代诗歌中有一些是伪造的，从而使阿拉伯传统的混杂着各种轶闻趣事、道听途说的传记式文学评论与文学史写作模式得以终结，开启了阿拉伯现代文学研究中的科学的实证研究的先河。

东方近代的文学批评因为整体上受西方的影响，而具有了跨文化批评，即比较文学批评的色彩或性质，但东方近代的比较文学批评本身，却很少受到西方的比较文学批评的直接影响，换言之，并非看到西方的某某人在文学批评中运用了比较文学批评的方法，才加以模仿或学习。东方各国的比较文学批评，是在西方文化与文学的强力冲击下自然产生的一种自发性行为。在东方近代比较批评的具体实践中，批评家的比较主要是在本国文学与西方文学之间进行，往往倾向于将西方视为一个整体，进行"中西""日欧""印欧"及阿拉伯与西方之间的比较。东方国家中较早地进行比较文学批评的是近代埃及的文学家和学者。埃及作为近代阿拉伯文学与学术研究的中心，与法国及欧洲文坛保持密切联系，评论家在评论文学现象时自然而然地将阿拉伯埃及与西方文学做比较。例如，塔哈塔维（1801—1873）的许多著作和文章就开辟了这样的先例，在论述语言和文学现象时常常拿阿拉伯语言文学和法国语言文学作对照。他使用的"对照"方法，被认为是阿拉伯近代比较文学批评的起点。稍后，阿里·穆巴拉克（1824—1893）更明确地提出了"比较"的方法，并在英国、法国戏剧文学与埃及的比较中，推动埃及戏剧的改革。1935—1936年间，艾布·苏奥德在《使命》杂志发表了一系列文章，将阿拉伯文学与英国文学中的类似现象做了较为全面的比较评论，并在比较中作出审美价值判断，他还在《阿拉伯文学和英国文学中的外来影响——关于比较文学》一文中，首次使用了"比较文学"这个术语。①

　　印度的比较文学批评的兴起较阿拉伯埃及稍晚，但基本情况差不多。19世纪后期以降，文学家与文学批评家们大都经常将印度文学与西方文学进行比较评论。如印度著名作家般吉姆（1838—1894）就在《沙恭达罗、米兰达和苔丝德蒙娜》等文章中，将印度文学与西方文学做比较，并在比较中做出价值判断。例如，他认为莎士比亚比印度的迦梨陀娑更伟大，他还将印度的吠陀诗歌与拜伦、雪莱的描写自然的诗歌进行比较，将迦梨陀娑的《罗怙世系》与弥尔顿的《失乐园》的主题加以比较。大文豪泰戈尔（1861—1941）在1902年发表的《沙恭达罗》一文中明确指出："对比的批评分析不是毫无用处的：若把这两部作品加以对照，那么首先引人注目的不是两者的相似之处，而是它们的不同之点，这种差异有助于我们理解两个剧本的思想。正为此目的，我才提笔撰写此文。"在将印度古典名剧《沙恭达罗》与莎士比亚的《暴风雨》比较后，泰戈尔发现："在莎士比亚的剧本中，没有一个具有《沙恭达罗》那种深深的平静和从容不迫"；"在《暴风雨》中，暴力主宰一切，而在《沙恭达罗》中，则是宁静支配一切。在《暴风雨》中胜利靠武力取得，而

----

① 关于埃及比较文学的情况，见朱威烈：《埃及比较文学的兴起》，原载《中国比较文学》，1988年第3期。

在《沙恭达罗》中胜利靠善来赢得。"他还进一步发现，与印度诗人不同，"欧洲诗人盲目地复制生活真实，如实反映生活，他们没有用咒语或超自然力量的干预来解释过去。他们用诗的支配取代生活的支配。迦梨陀娑没有把生活真实置于诗之上，他不想如实描绘日常生活，因为他自己不能不受诗的支配。"①泰戈尔之后最重要的文学家普列姆昌德（1880—1936）在《长篇小说》《短篇小说艺术》《文学批评》②等大量文章中，广泛运用比较文学批评，随处征引西方文学的例子对印度文学作出对比、批评与判断。

比起这种求同存异、互显特点的比较，更多的比较是好坏优劣的价值判断。

在东亚地区，日本的比较文学评论起步最早。首先要提到的是坪内逍遥（1859—1935）的论述小说原理的小册子《小说神髓》（1885年）。这是日本近代文学评论史上最早、最有代表性、影响最大、最能体现日本近代比较文学批评特色的成果。在这本书里，坪内逍遥常常用西方文学与日本文学相比较。例如，谈到诗歌，他认为，日本的短歌、俳句，与西洋诗相比十分单纯，只能表达刹那间的感情，中国的诗歌也是一样，而西洋的各种体裁的诗歌，都具有叙事描写的功能；他认为西方的诗歌与其说与日本的诗歌相似，不如说它与日本的小说相似，是以刻画世态人情为主的；他认为日本的三十一个音节的短歌，是古代的产物，不能表现现代人的复杂情

---

① ［印度］泰戈尔：《〈沙恭达罗〉》，见《泰戈尔全集》第22卷，刘安武等译，石家庄：河北教育出版社，2000年，第30页。

② 以上文章均见［印度］普列姆昌德：《普列姆昌德论文学》，唐仁虎、刘安武译，桂林：漓江出版社，1987年。

感了，"古时的人都是质朴的，他们的情感也是单纯的，所以只用三十一个文字就可以表露他们的胸怀。但是时至今日，是不能只用几十个词语来加以述尽的。即便用几十个文字能够把情感这一项全部表达出来，但由于它不可能写出另外的情态处，所以还不能成为完全的诗，因此它很难和泰西的诗歌同立于艺术殿堂之上。"①与坪内逍遥几乎同时，另一个著名文学评论家、高山林次郎（笔名高山樗牛，1871—1902）对比较文学批评的提倡与运用更为自觉。高山樗牛在《批评及其方法》一文中，提出了文学批评的三种方法，一是"历史的"，二是"审美的"，三是"比照的"。关于"比照的方法"的价值和作用，他认为以前的批评家重视和运用得都很不够，他解释说，比照的方法"与前两者不同，它不问时代，不分国别，在文学哲学的所有的知识中寻求相似之点，进行比较评论。要言之，就是在普遍的知识中寻求相通之点。"他还把这些理论主张运用于批评实践，例如，他在多篇文章中对日本作家（如近松门左卫门）与西方作家（如莎士比亚）等作了比较研究。在《文学研究的好选题》（1895）一文中，他强调了文学的"比较研究"的必要性。他指出："与进化论一起，被视为近代思想的新倾向的比较研究的精神，在欧洲学术界蔚然成风，不失为我国文学研究者的好选题。"他解释说："只是对异邦文学进行考察比附，还不是比较研究的精神，必须揭示文学与文化发达史之间的关联，表明彼此相通的关系。"又说："比较的研究在于发扬世界历史的精神，区分种族、观照风土、联系时代，

① ［日］坪内逍遥：《小说神髓》，刘振瀛译，北京：人民文学出版社，1991年，第25页。

从而探求各国文学的特质，岂不是很有意思的事情吗？"这表明高山樗牛的比较文学观深受欧洲人的社会进化论与丹纳的种族、环境、时代三要素决定论的影响，与坪内逍遥的观点完全吻合。

在近代日本的比较文学批评中，像坪内逍遥那样，以西方文学为基准，对日本传统文学进行价值判断，从而得出反思性的、否定性的结论，是一种基本倾向。但另一方面，也有的日本评论家反过来以日本文学为基准，来评价西方文学，例如日本著名"私小说"作家、评论家久米正雄，在《"私"小说与"心境"小说》（1925年）一文中，就以日本式的"私小说""心境小说"为比较基准，对西方小说做了价值判断：

> 譬如说像巴尔扎克那样的人，无论他写了如何卷帙浩繁的《人间喜剧》，无论他如何创造了高利贷者、贵妇人及其他栩栩如生的人物形象，但对于他的"自我"来说，归根到底是一种虚构。完全不能相信，在他的作品中哪怕是只言片语反映了他本人的创作生活的甘苦。
>
> 描写"他者"，尽可能也把"自我"弥漫于其中，这样伟大的天才的作家，在古今东西能有一两个吗？托尔斯泰、托斯托耶夫斯基、还有更有代表性的福楼拜，即使是这样的作家，在假托于他人的瞬间，自我被艺术化了，产生了一种间接感，还要考虑技巧，这就产生了一种虚构性，这样的作品作为读物来读或许有不错，但归根结底其真实性不可置信。在这个意义上，我在一次演讲会上曾口出暴言：托尔斯泰的《战争与和平》、托斯托耶夫斯基的《罪与罚》，福楼拜的《包法利夫人》

等，高级是高级，但毕竟是伟大的通俗小说而已，毕竟是虚构的读物。①

日本的"私小说"理论认为作家只有描写"私"——自我——时才是真实可信的，才是"纯文学"，所以做出了这样的论断。这既是一种比较，也是一种价值判断。

中国的情况亦如此，清末民初的一些学者作家，在中西比较中看出了中国文学的缺点并作出价值判断。譬如梁启超在《译印政治小说序》、翻译家周桂笙在《毒蛇圈》的"译者识语"中，从中法小说的比较看出中国小说文学的墨守陈规，陈陈相因。有些学者在中西题材类型的比较中，发现了中国的题材缺类，如中国没有西方那样的政治小说、科学小说、侦探小说等，因此呼吁从西方输入这些小说品类。五四新文化运动时期，在激烈的反传统主义的大气候下，一些论者在外国文学的参照下，对中国文学的负面给予更痛切的指陈，如鲁迅说中国文学的特点是"瞒与骗"，周作人断言中国文学是"诲淫诲盗"等。同时，也有一些批评家对中西文学做了较为客观冷静的比较与判断。既指出中国文学的缺点，也指出中国文学的特色和优点。如苏曼殊《小说丛话》（《新小说》第十一号，1904年）中指出："泰西之小说，书中之人物常少，中国之小说，书中之人物常多。泰西之小说，所叙者多为一二人之历史；中国之小说，所叙者多为一种社会之历史……盖吾国之小说，多追述往事，泰西之小说，

---

① ［日］久米正雄：《私小说と心境小说》，见《日本近代文学评论大系》第6卷，东京：至文堂，昭和四十八年（1973），第53页。

多描写今人。"他认为中国的政治与法律不如西方，但文学不可妄自菲薄。同时期的侠人也在《新小说》杂志第十三期的《小说丛话》栏目中，将中西小说在题材类型、人物描写、结构技法上加以比较，指出中国小说有一点短处，三点长处，结论是："吾国小说之价值，真过于西洋万万也"；"吾祖国之文学，在五洲万国中，真可以自豪也。"有的评论家则比较评论中西小说各自的艺术特点，如在《新小说》第二十号中，周桂笙转述朋友的小说阅读经验说："每谓读中国小说，如游西式花园，一入门，则园中全景，尽在目前矣；读外国小说，如游中国名园，非遍历其境，不能领略个中况味也。盖以中国小说，往往开宗明义，先定宗旨，或叙明主人翁来历，使阅者不必遍读其书，以能料其事迹之半。而外国小说，则往往一个闷葫芦，曲曲折折，直须阅至末页，方能打破也。"批评家们对中西文学做这样的比较的目的，是在借鉴外国文学革新中国文学。如管达如在1912年发表于《小说月报》第三卷名为《说小说》的长文中，明确论述了外国的"译本小说"对中国的借鉴作用，他指出：

译本小说之善，在能以他国文学之所长，补我国文学之所短。盖各国民之理想，互有不同，斯其文学，亦互有不同。既有同异，即有短长。此无从讳，亦无庸讳也。中国小说之所短，第一事即在不合实际。无论何事，读其纸上所述，一若著者曾经身历，情景逼真者然，然按之实际，则无一能合者。此由吾国社会，缺于核实之思想，凡事皆不重实验致之也。西洋则不然。彼其国之科学，已极发达，又其国民崇尚实际，凡事皆重

实验，故决无容著述家向壁虚造之余地。^①

比较的目的正在于见出长短，进而取长补短，这也是近代东方比较文学批评的根本功能。

---

① 管达如：《说小说》，见陈平原、夏晓虹编：《二十世纪中国小说理论资料》第一卷，北京：北京大学出版社，1989年，第382页。

四、"世界文学"观念的形成

由于新大陆的发现、殖民地的建立，欧洲人最早形成了世界视野。随着比较文学批评的深化与文学视野的扩大，"世界文学"观念也随之形成。

"世界文学"观念的形成与"世界历史"观念的形成，两者之间有着密切的因果关系。文艺复兴时期陆续传入欧洲的阿拉伯与中国的史学著作，对中世纪以来以《圣经》记载为唯一可信的基督教的、欧洲中心的历史观造成了强烈冲击。学者们越来越确信，《圣经》记载的仅仅是犹太民族的历史而已，并非全人类的历史。在这种观念指导下，欧洲一大批史学家开始撰写一系列的"世界历史"。1483年，福雷第安（1434—1520）出版了《世界编年史》，乔威欧（1483—1552）撰写了《我们时代的历史》，法国的道比涅（约1550—1630）以加尔文教的观点写成了《世界通史》，德国的梅兰希顿（1497—1560）写出了《世界史》，法国的博绪埃（1627—1704）写出了《世界通史》。18世纪以前的这些《世界历史》著作并没有真正摆脱中世纪的基督教世界观的影响，但初步建立起了世界史的整体视野。进入18世纪以后，随着启蒙主义思想影响的扩大，世界史观念进一步更新，如凯勒尔（1638—1707）的《古代、中世纪和新时期世界通史》（1700年），首次按古代、中世纪、新时期（近代）三个阶段撰写世界历史，被后来的史学家普遍采用。接着还出现了专门的东方历史，例如，德经（1721—1800）撰写的《关于东方的匈奴人、土耳其人、蒙古人和鞑靼人的通史》，德·马尔绪（1714—约1763）撰写的《中国人、日本人、印度人、波斯人、土耳其人、俄罗斯人等民族的近代历史》等。这些著作或多或少地普遍使用了比较研究的方法，使"比较史学"成为欧洲史学研究的基本方法之一。

在18世纪，最早利用比较的方法，试图全面地为世界各民族的文化史构建一个理论的体系的，是意大利学者维柯（1668—1744）。1725年，维柯出版了一部题为《新科学》的著作，副标题是《关于民族共同性的新科学》。可见，对"民族共同性"的揭示是维柯的"新科学"的中心思想。而维柯研究世界各民族文化的共通性的途径，首先就是建立一个先验的、主观的理论体系。维柯接受了古代埃及人关于历史分期的传统观点，即人类社会发展经历了神的时代、英雄的时代和人的时代这样三个时代。他据此认为人类处在不同时代，各有不同的心理、性格、宗教、语言、诗、政治和法律，每个民族都是按照这三个时代依次向前发展的。他进一步从基督教的"三位一体"的思维惯性出发，认为这三个时代有三种不同的自然本性，从这三种本性就产生出三种习俗，由于这三种习俗，就遵守三种部落自然法，作为这三种法的后果就创建出三种民事政权或政体，为便于人们的互相交流，上述三种主要制度，就形成了三种语言和三种字母，另一方面为便于辩护，就产生了三种法律，佐以三种权威（或所有制）、三种理性和三种裁判，这三种法律流行相当长时间。这是各民族在他们的文化发展过程中都遵守的共十一个"三位一体"的规律。很明显，维柯的《新科学》带有相当明显的陈旧的基督教神学的客观唯心主义的遗迹，他自己也宣称"本科学在它的一个主要方面必然是关于天神意旨的一种理性的民政神学。"但是从比较文学的角度看，寻求人类文化的共同性、发展的规律性，包括寻求人类文学的共通性，是比较文学研究的基本宗旨。维柯的《新科学》较早为人类文化史建构了一个理论体系，并且这个体系的建构是建立在比较方法的运用的基础上，对此维柯写道：

> 这里所引的恰当的继续不断的论证将在于比较和思索……在这样比较和思索之中，读者认识到这个民族世界在地点、时期和类别各方面都显出天神意旨，就会在他的可朽的肉体里感觉到一种神圣的快慰。①

接着，法国的伏尔泰出版了史学巨著《论世界各国的风俗与精神》（简称《风俗论》，1757年）。《风俗论》以启蒙主义与理性主义的世界观，力图将全世界各民族的历史都囊括进来，包括中东、远东与美洲。伏尔泰在该书《导论》中指出："几乎所有的民族，尤其是亚洲的民族，都有几千年的历史，年代之久，足以使我们瞠目。"②他认为东方是人类文明的开端。正文中，世界历史从东方的中国开始，然后依次是印度、阿拉伯、古代罗马帝国、基督教的欧洲，在

---

① ［意］维柯：《新科学》，朱光潜译，北京：人民文学出版社，1986年，第143—144页。

② ［法］伏尔泰：《风俗论》上册，梁守锵译，第21页。

《导论》中增加了迦勒底人、巴比伦人、腓尼基人、斯基泰人等其他古代亚洲民族，还有美洲人、埃及人、古希腊人和犹太人等。在思想上受到伏尔泰影响的史学家孔多塞（1743—1794）撰写了《人类精神进步史表纲要》（1795年），他从理性主义世界观出发，将"人类精神史"作为一个系统整体加以把握，将人类历史划分为十个时代（阶段），从而形成了一个顺序演进的"史表"，展现了人类理性精神不断摆脱自然环境、又不断摆脱历史环境而不断进步的必然过程，宣称"自然界对于人类能力的完善化并没有标志出任何限度，人类的完美型实际上是无限的"①，以此阐述了他的进步主义世界史观。德国的戈特弗里德·赫尔德（一译赫德尔，1744—1803）则受到维柯的影响，他在鸿篇巨制《人类历史哲学要义》②一书中，将世界历史划分为三个时代：诗的时代（童年）、散文时代（青壮年）、哲学时代（成熟时期）。通过历史比较归纳出了适用于各民族历史"生命周期"的共同模式，并对若干重要国家与民族的文化做了比较评论。例如，关于中国，赫尔德在中国与其他国家的比较中指出了中国的历史文化的悠久，也指出了中国人顺从专制权力、注重伦理道德，以及文化的停滞与僵化倾向。他指出，在四大发明及手工艺方面，中国人曾领先欧洲人，但"只是他们在精神上缺乏一种对几

---

① ［法］孔多塞：《人类精神进步史表纲要》，何兆武、何冰译，北京：北京大学出版社，2013年，第2页。

② 赫尔德的《人类历史哲学要义》（又译《人类历史的哲学思考》《人类历史的哲学观念》《关于人类历史哲学的思想》等）尚无完整的中文译本，节译见《西洋史学名著选》，李弘祺编译，台北：时报文化出版公司，民国七十三年；夏瑞春编《德国思想家论中国》，南京：江苏人民出版社，1995年。

乎所有这些发明做进一步改进完善的动力",他断言:"拿欧洲的标准来衡量,这个民族(中国)在科学的建树甚微。几千年来,他们始终停滞不前。"① 总之,赫尔德认为中国作为一种文明形态已经衰老了。这样的比较文明观,对后来斯宾格勒、汤因比等人对世界各民族的"文明形态"进行纵横比较与划分的"历史形态学",都产生了直接的影响。

总之,整个18世纪,在欧洲史学界和思想界是"世界主义"的时代,尽管或多或少地带有欧洲中心主义倾向,但东方各国历史还是纳入了他们的视野,初步构架起了"世界历史"的框架体系,并形成了跨民族、跨文化、以宏观比较、系统比较为特色的比较研究的方法。

新的"世界历史"观念的形成,为"世界文学"观念的形成提供了前提和条件。18世纪后,许多有见识的欧洲文学家、思想家力图突破欧洲文学区域的限制,将亚洲或东方国家纳入文学视界,特别是将波斯、阿拉伯、印度和中国这样的东方文学大国收纳于视野中。较早的值得注意的事实,是在中国传教的法国人马约瑟于1735年将中国的元杂剧本《赵氏孤儿》译为法文,那个译本很快引起了评论界的注意和评论,一两年后又被转译为英文的节译本和全译本,还出现了若干种改编本,著名的包括伏尔泰的法文改编本、英国谋菲的英文改编本等,并且都搬上了舞台。与此同时,当时的法国评论家,如阿尔更斯等人,虽然以古典主义的戏剧规则来评论《赵氏

---

① 夏瑞春编:《德国思想家论中国》,陈爱政等译,南京:江苏人民出版社,1995年,第89、92页。

孤儿》，认为这个剧本有很多地方不合规则，但也对这种外来剧本的特异性充满好奇。英国批评家对《赵氏孤儿》评论更为详细。有代表性的评论文章是批评家理查德·赫德于1751年发表的《论诗的模仿》一文。赫德将《赵氏孤儿》同古希腊悲剧对比，他在指出了索福克勒斯的名剧《厄勒克特拉》同《赵氏孤儿》在情节、主题、复仇动机、诗句、结构与布局上的相似处，并分析了造成相似性的原因。他认为尽管《赵氏孤儿》不符合"三一律"之类的欧洲人的戏剧作法，但在本质上是与亚里士多德的模仿论相通的，从而对《赵氏孤儿》予以基本的肯定。他指出：

> 这一个国家，在地理上跟我们隔得很远。由于各种条件的关系，也由于他们人民的自尊心理和自足习惯，它跟别的国家没有什么来往。因此，他们的戏剧写作的观念不可能是从外面假借过来的。我们可以肯定地说，在这些地方，他们又是依靠了他们自己的智慧。因此，如果他们的戏剧跟我们的戏剧还有互相一致之处，那就是一个再好也没有的事实，说明了一般通行的原理原则可以产生写作方法的相似。①

在赫德看来，即使是在遥远的、与欧洲没有联系的中国，在文学上也不期而然地"模仿自然"。也就是说，东西方人在文学观念上根本是相通的。这里已经隐含着一种朦胧的世界文学观念。

---

① 转引自范存忠：《中国文化在启蒙时期的中国》，上海：上海外语教育出版社，1991年，第117页。

18世纪后期以降，欧洲各国陆续出现了一批有才华的东方学家，如英国的威廉·琼斯（1746—1794）、法国的埃及象形文字的破译者、多种东方语言专家弗朗索瓦·商波良（1790—1832）、意大利考古学家、古埃及学家贝尔佐尼（1778—1823）等。其中，威廉·琼斯主要是为了弄清东方文学而努力学习并掌握了多种东方语言的，包括希伯来语、阿拉伯语、波斯语、土耳其语、梵语和汉语，他曾编译过东方各国诗歌集并予以出版。在《论东方各国的诗歌》一文的最后，他写道：

> 我不得不认为，我们欧洲的诗依靠同样的意象，利用同样的故事，陈陈相因，实在太久了。多少年来，我的任务在于灌输这样的一条真理：即如果把储藏在我们图书馆里的亚洲的著作设法出版，并且加上注疏和解释，又如果东方各国的语言在我们有名的学术机关里得到研习（在那里每门有用的知识都教得很好），那么一个耐人思索的新鲜广阔的领域将会开辟起来，我们对于人们的思想的历史将会看得比较深入；我们将有一套新鲜的意象和比喻。而许多美好的作品将会出现，供未来的学者去解释和未来的诗人去模仿。①

这里透露出了突破欧洲文学的有限视野，借鉴东方文学来更新欧洲文学的强烈愿望。这也是18世纪西方启蒙主义和浪漫主义文学家们的共同认识。事实上，他所译介的东方作品在当时的欧洲确实

---

① 范存忠：《中国文化在启蒙时期的中国》，第196、197页。

起到了这样的作用。例如他翻译的印度古典名剧、迦梨陀娑的《沙恭达罗》，就令欧洲文学家、评论家感到耳目一新。据季羡林先生介绍，英国梵文学者威廉·琼斯于1789年把《沙恭达罗》译成英文。1791年，乔治·弗斯特又从英文译成德文。在欧洲文学界，特别是德国，它立刻就获得了我们今天简直难以想象的好评。德国伟大诗人，像赫尔德、歌德和席勒都赞不绝口。歌德写过一首著名的诗来赞美它，这是大家都知道的事情。据说，他的杰作《浮士德》里的天上序曲，就是受了《沙恭达罗》的影响。席勒曾写信给宏保特说："在古代希腊竟没有一部诗能够在美妙的女性的温柔方面，或者在美妙的爱情方面与《沙恭达罗》相比于万一。"从歌德、席勒起，欧洲就有很多人企图上演《沙恭达罗》。①

与此同时，波斯古典诗歌，如菲尔多西的叙事诗《王书》、哈菲兹的抒情诗、海亚姆的哲理诗等，都陆续被译为英语、德语等欧洲多种语言。歌德、席勒、海涅等，给予波斯文学以高度评价。歌德称波斯为"诗国"和"诗人之邦"，他的著名诗集《一个西方作者的东方诗集》（简称《东西诗集》）深受波斯诗歌的启发和影响。他曾谦虚地拿自己与波斯诗人比较说："据说波斯人认为他们在五百年间产生的众多诗人中，只有七位是出众的。但是，就是他们所不取的其余诗人中，仍有许多人是我所不及的。"他在一首诗中不无夸张地咏叹道："哈菲兹呵！除非丧失了理智，我才会把自己和你相提并论。你是一艘鼓满风帆劈风斩浪的大船，而我则不过是海浪中上下颠簸

---

① 季羡林:《沙恭达罗·译本序》，见《季羡林文集》第15卷，南昌：江西教育出版社，1998年，第19页、20页。

的小舟。"

东方文学进入欧洲文学家的视野，为他们冲破欧洲中心论，形成"世界文学"的观念奠定了基础。18世纪末19世纪初，在东西方各国的交往日益密切的情况下，欧洲的"世界文学"观念已经变得颇为清晰了。

较早萌生并阐述"世界文学"观念的，是上文已经提到的德国的赫尔德。赫尔德在《人类历史哲学要义》一书中，认为各民族均有自己的民族特性，各民族历史文化的面貌是由时间、空间和民族特性所决定的，只要把世界各民族放在一起进行比较，那么它们各自的特性就会显露无遗。而且，各民族历史作为生物有机体，都呈现出一种自然演化的规律。赫尔德以文学性的概念，将人类历史划分为三个阶段，即诗歌（史诗）阶段、散文阶段、哲学阶段。从这样的观点出发，为研究人类文化与文学的特性与共通性，赫尔德下大功夫广泛收集和研究各民族的民歌，向德国介绍了包括中国、印度、日本等许多东方国家在内的大量民歌。由他翻译和选编的外国民歌集《民歌中各民族人民的声音》，是第一部向德国全面介绍外国民歌的集子。在此基础上，他还撰写了一系列研究各民族歌谣的论文。赫尔德通过对各民族不同历史时期民歌民谣的考察，发现各民族文学都有自己的特点和独创性，各民族文学之间的关系是对等的，决不都是"希腊文学的奴隶和殖民地"，不能以古希腊艺术为标准去衡量莎士比亚，也决不能要求今天的英国产生古希腊那样的艺术。然而却有人要求英国也产生希腊戏剧，"这比要求羊产狮子还要过分"。他进一步指出，各民族文学的独创性来自各民族自身的社会历史环境，是各民族的特征、情感在文学中的反映。他强调一个民族的文学与这个民族的文化发展阶段是相适应的，因而反对用某一民族的文化水准去衡量另外一个民族的文学。

从各民族文学普遍平等这一思想出发，赫尔德进一步反思了欧洲学界在文学史研究中的欧洲中心主义倾向。1793年，赫尔德在《鼓励人道的书简》中指出：

> 现在我们的欧洲文学史太狭窄了，它遗漏了世上许多精彩的艺术珍品，这太可惜、太遗憾了！我们应该排除狭隘的民族局限性框框，和全球各民族建立精神商品的自由交换（freier geishger Nandelsverkehr），把历史发展各个阶段由各民族创造的最最珍贵的作品，都包容到自己的组成部分中来，使我们的文学史成为包罗万象的全世界的文学史。①

这大概是欧洲文学史上首次提出的"全世界文学史"的构想，从世界比较文学史的系谱上看，也具有重大意义。德国文学的代表人物歌德曾经赞扬赫尔德收集和研究世界民歌的工作，赫尔德"全世界文学史"的构想对稍后歌德提出的"世界文学"论，也有一定的影响。

据爱克曼编辑的《歌德谈话录》记载，歌德（1749—1832）于1827年1月31日与秘书爱克曼谈话时，说自己读了中国的小说《好逑传》，情不自禁地拿中国小说与自己的小说、乃至欧洲大陆的、英国的小说做了比较，他说道："中国人在思想行为和情感方面几乎和

---

① 转引自钱念孙：《文学横向发展论》，上海：上海文艺出版社，2001年，第33页。

我们一样……只是在他们那里一切都比我们这里更明朗，更纯洁，也更合乎道德。在他们那里一切都是可以理解的，平易近人的，没有强烈的情欲和飞腾动荡的诗兴，因此和我写的《赫尔曼与窦绿台》以及英国理查生写的小说有很多类似的地方。他们还有一个特点：人和大自然是生活在一起的。你经常看到金鱼在池子里跳跃，鸟儿在枝头歌唱不停，白天总是阳光灿烂，夜晚总是月白风清，……有一对钟情男女在长期相识中很贞洁自持，有一次他俩不得不在同一房间过夜，就谈了一夜的话，谁也不惹谁。正是这种在一切方面保持严格的节制，使得中国维持到几千年之久，而且还会长存下去。"基于这样的东西方共通性的感受，歌德觉得整个人类文学是一体的、相通的，因而他预言"世界文学"的时代快要来临了：

> 我们德国人如果不跳开周围环境的小圈子朝外面看一看，我们就会陷入上面说的那种学究气的昏头昏脑。所以我喜欢环视四周的外国民族情况，我也劝每个人都这么办。民族文学在现代算不了很大的一回事，世界文学的时代已快来临了。现在每个人都应该出力促使它早日来临。①

同年，歌德还说："我相信，一种世界文学正在形成，所有的民族都对此表示欢迎，在这里德国人可以而且应该大有所为，他将在伟大的聚会中扮演美好的角色。"歌德还在不同时间和场合反复阐述

---

① ［德］爱克曼辑录：《歌德谈话录》，朱光潜译，北京：人民文学出版社，1986年，第112、113页。

了他心目中的"世界文学",歌德提出应该从民族与国家的和平共处的高度看待世界文学。在他看来,所谓世界文学,"并不是说,各个民族应该思想一致;而是说,各个民族应该互相了解,彼此理解,即使不能相互喜爱也至少能彼此容忍。"他还提出不只是各民族的读者要互相了解各自的文学,而且文学家们之间更要相互了解,强调:"我们所说的世界文学是指,充满朝气而努力奋进的文学家们彼此间十分了解,并且由于爱好和集体感而觉得自己的活动具有社会性质。"他认为:

> 别人说了我们些什么,这当然对我们极为重要,但对我们同样重要的是,还有我们同他人的关系,我们必须密切注视他们是如何对待其他民族的,如何对待法国人和意大利人的。因为只有这样,最终才能产生出普遍的世界文学。[①]

而由于互相关注和广泛的理解,"由此就产生了一种建立睦邻关系的感情,人们不再像目前为止那样把自己封闭起来,而是精神逐步提出了这样的要求,被它也接纳在或多或少是自由的精神的商业交往中。"

1841年,继歌德之后,俄罗斯思想家和文学评论家别林斯基在《文学一词的一般意义》一文中,也谈到了世界文学问题。他说:"人类精神获得发展的一切领域,都是互相有机地联系在一起,并且由

---

① [德] 歌德:《论文学艺术》,范大灿等译,上海:上海人民出版社,2005年,第380页。

一个从另外一个里面陆续不断地产生出来的许多事实所构成，除了这一个或者那一个民族的文学之外，还有总的、人类的、全世界的文学，它也自有其历史。"他还进一步指出："我们现在可以看到这种新的统一的开端，各个民族之间的民族性的墙壁逐渐倒塌了，他们开始亲睦地、友好地共享各自民族历史发展的精神才禀，逐渐汇合成一个统一的人类家庭。"①

1879年，英国文学评论和比较文学批评家马太·阿诺德（1822—1888）在为《华滋华斯诗选》所撰写的序言中，也对歌德的"世界文学"予以呼应，他提出：

> 让我们这样设想：所有的文明国家，是一个伟大的联盟，他们为提高人的智慧与精神，采取联合行动，向一个共通的目标奋斗；在这一联盟里的每一个成员都充分知道他们共同的过去，也充分了解彼此。这是歌德的一种理想，而这一理想，会越来越明显地反映到我们现代的社会思想里。②

上述歌德等人的"世界文学"观念，主要是从人类精神的相通性，即共同人性的角度提出来的。二十年后，马克思、恩格斯在著名的《共产党宣言》一书中，从辩证唯物主义和历史唯物主义的高度，指出了资本主义生产方式与"世界文学"的形成之间的关系：

---

① ［俄］别林斯基：《文学一词的一般意义》，见《别林斯基选集》第三卷，满涛译，上海：上海译文出版社，1980年，第120、129页。

② ［英］阿诺德：《评华滋华斯》，见《阿诺德文学评论选集》，殷葆瑹译，北京：人民文学出版社，1958年，第132页。

资产阶级，由于开拓了世界市场，使一切国家的生产和消费都成为世界性的了。不管反动派怎样惋惜，资产阶级还是挖掉了工业脚下的民族基础。古老的民族工业被消灭了，并且每天都还在被消灭。它们被新的工业排挤掉了，新的工业的建立已经成为一切文明民族的生命攸关的问题，这些工业所加工的，已经不是本地的原料，而是来自极其遥远的地区的原料，它们的产品不仅供本国消费，而且同时供世界各地消费。旧的、靠本国产品未满足的需要，被新的、要靠极其遥远的国家和地带的产品来满足的需要所代替了。过去那种地方的和民族的自给自足和闭关自守状态，被各民族的各方面的互相往来和各方面的互相依赖所代替了。物质的生产是如此，精神的生产也是如此。各民族的精神产品成了公共的财产。民族的片面性和局限性日益成为不可能，于是由许多种民族的和地方的文学形成了一种世界的文学。[①]

马克思、恩格斯的"世界文学"观念，将"世界文学"的形成，视为资本主义时代物质产生、物质交往的全球化的必然产物，他们的"世界文学"论不是文学本体论，而是物质产生方式决定文学存在方式的"决定论"。而且，他们的"世界文学"中的所谓的"文学"，也包含着"文献"含义的广义的文学概念。这样看来，赫尔

[①] ［德］马克思、恩格斯：《共产党宣言》，《马克思恩格斯选集》，第一卷，中共中央编译局编，北京：人民出版社，1972年，第254—255页。

德、歌德的文学本体论的、人性论的"世界文学"观念，与马克思、恩格斯的唯物主义的"世界文学"观念，可以互相补充，两者合在一起，构成了较为完整的周延的"世界文学"概念。这一观念的形成，为比较文学的学术理论的构建，奠定了基础。比较文学中的传播的实证的研究，就是建立在世界各国文学相互交往的事实基础之上；而平行的比较研究，则建立在共同人性论的基础之上。

还有必要指出的是，欧洲的比较文学批评，特别是具有亚洲、东方视野的比较文学批评，最终催生了"世界文学"的观念，但此时期欧洲的这种东方视野还是有限的、模糊的。批评家们大多是偶尔站在欧洲，远远向东方望去，东方世界对他们而言还是神秘的、猎奇的、陌生的世界。无论是法国的伏尔泰、孟德斯鸠、还是德国的赫尔德、歌德、马克思，他们固然都承认东方的历史文化悠久，承认东方的文化与文学的都有独特价值，甚至借助东方文学来批判反思西方文学，但他们又以欧洲人的线性进化观来评价东方历史文化，认为东方既是文明的开端又停滞不前，只有欧洲文化与文学才是真正充满活力的，这种观念直到当代也没有根本的改变。在这个基础上形成的"世界文学"观念，从根本上说也只能是以欧洲文学为中心的世界文学观。

欧洲人提出的"世界文学"观念，不久在亚洲也得到了呼应。1897年，中国的严复在为商务印书馆撰写的《本馆附引说部缘起》一文中写道：

> 凡为人类，无论亚洲、欧洲、美洲、非洲之地，石刀、铜刀、铁刀之期，支那、蒙古、西米底、丢度尼之种，求其本原

之地，莫不有一公性情焉。此公性情者，原出于天，流为种智。儒、墨、佛、耶、回之教，凭此而出兴，君主、民主、君民并主之政，由此而建立。故政与教者，并公性情之所生，而非能生夫公性情也。何谓公性情？一曰英雄，一曰男女。[①]

稍后，王国维提出了"学无中西"（学术不分中西）的论断，郑振铎提出了人类文学的联系性、人类文学研究的整体性的"文学的统一观"。同时，印度的泰戈尔也在《世界文学》（1907年）一文中提出了"世界文学"的概念。他认为，应该从世界视野上看待文学现象，作家应该站在人类的高度来描写人，所以——

> 只限于时间、地点和人物来观察文学的方法不是观察文学的真正方法。如果我们懂得，人类正是在文学里表现自己，那我们就能够在文学里发现值得观赏的东西。如果在某文学作品里作家本身成为唯一描写的目标，那个文学作品就会湮灭，一个作家在自己的作品里用自己的感情体验人类的感情，体验整个人类的痛苦，这样他的作品在文学里就占有一定的地位。我们应该如此去理解文学。全人类犹同世上的泥瓦匠，他们在建造文学神庙，不同时代和不同国家的作家则是他们的帮工。[②]

泰戈尔最后指出："我们的目的是，去掉那些无知和狭隘，从世

---

① 严复：《本馆附印说部缘起》，载《国闻报》，光绪二十三年（1897）十月十六日。

② ［印度］泰戈尔：《世界文学》，见《泰戈尔全集》，第22卷，刘安武等译，第96页。

界文学中观察世界的人。我们要在每一作家的作品里看到整体，要在这种整体里看到整个人类为表现自己所作的努力，现在是立下这样的决心的时候了。"

东方国家文学家和学者的"世界文学"观念的形成是东方文学近代化转型的重要标志之一，它既是比较文学在20世纪的东方主要大国，如日本、中国等国蔚然成风的理论前提与心理基础，更是全球范围比较文学由"比较文学评论"发展到"比较文学研究"的必要条件。

第 3 章

学理基础：
历史哲学、文化人类学与比较神话故事学

比较文学由"文学批评"形态发展到"学术研究"形态，需要体系性的学术理论的支撑。这种体系性的学术理论，主要不是从比较文学批评本身产生出来，甚至也不是从文学自身的研究中产生出来，而是从欧洲19世纪的历史哲学、文化人类学、比较神话故事学等相关学科中借鉴过来的。这些相关学科的理论建构，在学术视野的全球性与宏观性、研究对象的综合性与整体性、研究方法的科学实证性与比较法、学科理论建构的体系性等方面，为比较文学学科理论的产生与学科的成立提供了理论支撑，奠定了学理基础。

一、历史哲学为比较文学提供了理论参照

如第二章所述，近代时期的比较文学批评，无论是西方还是东方，都形成了一种传统，成为许多学者和评论家的习惯，有的批评家（如斯达尔夫人）的比较评论，已经具备相当的系统性和深刻性，而且，在批评的实践中，比较文学若干方法，特别是平行对比的方法，都运用得相当普遍、自然和熟练。但是总体看来，"比较文学批评"还是一种"批评"形态，而不是"研究"形态。批评家们一般都没有比较文学的学科自觉，"比较"只是一种手段和方法，而没有形成相对独立的学科范畴。比较文学批评更多属于直观的、片断的、感想性的、印象性、即兴性的、描述性的，静态的而非动态的。从"批评也是一种创作"这样的意义上说，这样的批评有时颇能显示批评家横溢的才华，天才的发现，独到的见解，具有相当的启发性。但多数情况下较为随意，批评家对提出的观点不做深入的论证，不提供足够的事实材料，缺乏科学的、实证的操作规范，因而对某些观点，人们只能意会，难以确证。例如雪莱在西班牙、英国、德国文学的比较中，断言德国的抒情诗写得最好，而在德国的抒情诗中，歌德写得最好。至于这一结论是如何得出的，雪莱并不做严密科学

的论证和说明。而这正是比较文学"批评"与比较文学"研究"两种不同形态相区别的地方。它注重的是批评家的天才的发现，独到的见地，其效果和功能是其新颖性、启发性，而非确证性、精密性。

从比较文学的学术系谱上看，比较文学由"文学批评"形态发展到"学术研究"形态，首先需要体系性的学术理论的支撑。而比较文学研究作为一种跨文化的文学研究，也首先依赖于研究人类文化的科学——哲学、美学、史学、文化人类学等学科的支持。在欧洲，这些学科的总体特点，是将世界各民族的文化，即全人类文化，作为一个系统整体进行综合的、动态的、宏观的研究。只有这样的研究，才能帮助比较文学完成学科理论体系的构建，而不仅仅是停留于片段的、个别性的比较评论，才能帮助比较文学由静态的、横向的比较，发展到动态的、历史的比较。进入19世纪以后，这样的条件逐渐具备了。

19世纪初期，德国的哲学家黑格尔（1770—1831）创立了一个庞大复杂的客观唯心主义的思辨哲学体系，为人类的精神现象的各个方面，勾画出了一个密切关联的整体系统，并论述了这些精神现象的各种形态的发展演进的过程。黑格尔在《历史哲学》等著作中，认为世界历史是所谓"世界精神"发展和实现的过程。不同的历史民族代表了"世界精神"发展的不同阶段，并非所有的民族都有资格代表"世界精神"，"世界精神"的发展和实现范围只限于前亚细亚、北美和西欧。据此，黑格尔描绘了"世界精神"的历史过程：它在古代东方，即前亚细亚和埃及度过了童年时代，在古希腊度过了美好的青春时代，在古罗马度过了壮年时代，在日耳曼—基督教世界进入了它的老年时代。所谓老年时代不是生物学意义上的，而是精神意义上的，是"完满和成熟的象征"。黑格尔将这样的图式推延到美学与文学艺术领域，并撰写了《美学》（1835年）[①]一书，将各国文学艺术都纳入了他的美学体系中加以综合的、比较的考察，提出人类艺术发展史上三个不同历史阶段，产生了三种艺术类型，即象征型艺术、古典型艺术、浪漫型艺术，认为古代东方的埃及、波斯、印度等国家的艺术是象征型艺术的代表，古希腊是古典型艺术的代表，西方现代艺术是浪漫型艺术的代表。黑格尔以系统比较的方法，总结、抽象出一套先验的统一的概念模式，来概括人类各民族文化的"基本规律"，这种方法与思路，代表了19世纪欧洲的文化学、历史学研究、文学研究乃至比较文学研究的基本取向。同时，黑格尔所显示的欧洲文化中心论的倾向，也是后来的欧洲比较文学所难以摆脱的。

从比较文学的角度看，黑格尔的论述是建立在世界各国文学艺术的纵横比较的基础之上的。他所运用的"比较"，不是A与B的两项式比较，而是世界视野中的系统的比较。黑格尔曾在《小逻辑》一书中发表了自己关于"比较"的看法，他写道：

> 我们今日所说的科学研究，往往主要是指对于所考察的对象加以相互比较的方法而言。不容否认，这种比较的方法曾经获得许多重大的成果，在这方面特别值得提到的，是近年来在比较解剖学与比较语言学领域内所取得的重大成就。但我们不禁必须指出：有人认为这种比较方法似乎可以应用于所有各部

———————————

① 黑格尔的《美学》中译本由朱光潜翻译，商务印书馆于1979年出版。

门的知识范围，而且可以同样地取得成功，这未免失之夸大。并且尤须特别强调指出，只通过单纯的比较方法还不能最后满足科学的需要。①

在这里，黑格尔强调了"比较"的作用和意义，但也指出了"比较"的局限性。不过他所说的"比较"显然是狭义上的比较，指的是比较语言学和比较解剖学那样的有限对象之间的比较。黑格尔的关于"比较"方法的这种看法，对后来的比较文学学科理论的建构产生了一定的影响。例如，后来许多学者以"比较"为关键词来命名这个学科，但又感到这个"比较"一词有点词不称意，容易使人误以为"比较文学"就是"文学比较"的意思。所以，后来的欧洲正统的"比较文学"，正如人们所熟知的那样，是将比较文学明确界定为"国际文学关系"研究，而不是界定为"文学比较"的研究。

在自然科学领域，19世纪初期的生物学和解剖学，已经将"比较"的方法作为其基本的研究方法。其中，在法国，维居叶写出了《比较解剖学》，布朗维尔写出了《比较生理学》，科斯特写出了《比较胚胎形成学》，德·唯叶写出了《比较爱欲学》等，他们致力于在比较中揭示人类等生物群体之间的亲缘关系和发展过程中的内在联系。特别是科学家和哲学家达尔文（1809—1882）以英国人所擅长的经验观察和事实归纳，为人类及生物世界总结出了科学进化的规律。达尔文在《物种起源》（1859年）、《人类的起源》（1871年）等著作中提出的进化论，第一次将地球上包括人类在内的一切生物，

---

① ［德］黑格尔：《小逻辑》，贺麟译，北京：商务印书馆，1997年，第252页。

作为一个大的、相互关联的链条和系统，进行纵向的、宏观演进的研究。达尔文以生物学、考古学、医学等大量的研究成果作为事实材料，证明了生物间有着一定的亲缘关系，古代生物与现存生物有着共同祖先，现存生物是古代生物进化而来，进化的原因是自然选择，生存竞争和自然选择是物种演变与人类进化的基本法则。达尔文的进化论对文学研究也产生了相当大的影响，此后几乎所有文学史的撰写都渗透着科学进化论的观念，宏观的、综合的世界文学史研究，亦即比较文学研究更是如此。进化论对比较文学学科的最重要的影响，在于为比较文学提供了一个价值判断的最根本的依据，后来很多比较文学学者将不同民族的文学现象，放在人类文化进化的不同阶段上进行考察，找出文学进化的先后顺序，并做出"先进—落后""文明—野蛮"之类的价值判断，从而在自然科学的层面上进一步强化了欧洲中心论意识。

进化论的、进步主义的思想不仅表现在生物学领域，也表现在社会学领域。同时期的法国哲学家孔德（1798—1857）在《实证哲学教程》（全六卷，1830—1842）中，指出："实证哲学的基本性质，就是把一切现象看成服从一些基本不变的自然规律，精确地发现这些规律，并把它的数目压到最低限度，乃是我们一切努力的目标。"①孔德所谓的"规律"，就是指"合乎常规的先后关系和相似关系"，而要找出这样的"先后关系和相似关系"就要依赖于比较。据此，孔德用这样的比较的方法，总结出了人类文化知识的各个部门的基

---

① 洪谦主编：《西方现代资产阶级哲学论著选辑》，北京：商务印书馆，1982年，第25页。

本的演进规律，他称之为"实证的社会进步论"或"社会动力学"。他认为人类历史文化发展有三个阶段：神学阶段或虚构阶段、形而上学阶段或抽象阶段、科学阶段或实证阶段。而研究这三个阶段的文化，相应地应采取三种基本的方法，即神学的方法、形而上学的方法、科学实证的方法，还要使用三种具体方法与途径：观察、试验、比较。孔德的这些思想主张，对此后的重视实证的法国比较文学学派的形成有直接的影响。稍后，"社会学"学科的创始人、英国人赫伯特·斯宾塞（1820—1903）进一步将达尔文的自然界的生物进化论运用于人类社会的研究，在《社会学原理》[①]等一系列著作中，论证了人类社会也是一个有机体，遵循着"普遍进化的原则"，而人的心理与精神又是受社会状况的制约或决定的。英国史学家巴克尔（1821—1862）在其两卷本《英国文明史》（1856—1861）中，提出文明历史是有演化规律的，力图在民族文化的比较研究的基础上，将文化史变成一种科学的研究。他认为"历史只不过是内部现象和外部现象相互冲突的结果"，而"内部现象"主要体现为气候、食物、土壤等自然环境和条件，"外部现象"则主要表现为外来文明的影响。

英国法学家亨利·梅因（1822—1888）在其著名的《古代法》（1861年）一书中，则在法学领域第一次明确运用比较的方法，建立了"比较法学"，梅因也自称是"比较学派"。他打破了以往法学研究中的纯逻辑推导的、非历史的研究方法，即"只讲道理不问史实"的方法，在历史的比较中，探讨古典民族国家的法的观念的形

---

① 近代的严复将《社会学原理》译作《群学肄言》。

成与演变规律。梅因将罗马人、英国人、爱尔兰人、日耳曼人、科尔特人、印度人等民族国家（主要是古代雅利安民族）的法律作为比较研究的对象，指出：社会进步是以法律意识的形成与进步为标志的，"所有进步的运动在有一点上是一致的，在运动发展的过程中，其特点是家族依附的逐步消灭以及代之而起的个人义务的增长……用以逐步代替源自'家族'各种权利义务上那种相互关系的……就是'契约'。在以前，'人'的一切关系都是被概括在'家族'关系中的，把这种社会状态作为历史上的一个起点，从这一个起点开始，我们似乎是在不断地向着一种新的社会秩序状态移动"①，"家族依附"的表现就是"身份"，"身份"就是人身依附的产物；个人与个人之间的关系就是"契约"，"契约"就是广义上的是法律。亨利·梅因通过对古代各民族国家法律及法律意识的横向与纵向的比较研究，得出了一个著名的结论："所有进步社会的运动，到此处为止，是一个'从身份到契约'的运动"。②所谓"从身份到契约"的运动，就是从传统的家族主义、集体主义，到近代以后的个人主义，他认为这也是人类文明发展演进的基本规律。梅因的这一论断与马克思、恩格斯在《共产党宣言》中提出的"到目前为止的一切社会的历史都是阶级斗争的历史"的论断，几乎同样著名。这些都为整体地把握人类精神史、社会史的发展规律提供了理论模型。

稍后，法国的丹纳（一译泰纳，1828—1893）把达尔文科学进化论学说和黑格尔哲学，孔德、斯宾塞实证主义哲学，以及18世纪

---

① ［英］亨利·梅因:《古代法》，沈景一译，北京：商务印书馆，1959年，第110—111页。

② ［英］亨利·梅因:《古代法》，第112页。

法国孟德斯鸠的地理环境决定论、斯达尔夫人的地域文学论结合起来，在文学史研究中提出了影响和决定文学发展进程的"种族、环境、时代"的"三要素"论，并在其代表作《艺术哲学》（1865—1869）中，形成了自己的艺术哲学的理论体系。丹纳在其《英国文学史》（1864—1869）的序言中宣称，全书意在阐明文学创作及其发展取决于三种力量或三个元素：种族、环境、时代。在《艺术哲学》中，丹纳强调："我们可以定下一条规则：要了解一件艺术品，一个艺术家，一群艺术家，必须正确的设想他们所属的时代的精神和风俗概况。这是艺术品最后的解释，也是决定一切的基本原因。"[①]在丹纳看来，"种族"是一种生物学、遗传学的范畴，是由先天所决定的某些民族特性，强调的是固定不变的生物学的特征，"环境"则主要是社会人文环境，还有自然的物质环境，包括地理、气候因素，强调的是横向的地理性、空间性的因素；"时代"则是一种时序上的区间划分，强调的是历时的、纵向的历史性因素。

在法国及欧洲的比较文学学术史上，丹纳的文学"三要素决定论"，一直被人（主要是法国学派的巴登斯贝格、梵·第根等）认为是"比较文学的敌人"或"反比较文学"的，说"丹纳对比较文学影响是危险的"。因为按照种族、环境与时代的三要素决定论，越是具有民族性的、不受外来影响和制约的文学艺术越是完美，因而各民族文学之间的相互交流与影响就成为微不足道的甚至有害无益的东西。而后来比较文学作为一门学科和学派在法国成立的时候，恰恰就是以研究文学传播交流与相互影响为主要任务的，因而丹纳的

---

① ［法］丹纳：《艺术哲学》，傅雷译，北京：人民文学出版社，1963年，第7页。

观点消解了这种研究的意义和价值。从法国学派的立场上看，丹纳确实是"比较文学的敌人"。同时，以德国的歌德、马克思等为代表的"世界文学"论者或称文学的"世界主义者"，看上去也与丹纳的强调民族特性的"三要素决定论"不相兼容。但是今天在我们看来，只要超越法国学派的文学交流史研究的实证主义、事实主义的观点，则丹纳的"三要素决定论"不但不与比较文学为敌，而且从一个独特的角度，为比较文学的"比较研究"，即没有事实关系的"平行比较"提供了理论基础。丹纳强调了由于种族、环境、时代的不同，人类文学会呈现出不同的性质、面貌与特色，这就为比较文学中的平行比较提供了理论前提。对比较文学而言，寻求文学的民族特性，与寻求人类文学的共通性一样，如鸟之两翼，缺一不可。而由三要素所决定的民族特性，恰恰必须在比较研究中才能见出。诚然，在《艺术哲学》一书中，丹纳虽然很少直接提到"比较"（在第一编第一章中他只是说："我想做个比较，使风俗和时代精神对美术的作用更明显。"），但他的"三要素决定论"，却为比较文学划出了一个坐标。对于比较文学而言，"种族"的因素，即"民族性"是一个基本的出发点，没有民族的差异，"比较"就无从谈起；而"环境"和"时代"则是"比较"的两个坐标轴，是文学的两个外部影响因素或决定因素。可见，丹纳的"三要素"本身，就是在"比较"中划分出来的，"种族"的区分是各民族相互比较的结果，"环境"的因素常常是跨越国界和种族界限的，而不同的民族都活动在不同的"时代"，即使是相同的时代，也有不同的时代特色。因此，"三要素"中的任何一个要素的成立，都含有跨文化、跨地域、跨时空的比较。而且，"三要素决定论"不但是跨越民族国家界限的，更跨越学科界限，为文学与民族学及文化人类学（"种族"）、与历史学（"时代"）、与社会学（"环境"）的跨学科的比较研究，提供了理论支持。

在哲学、宗教学与社会学领域，系统地使用比较方法的是德国学术大师、思想家马克斯·韦伯（1864—1920）。韦伯在学术上的最大特色，就是从东西方几大宗教——包括犹太教、基督教、儒教、道教、印度教、佛教以及伊斯兰教——的比较研究出发，揭示东西方走向不同的社会经济政治与文化发展道路的奥秘。他在《宗教社会学论集》中的《新教伦理与资本主义精神》《中国宗教》《印度宗教》等一系列著作①中，通过东西方的宗教文化的比较，认为"入世"和"出世"是东西方宗教中都有的两种救赎方式，而东方宗教与西方宗教则分属两种不同的宗教体系。认为西方宗教中的先知是"伦理先知"，东方宗教中的先知是"楷模先知"，西方宗教本质上与伦理先知的预言相联系，总体上属于禁欲主义的宗教；东方宗教本质上是与楷模先知的预言相结合，总体上属于神秘主义宗教。他进一步指出：东方神秘主义宗教，具有被动地接受现实社会秩序的倾向，反之，以禁欲主义为特征的宗教，则容易与理性主义相联系，有助于推动社会的革新与进步。在这种东西比较中，韦伯要说明的是基督教新教如何在漫长的发展演进的过程中，逐步祛除巫术与迷信的成分，而生发出一整套普遍的社会伦理，以及这种伦理又怎样影响了人们的经济行为，并最终导致了现代资本主义在西欧的诞生。

---

① 马克斯·韦伯的有关著作在中国已经得到系统的翻译出版，主要有《韦伯作品集》（全10卷），由广西师范大学出版社于2004年起陆续出版。

韦伯的比较研究是在宏观层面上进行的，是一种宏观的比较研究，其特点是首先将人类的体系性的宗教划分为不同的类型，然后再做类型学的比较研究。这种比较模式对后来的比较研究，包括比较文学研究，都有相当的启发。这样的比较是一种横向的、平行的宏观比较，与此前的黑格尔为代表的理性主义的、历史主义的、纵向的、垂直的比较大异其趣，为宏观比较文学的成立提供了理论参照。

与韦伯在东西方比较中所自豪地揭示西方资本主义的发达奥秘相反，20世纪初期，欧洲各国的资本主义出现了种种危机。国家民族之间矛盾尖锐化，国内劳资矛盾深刻化，欧洲通过殖民主义来主导的世界秩序，处在矛盾与混乱的阴影中，这促使一些清醒的学者开始反思和检讨18至19世纪盛行的欧洲文化优越论和欧洲中心论。从比较文学学术史上看，这一转折十分重要，比较文学学科在20世纪初期才真正成立，与欧洲学术文化界的部分地突破"欧洲中心主义"、逐渐建立起全方位的"世界主义"的视野密切相关。

1917年12月，德国的斯宾格勒（1880—1936）的《西方的没落》[①]出版。在这部巨著中，作者打破了以西欧为中心的世界历史进步发展的观念，否定了此前的理性主义史学家关于世界历史具有一个统一的直线发展的进步历程的学说，创立了他的"世界历史形态学"，将各种文化视为一种生物有机体，认为世界各种文化都要经过一个起源、生长、衰落与死亡的过程，每一种文化都具有不可替代的特殊性质，同时又有着生物进化意义上的"同源性"，因此在

---

①《西方的没落》的全译本由吴琼翻译，上海：上海三联书店，2006年。此外还有数种节译或编译本，主要有：史齐荣等译，北京：商务印书馆，1963年；陈晓林节译，台湾：台湾远流出版公司，1986年。

不同文化之间，就具有了"比较"研究的可能性。正是在这个意义上，斯宾格勒又把他的"世界历史形态学"称之为"文化的比较形态学"。斯宾格勒将世界文化分为八大形态：埃及文化、巴比伦文化、印度文化、中国文化、古典文化、阿拉伯文化、西方文化和墨西哥文化，另外他还论述了俄罗斯文化，（但将其看作是未来的文化类型）。斯宾格勒还以他的直觉的、"观相"的、审美的方法，通过整体的鸟瞰方法和同源的类比方法，为每一种文化找出了一种所谓"基本象征"（一译"原始象征"），如古典文化（希腊罗马文化）的原始象征是"有限的实体"，西方文化的原始象征是"无穷的空间"（又可称为"浮士德文化"），古埃及文化的原始象征是"道路"，阿拉伯文化的原始象征是"洞穴"，中国文化的原始象征是"道"，俄罗斯文化的原始象征是"没有边界的平面"等。虽然这些"基本象征"物的抽象与解说大都失之于晦涩难解，但却在文化多元主义的基础上，为各民族文化的对等比较提供了前提。而且，所谓"基本象征"的发现与概括本身，更以其直觉的审美性与相当浓厚的文学趣味，对比较文化学及比较文学成为独立的学科具有相当大的启示作用。例如，美国当代文化人类学家本尼迪克特在《文化模式》一书中评价说："斯宾格勒的更有价值和独创性的分析是对西方文明中文化构型的对比研究"。① 本尼迪克特在《菊与刀》中，将日本的"文化模式"归纳为"菊花"与"刀剑"，"菊花"与"刀剑"也就是日本文化的"基本象征"。后来有学者将世界文明分为"沙的文

---

① ［美］本尼迪克特：《文化模式》，孙志民等译，杭州：浙江人民出版社，1987年，第52页。

明""石的文明""水的文明""泥的文明""土的文明";有的学者将西方文明概括为"肉食的文明",将东亚文明概括为"米食的文明";有的学者将中华文明概括为"黄土"、将以古希腊为代表的地中海文明称为"蓝海"等。这些"基本象征"物的发现和概括,在经验性的具象中,包孕着巨大的意义信息,为比较文化提供了奔腾的灵感和新颖的角度,特别是对各民族文学的宏观整体的比较,即笔者所提出的"宏观比较文学",具有巨大的参考价值。例如笔者在《宏观比较文学讲演录》一书中,用"一"字来概括犹太文学的特征,用"十字路"概括波斯文学的四方交汇的"介在性"特征,用"沙漠特质""沙漠性情""沙漠结构"来概括阿拉伯传统文学的三个特色,以小巧玲珑的"人形"(偶人)来概括日本文学的"以小为美",如此之类,都受到了"基本象征"的启发。

将斯宾格勒的历史形态学加以继承并发扬光大的最著名的人物,是英国历史学家汤因比(1888—1960),他被称为"新斯宾格勒派"。在长达十二卷的《历史研究》(1934—1961)的"绪论"部分中,汤因比首先提出来的,就是历史研究的"单位"(或译单元)问题,即历史研究以什么为基本单位。汤因比尖锐批评了以往西方史学研究中将一个民族国家加以孤立研究的弊端。他提出,近几百年来,许多国家试图自给自足,实现自我发展,这种表面现象诱使历史学家们一直把"民族国家"作为历史研究的基本单位,即对各个民族国家进行个别的、孤立的研究。事实上,整个欧洲根本就找不到一个民族国家能够自行说明其自身的历史。无论是作为近代国家之典型的英国,还是作为古代国家之典型的古希腊城邦,二者的历史都证实,历史发展中的诸种动力并不是民族性的,"发生作用的种种力量，并不是来自一个国家，而是来自更宽广的所在。这些力量对于每一个部分都发生影响，但是除非从它们对于整个社会的作用做全面的了解，否则便无法了解它们的局部作用。"①因此，为了理解各个部分，必须放眼于整体。因为只有这个整体才是一种"可以自行说明问题的研究范围"。汤因比的这种整体的研究，就是以"文明社会"为基本单位的"跨文明的比较研究"。为了更好地展开这种"跨文明的比较研究"，汤因比将斯宾格勒划分的失之于粗放的八种文明形体，再加以细化和优化，将世界历史上的各民族文明划分出了二十一种文明，其中包括：西方文明，东正教文明，伊朗文明，阿拉伯文明，印度文明，远东文明，希腊文明，叙利亚文明，古代印度文明，古代中国文明，来诺斯文明，苏美尔文明，赫提文明，巴比伦文明，埃及文明，安第斯文明，墨西哥文明，于加丹与玛雅文明等。后来增加到二十六个、三十七个文明，并且认为西方文明不是特殊的中心，而不过是这一类文明中的一个，世界上的各个文明是"价值相等的"②。他把各种文明都视为一个生命有机体，为揭示各种文明的兴衰规律，而建立了一套"挑战—应战"的文明存续的"模式"，并以这套模式进行"经验的比较研究"。

以斯宾格勒、汤因比为代表的文明形态学的比较研究，是19世纪"历史主义"思潮的成熟的形态。它不仅建立了真正全方位的世界视野，而且提出了系统的方法论，取得了不凡的研究业绩，"比较史学"至此而高度成熟。尤其是斯宾格勒的"基本象征"的发现与

---

① ［英］汤因比:《历史研究》节译本，上册，曹未风等译，上海：上海人民出版社，1959年，第5页。

② ［英］汤因比:《历史研究》节译本，上册，曹未风等译，第53页。

提炼，为民族文学特性的比较研究提供了基点，而汤因比的以"文明"为基本单位的比较研究的思路和方法，和以"民族文学"为最基本单位的"宏观比较文学"的研究，也具有内在的相通性，并为宏观比较文学研究提供了理论基础和实践参照。值得注意的是，同时期欧洲的"比较文学"与比较史学一起走向成熟，两者之间具有深刻的内在联系。

综上所述，哲学、自然科学、社会学、美学、历史学、法学研究中的进化观念，及其所运用的比较方法，为后来的比较文学的形成奠定了理论基础。

第一，以黑格尔为代表的理性主义哲学与历史学，将世界历史视为一种抽象的"世界精神"发生发展的过程，用先验的理性概念，来整理、整合和统驭纷繁复杂的人类历史文化现象，将抽象的理性原则，作为一种涵括一切的准则，来概括和评价人类文化，并且试图总结出人类文学的总体发展规律。而比较文学成立的前提，也正是人类历史文化的整体性的观念。比较文学研究、特别是宏观比较文学研究的指归，也是人类文学、世界文学的总体规律的探寻。另一方面，带有一定思想深度的比较文学，也往往需要抽象或概括出若干先验的概念与范畴，作为比较研究的切入点与关键词。

第二，以孔德等为代表的实证主义哲学，强调观察、试验、比较、推理的科学方法，注重事实的收集和现象的分析，强调从事实材料中得出结论。这一思想是对理性主义的反拨与补充，对比较文学的成立产生了巨大的影响。比较文学作为一门学科，成立伊始就强调：比较文学不是审美性的比较分析，而是各国文学交流史的资料收集与研究，是以如实说明历史、正确呈现历史为总宗旨的文学史的研究，这就把比较文学牢牢置于"科学"的基础上，如此才能使之成为一个"学科"。

第三，以斯宾格勒等为代表的"历史形态学"，是德国及欧洲史学研究中的所谓"历史主义"的成熟形态，盛行于19世纪的"历史主义"既是一种历史观，也是一种研究方法。如果说，理性主义追求的是"规律"，实证主义追求的是"事实"，那么，历史主义所追求的就是"形态"。相对于理性主义的统一性、整体性、进步性、永恒性，历史主义强调多样性、个别性、民族性（民族精神）和文明生命的周期性，认为各个民族由于各自历史条件的不同，而各具特性并各具价值；相对于理性主义的厚今薄古的进化论和进步信念，历史主义更相信文化的价值不取决于时间的前后，每一个历史阶段都具有其独自的文化价值；相对于实证主义的科学客观性，历史主义注重在研究者的主观的体验性、直觉性与"诗性智慧"的作用。比较文学作为一门学科，就是在世界视野中研究各民族文学的特殊性与共通性。如果说理性主义哲学为比较文学提供了"共通性"的理论依据，那么，历史主义则为比较文学提供了"特殊性"的理论基础。历史主义有助于我们克服比较文学研究中容易出现的价值判断的一元化标准的独断性。

二、文化人类学为比较文学奠定了学理基础

19世纪后半期，在黑格尔、达尔文等人的哲学与科学思想的影响之下，作为哲学与科学的分支，产生了专门研究人类文化的学科，即人类文化学，或简称文化学。早期的文化人类学遵循着系统哲学与进化论的思路，常常先从人类古代社会、文化、宗教、语言着手研究。从比较文学学术系谱上看，黑格尔、达尔文、丹纳为代表的理性主义、科学主义的哲学思想为比较文学提供了哲学基础，斯宾格勒、汤因比的文化形态学的研究及其"比较史学"调整、矫正了理性主义史学的欧洲中心的、直线发展的文化史观，而同时或稍后兴起的、以对人类文化的形态、起源与发展加以追根溯源的系统研究为特征的"文化人类学"，则以研究民俗及其主要载体——神话、民间文学及民间文艺为主，在研究对象与研究方法上更加靠近比较文学，更强调和依赖于比较的研究方法。许多情况下，文化人类学的研究本身就是比较文学研究，从而成为比较文学学科的直接源头。

文化人类学的学科奠基人是英国人爱德华·泰勒（1832—1917）。他于1871年出版的《原始文化》一书，以达尔文的进化论为理论基础，首次在英国建立了文化科学的学科体系的基本轮廓。

泰勒在《原始文化》开篇伊始就写道：

> 文化，或文明，就其广泛的民俗学意义来说，是包括全部
> 的知识、信仰、艺术、道德、法律、风俗以及作为社会成员的
> 人所掌握和接受的其他的才能和习惯的复合体。人类社会中各
> 种不同的文化现象，只要能够用普遍适用的原理来研究，就都
> 可成为适合于研究人类思想和活动规律的对象。一方面，在文
> 明中有如此广泛的共同性，使得在很大程度上能够拿一些相同
> 的原因来解释相同的现象。另一方面，文化的各种不同阶段，
> 可以认为是发展或进化的不同阶段，而其中的每一阶段都是前
> 一阶段的产物，并对将来的历史进程起着相当大的作用。在本
> 书中，我们就要对民族学领域中的这两大原则进行研究。同时，
> 我们特别注意把落后部落的文化跟先进民族的文化加以对照。[①]

在这里，泰勒强调，由于人类文明广泛的共同性，将各种文化
进行"对照"（亦可译为"比较"）成为必要和可能。他相信："只要
把历史上著名社会中文化发展的不同阶段加以比较，拿它们跟包含
在史前部落文化残余中的考古材料加以对照，我们就有可能对最古
老的人的一般状态进行判断。"这样的"对照"和"比较"一方面是
为了看出各民族之间的不同，另一方面也是为了看出它们之间的相
同。对此泰勒指出："甚至在把蒙昧部落同文明民族进行比较的时候，
我们也清楚地看到，文化落后的社会的生活怎样一步一步地上升到

---

① ［英］泰勒:《原始文化》，连树声译，上海：上海文艺出版社，1992年，第2页。

比较进步民族的生活。各种不同民族在发展过程中即使有所不同，其区别也难以看出，有时甚至完全一样……在其中英国农夫几乎和中非的黑人相差无几。"他接着写道："研究的各个方面将表明，可以把文化的各个阶段加以比较，而不必考虑……各个部落在身体构造和肤色及发色上有多大区别。"可见，比起民族、部族等人种学的差异性来，泰勒更注重人类文化上的相通性。他还详细地交代了自己在原始文化研究中如何具体使用比较的方法：

> 研究文化的第一步，应当是把文化分成若干组成部分并给这些部分分类……确定这些细目的地理区域和历史时期并指明它们之间存在的关系，而对这些细目进行分类，这是民族学家的职责。假如我们把这些文化现象同自然科学家所研究的动植物种类加以比较，则这种工作的性质就十分清楚了。[①]

泰勒在文化人类学研究中对比较方法的使用和提倡，使这种研究方法日趋完善。而且，这种比较方法简直可以直接移植到比较文学研究中来，特别是跨越多国、多民族的文学史的研究，即"区域文学史"与"世界文学史"的研究，比较方法势在必行。

几年后，美国人摩尔根（1818—1881）出版了著名的《古代社会》（1877年），为人类文化学的建立又增加了一块基石。在该书的序言中，摩尔根指出："人类一切部落在野蛮社会以前都会有过蒙昧社会，正如我们知道在文明社会以前有过野蛮社会一样。人类历史

---

① ［英］泰勒：《原始文化》，连树声译，第8页。

的起源相同，经验相同，进步相同。"在人类进步的道路上，发明与发现层出不穷，成为顺序相承的各个进步阶段的标志。他说：

> 这些制度、这些发明与发现，体现并保存了迄今仍然可以说明这种经验的一些主要事项。将这些事项综合起来，加以比较，就可以看出人类出于同源，在同一发展阶段中人类有类似的需要，并可看出在相似的社会状态中人类有同样的心理作用。①

在该书的第一编（相当于绪论部分），摩尔根又强调：

> 我们最好把上述人类文化每一个阶段的成就综合起来，分门别类，相互比较，这样就可以对各个阶段人类进步的相对量及其比例得到一个印象。②

和泰勒一样，在这里，摩尔根反复强调"比较"，而且提出了比较的前提和方法。"人类文化的同一发展阶段"是摩尔根进行比较的前提，也是可比性的前提，"分门别类"的"相互比较"是其基本的方法，这种比较的宗旨并不是要寻求各事物之间的一种事实联系，而是要从中看出它们之间的类似，"看出在相似的社会状态中人类有同样的心理作用"。这一方法，实际上就是20世纪50年代的比较文

---

① ［英］摩尔根：《古代社会》（上册），杨东莼等译，北京：商务印书馆，1987年，第2页。
② ［英］摩尔根：《古代社会》（上册），杨东莼等译，第28页。

学美国学派提出的"平行研究"的前身。摩尔根不但于19世纪后期在古代人类社会文化的研究实践中应用了这种方法，而且为日后比较文学中的平行研究方法论奠定了基础。

1890年，英国人詹·乔·弗雷泽（1854—1941）出版了两卷集的文化学巨著《金枝》。[①]《金枝》收集、援引了大量的神话、传说等民俗资料，运用比较研究的方法，将世界各民族的原始信仰（包括灵魂观念、自然崇拜、神的死而复生，尤其是巫术、禁忌等等）与原始文学现象，进行了系统的比较与梳理，从中抽绎出一套严整的体系来，提出并论证了"巫术—宗教—科学"这样一个人类文化演进的公式。根据弗雷泽的观点，人类文化是逐渐进化的，在"巫术时代"，巫术观念占据统治地位，人们借助于运用错误推理而产生的种种办法来控制自然。继而进入"宗教时代"，人们把超自然的力量个性化为神灵，借助它的帮助免祸消灾，乞求幸福。最后是进入科学的时代。弗雷泽着力论证的只是前两个时代。尽管他的研究在材料的完备性上，在体系的构建上，都因种种不足而受到许多批评，但从比较文学学术系谱的角度看，他在泰勒和摩尔根之后，进一步使用并完善了系统比较的方法，无论是微观个案的比较还是宏观体系的建构，都建立在比较研究的基础上。尤其重要的是，泰勒和摩尔根很少使用亚洲特别是东亚及中国的材料，弗雷泽在《金枝》中却使用了东亚及中国的材料（尽管还是粗略的），从而使比较研究的范围更加接近世界化。

---

① ［英］弗雷泽：《金枝——巫术与宗教之研究》，徐育新等译，北京：中国民间文艺出版社，1987年。

在弗雷泽之后，1894年，德国艺术史家格罗塞（1862—1927）出版的《艺术的起源》一书，专以原始艺术为对象，在文化人类学研究中开创了一种先例。格罗塞以澳洲土著人、北极地区的爱斯基摩人等为主要考察对象，对人类原始艺术的各种形态，包括人体艺术、装饰装潢、造型艺术、舞蹈、音乐、诗歌的产生和形成做了综合的研究。他特别注意探索原始艺术与原始人的社会经济组织和精神生活之间的关系，并且特别强调了研究方法对原始艺术研究的重要性。他指出，对于现代艺术史的研究，或许可以有一种非难，嫌它研究的范围太狭窄，太偏重西欧各国的艺术而忽略了别的国家，"但是这种非难，并不能影响它的科学性质，因为要断定一种研究是否合乎科学性质，并不取决于它的范围的大小，而是根据它的方法来决定的。"在格罗塞的研究方法中，"比较"占有重要地位：

> 艺术科学，和其他全靠视察作基础的科学所处的地位一样。一个简单的现象只能作很少的证明甚至全不能证明什么；只有将许多不同的事实不惮烦地作一种比较研究，才能得到相当的真理。[1]

事实上，格罗塞对于原始艺术的许多观点，都是在这种"比较研究"之后做出来的。很大意义上说，他的研究属于原始艺术的比较研究，这对后来的文学研究及比较文学研究都具有相当的启发性。假如把他与同样是研究古代艺术的18世纪的德国老前辈温克尔曼

---

[1] ［德］格罗塞：《艺术的起源》，蔡慕晖译，北京：商务印书馆，1987年，第20页。

（1717—1768）的《古代艺术史》①（1764年）比较一下就会发现，当年温克尔曼虽然也使用了比较的方法，将古希腊的艺术同古代埃及、波斯等古代民族的艺术做了一些比较，但他的比较只是为了衬托希腊艺术的辉煌，为了证明希腊艺术的"高贵的单纯和静穆的伟大"的风格，带有相当的希腊中心观和主观色彩，而格罗塞的比较研究已经属于严格的、客观的、对等的比较研究了。

---

① 《古代艺术史》中译本由邵大箴译，中国人民大学出版社于1989年版。

三、比较神话学是渊源学、主题学研究的最初形态

19世纪初，运用比较的方法对语言文学进行研究，蔚然而成风气。首先是比较语言学，然后是比较神话学，接着是比较故事学。

语言学及比较语言学首先发源于德国。受基督教关于"语言神授"说的影响，欧洲长期以来的语言观念与语言理论服从于基督教神学，直到17世纪、乃至18世纪，语言神授说仍然支配着欧洲学界与思想界。同时，一些学者也开始用世俗的眼光思考语言现象。18世纪中叶以后，随着启蒙主义运动的展开，语言起源问题成为欧洲学术界关注的重要问题之一，法国的卢梭、孔狄亚克都对这个问题发表自己的观点，在这种情况下，1769年，柏林普鲁士皇家科学院决定设立专项奖金，征求语言起源问题的论文，几十位来自欧洲各国的学者参与了征文，而获得科学院奖金并由科学院指定出版的，则是赫尔德的《论语言的起源》①。德国的这一系列学术活动刺激了德国语言学的发展，而语言学的研究、语言起源的研究，势必要在多种语言的比较之中才能进行，赫尔德的《论语言的起源》在阐述

---

① 《语言的起源》中译本由姚小平译，商务印书馆于1998年出版。

"语言产生于人的心智"这一观点的过程中，就对欧洲和亚洲的各种语言做了比较，因此，语言学及语言起源论，必然导致比较语言学的诞生。此后，德国语言学家拉斯克（1787—1832）对北欧各国语言进行了系统的比较，论证了这些日耳曼各民族语言之间的内在联系。稍后，博普（1791—1867）又将亚洲印度的梵语作为比较研究的对象，确认了"印欧语系"的存在，并对它们之间的谱系建构做了梳理和分析。雅格布·格林在《德语语法》一书中，对十五种日耳曼语言进行了比较，为语言的历史语言学、比较语言学研究奠定了基础。随后，他又对已经确定了亲属关系的这些语言，对其语音、词汇、语法等做了全面比较，试图构拟出一种原本具有相通性的"原始共通语"。赫尔德、拉斯克、博普、格林等所进行的从历史的、发生学的角度，对各种同源的语言所进行的比较，形成了比较语言学的若干基本方法。我们可以归纳为三点：第一是"同源比较"，即通过相同语系之间的各种语言之间的比较研究，考察其起源、分化的过程及各种不同的语言特点。第二是"借用研究"，即对属于不同语系的语言进行比较研究，在不同民族之间的历史文化交流中研究语言之间的"借用"现象。第三是"一般比较"，即不问语系是否相同，也不管地理、历史、文化、种族等因素的差异，只为了阐述人类语言的普遍问题，而对各种语言进行比较。赫尔德在《论语言的起源》中运用的主要就是这种方法。比较语言学的这些研究方法对后来的比较文学产生了很大影响，比较文学的渊源研究、传播与影响研究、平行对比研究等基本的研究模式，在此时的比较语言学中都已经形成了。

比较语言学研究，往往需要以神话故事、歌谣等原始文学、民间文学作为语料，这就使得比较语言学与比较文学发生了叠合。比较语言学的研究家，往往也是比较民间文学的研究家，两者自然而然地成了相辅相成的姊妹学科。

18世纪末欧洲浪漫主义文学兴起。浪漫主义者喜欢从民间文学和异域文学中寻求题材、意象和灵感，民间文学的收集研究与这种需求相辅相成。在英国，托马斯·帕西于1765年出版了《古英诗钩沉》，引起了英国学者对古代民歌的关注。随后，德国的赫尔德大规模收集整理民歌，他在1778年整理出版了一部《民歌集》，并写出了《论中古英国和德国诗歌的相似性及其它》等研究论文。随后，海德堡浪漫派的领袖阿尔尼姆（1781—1831）、布伦塔诺（1778—1842）共同搜集编写了收有七百首作品的德国民歌集《儿童的奇异号角》（1806—1808），引起了文学界很大的兴趣和反响。海德堡派的另一位重要作家约瑟夫·格莱斯（1776—1848）著有《德国民间故事集》（1807年）和《亚洲神话史》等著作，编纂了两卷本的《古代神话故事集》（1810年）。在《德国民间故事集》中，他论述和研究了16世纪以前流传在德国民间的浮士德的故事、"海蒙的孩子们"等故事传说，并把这些德国故事与欧洲中世纪其他民族的故事、乃至东方国家的传说故事加以比较，探索其间的渊源关系和题材情节的流变，成为欧洲比较故事学研究的奠基性著作。《亚洲神话史》对欧洲神话史诗与印度的神话史诗做了比较，提出了一切神话都源于印度和东方的看法。

同时期以更多的精力和更大的规模从事民间故事收集和研究的，是德国的格林兄弟。

格林兄弟就是人们所熟悉的《格林童话》的编纂者，是比较语言学家雅格布·格林（1785—1863）和其胞弟威廉·格林（1786—1859）。他们收集记录的德国民间故事童话的结集是《德国传说》和《儿童和家庭故事》（即《格林童话》），特别是后者，奠定了格林兄弟在文学史、比较故事学史上的牢固地位。雅格布·格林还于1835年出版了题为《德国神话学》的著作，为比较神话故事学研究提供了范例。1856年，威廉·格林对他们两兄弟的比较研究，做出了总结和说明，他指出：故事之间存在相似性的原因，不仅是因为在特定时空内民族之间具有广泛交往，而且也因为不同民族具有相似的境遇和相同的自然环境，存在着某种思维的一致性。不能否认有这种可能，即一个故事由一个人转述给另一个人，然后在异文化的土壤中坚实地扎下根来，但一两个孤立的例子，还不能证明广泛传播所具有的共同特征。在格林兄弟看来，各民族故事的相似性，有一些是由民族间的实际交往和交流、以及互相传播和影响形成的，但这样的广泛传播的可能性需要大量的实证研究，否则难以证明。格林所面对的不是比较文学评论家们所随便抽取的两三种个案，而是数以千百计的大量的文本，要说清这些文本之间为什么相似，靠实证性的传播研究太困难了。他排除了用这种实证研究加以证实的方法，不是他反对这种研究本身，相反，他意识到了这种研究的必要性，只是他又认为这太困难，所以不具有可操作性。面对大量的相似相通的民间故事，格林兄弟不是以轻描淡写的、感受性的"评论"了事，他们已经在探讨"研究"的途径和方法了。这种方法也是相当具有德国特色的，即以一种"假说"作为研究的理论前提与指导原则。威廉·格林指出：

……作为一种信仰的片段记载着远古时代，在这里精神事物是用象征的方式来表达，这在所有故事都是相同的。神话要素就像一颗破碎珠宝的细微残片，它们全部散布在长满花和草的大地上，只有极富见地的眼睛才能发现。它们的意义已经早就遗失了，但当人们对令人满意的自然特征惊叹不已时，它们仍然能被感受到并赋予故事以某种价值。它们绝不是一种空洞观念的彩虹：当我们追溯久远的过去，会发现更多的神话要素已被阐述；它似乎确实构成最古老的功能的惟一内容。[①]

威廉·格林在这里提出的，就是著名的"神话残片说"，就是认为即使存在事实上的相互影响与传播，但也不能证实它具有普遍性。故事是神话衰落后的变体，主要是在远古时代失传了的神话残片的基础上形成起来的；进而，一切民间文艺形式，包括故事、传说、童话、寓言、民歌民谣，都含有神话的残片，都具有神话的某些因素，换言之，一切民间文学都来源于神话。格林兄弟的这种研究以比较语言学为支撑，千方百计地发掘所谓雅利安人的原始共同神，努力从印欧民族的原始共同神话中去寻找对故事类同性的解释，正如他们努力在语言学领域中构拟出印欧语系（亦称雅利安共同语）的共有脉络一样。在世界民俗学及神话学史上，格林兄弟的这种学说有许多追随者，引起了巨大反响，形成了一种学派，被后人称为"神话学派"。

———————————

① 转引自［美］斯蒂恩·汤普森《世界民间故事分类学》，郑海等译，上海：上海文艺出版社，1991年，第441页。

从比较文学的学术系谱上看，格林兄弟及其"神话学派"的民间文学研究，是比较文学中的最早的一种研究形态。之所以这样说，是因为：第一，民间文学，作为一种集体性的创作，无论作者还是传播者，都具有时空上的模糊性、弥漫性、互文性的特点，因此，民间文学综合研究，势必需要使用跨地域、跨语言、跨民族的比较文学的方法。在这样的研究中，"比较"不像在"比较文学评论"中那样仅仅是方法之一，"比较"在这里就是基本的方法，没有比较文学的方法，对民间文学的综合的、整体的研究，简直就无法进行。换言之，民间文学的整体的综合的研究，本身就是典型的比较文学研究。第二，学术研究、特别是比较文学研究，需要掌握大量的相关材料和文本，格林兄弟所收集的文学文本，虽然不是世界范围的，但却跨越欧洲和印度，跨越了整个印欧语系，其范围之广、涉及文本之多，都是空前的。只有像这样具备尽可能多的同类材料，才能突破此前的比较文学"评论"中常见的那种较为随意的A与B之间的两项、或最多几项的对比，才能从大量的微观个案中总结出某些规律性的东西。第三，"一切民间文学都来源于神话，一切民间文艺形式都含有神话的残片，都具有神话的某些因素"这样的结论，促使神话及民间故事的研究者从能够收集到的民间文学中，寻求包含于其中的原初的"神话残片"，这种研究可以说是比较文学中的"渊源学"、或称为"出典"研究的滥觞。

格林兄弟之后，德国学者、语言学家、宗教学家、文学家、翻译家马克斯·缪勒（1823—1900）进一步引申和发挥了格林兄弟的学说，并将格林兄弟的"神话残片"改造为"语言残片"。缪勒在他的早期代表作《比较神话学》①（1856年）中认为，只有深刻地索解语言发展的历史，才能把人类思维一切现象中难以理解的部分（包括神话）说清楚。他坚信，远古的文学艺术创作仅仅是"古代语言的模糊回音"。所以他使用"比较语言学"的方法，从语言的比较研究入手来研究古代神话及其关联，并认为比较语言学研究就像显微镜那样，能够帮助我们放大、理解那些神话的意义。

　　缪勒首先将人类语言的发展历史分为四个时期。第一个时期是词的形成期，这是人类历史的第一步。第二个时期是方言期，即原始共同语逐渐分化为若干独立的地方语言，在这一漫长的时期里，几个较大的基本语系如雅利安（印欧）语系、闪米特语系、突厥语系逐渐形成。第三个时期即"神话时代"或称"神话期"。缪勒用大量篇幅论述的正是这一时期的图景，这一时期印欧民族的雅利安语言尚未分化，表现在神话故事上，就是印欧各民族的神话故事十分相似或相近，具有同源性。第四个时期是雅利安语开始分化形成了希腊语、梵语、拉丁语、日耳曼语、凯尔特语等不同的民族语言。缪勒着重研究的是第三个时期即"神话阶段"。他断言：这是一个"神话世界观"主宰一切的时代，"雅利安共同语中每一个字在某种意义上都是一则神话"。而这些神话又都与"太阳"有关，即人类的早期共同的神话都属于"太阳神话"。随着语言变化和发展，后人对这些神话越来越难以理解了，而这只是由于语言在发展演进的过程中连续不断的链条被历史割断了，淹没了，或者说是由于在后世发生了一些理解的障碍。因此，这一学说便被后人归纳为"语言疾

_____

①《比较神话学》中文译本由金泽翻译，上海文艺出版社于1989年出版。

病说"。

从比较文学的角度看，缪勒的比较神话学，把印欧—雅利安语系作为比较研究的基盘，是在同一语系中进行的跨语言的比较文学研究。从研究方法上看，和格林兄弟的研究一样，缪勒的研究既不是单纯的传播研究，也不是单纯的平行研究，而是从语言学研究的角度探寻神话形成及其意义的"渊源学"的研究，同时也是对破碎散乱的古代神话进行发掘、拼接、粘合、重构的"文学考古学"或称"文学人类学"的研究，并为这方面的研究提供了先例，奠定了基础。这种研究与其说是从材料实证的总结中得出结论，不如说是以某些材料来论证"神话残片"或"语言疾病""太阳中心"等先验的命题，带有很强的主观先验的假说性质，因而受到了后人的批评。

◆◇

四、文化传播学派及比较故事学开传播研究之先路

格林兄弟与缪勒的研究，致力于探讨古代雅利安—印欧民族的文化与文学的同源、分化及相互联系，他们的研究本身并没有明确导出雅利安中心说、印欧中心论乃至欧洲中心主义，但却为后来的相关思潮的产生准备了条件。稍后兴起的"文化传播学派"，则另辟蹊径，主张通过对丰富的历史材料加以实证性的研究，来描述和勾画古代各民族文化与文学艺术之间在地理空间上的相互传播与影响的轨迹。这个"传播学派"（又称流传学派、播化学派等）于19世纪中叶，在格林兄弟的故乡德国形成，而且以民间文学（主要是民间故事）为主要研究对象。传播学派认为，那些情节类同的故事之所以出现在世界上许多地方，那是情节迁徙、流动的结果。

这个学派的理论和方法，集中表现在德国东方学家特奥多尔·本菲（1809—1881）于1859年为印度故事集《五卷书》所写的长篇导论中。本菲指出，他本人通过大量调查和考证，确信从印度扩散开来的少量寓言、大量童话和其他民间故事几乎覆盖了整个世界。就其扩散的时间而言，比较早的大约是在公元10世纪以前传到西方的。这些故事（除了通过《五卷书》或《卡里来和迪木乃》为

基础进行的翻译而知名的故事外）仅仅是由旅行者、商人等相聚而得以扩散的口头传说。然而，到了10世纪，在印度，伊斯兰教徒开始了持续不断的攻击和征服活动，印度便越来越为人们所熟知。从那以后，口头传说变得不如书面写作那么重要了。印度的故事书被翻译到了波斯和阿拉伯。有时是这些书本身，而有时则只是其中的内容，在较短的时间中传播到亚洲、非洲和欧洲的伊斯兰国家去。由于这些人与信仰基督教的人之间的频繁往来，使得它们传遍西方的基督教徒聚居区。就后者来说，接触的主要地段是拜占庭帝国、意大利和西班牙等。信仰伊斯兰的教徒只是一部分，其他信仰佛教的人则带着印度的民间故事走遍了几乎整个世界。本菲进一步指出，印度的不少故事还在更早的时候就大量扩散到印度的东部和北部区域，并在那些地区的佛教文学中得到了充分的表现。这类文学的兴起大约在基督教产生以后的公元1世纪，同中国从印度引进佛教的历史一样漫长。印度故事以同样的方式扩散到了西藏。这些佛教故事传说最终又由西藏人连同佛教信仰传输到了蒙古。蒙古人用他们自己的语言来接受了印度的故事，通过修饰使印度故事发生了许多改变。除了《僵尸鬼故事二十五则》和《健日王传》以外，《鹦鹉故事七十则》在蒙古也是广为人知。后来蒙古人用武力征服欧洲约达两百年，以这种方式把印度的宗教观念及其故事文学带到了欧洲。文学传播的早期媒介是阿拉伯的《愚鬼》，也许还有很大可能是犹太人的作品。同这些传播相伴随的口头传说，多存在于斯拉夫大陆。在欧洲文学中，最重要的显现是在薄伽丘的小说和斯特拉帕洛拉的童话里。如此，本菲初步探讨了西欧地区叙事文学的最重要的来源——印度故事，并且查明了这些印度故事向中世纪欧洲的传播途径，并提出了民间文学中普遍存在的"情节流传"亦称"借用"的现象，本菲也由此成为比较文化、比较文学中影响甚大的"借用理论"的奠基人。

本菲学说有众多的追随者，形成了民间故事比较研究中的"传播学派"。这些追随者对本菲的观点有所修正，其中法国学者考斯金（1841—1921）对本菲的理论作了重要修改，他认为蒙古在欧洲传播印度故事上并没有像本菲所说的那样重要，他认为，印度不大可能产生所有的故事，作为许多故事的发源地，印度是重要的，但这仅仅是若干发明和传播中心中的一个，可以把印度视为一个巨大的蓄水池，它把众多的故事汇聚在一起，然后从这里流散到世界各地。本菲学说在俄国的代表人物维谢洛夫斯基也对这一学说有所修正。他认为故事传播不只是从东方向西方进行，也有从西方流向东方的。苏格兰人类学家安德鲁·兰（Andrew Lang, 1844—1912）则以古希腊的希罗多德和荷马提到的埃及故事为依据，证明本菲所说的印度故事的传播并不具有惟一重要性，故事的起源是多元的。

以本菲为代表的故事学研究中的传播学派，是比较文学研究中的"传播研究"的最早形态。正如季羡林先生所说，本菲通过他对《五卷书》中的故事向世界传播的考察，"从此奠定了一门新学科的基础：比较童话学或者比较文学史，两者都属于比较文学的范畴"。[①]这一学派在研究实践中重材料、重实证、重归纳、重传播路线的探寻，注重从民间故事研究中寻找民族关系史、交往史的途径，但不太注意故事文学本身的审美属性的判断，这些特点都使它成为比较

---

① 季羡林：《比较文学与民间文学》，北京：北京大学出版社，1991年，第1页。

文学法国学派的传播研究的直接源头。

本菲等人在民间文学研究中运用的传播研究，在19世纪末和20世纪初德国的文化人类学研究中，形成了规模更大、有着理论建树的人类学研究中的"传播学派"，弗洛贝尼乌斯（1871—1938）就是该派的代表人之一。1898年，弗洛贝尼乌斯出版《非洲文化起源》一书，通过对非洲各地区物质文化的成分和起源的研究，提出了"文化圈"的概念，并把非洲各地区的文化划分为几种类型，例如西非的起源于东南亚的"马来亚尼格罗文化圈"、北非和东北非的"印度文化圈"、北非的受阿拉伯文化影响的"闪米特文化圈"，以及南非的产生于非洲本土的、最古老的"尼格罗文化圈"。接着，F·格雷布纳（1877—1934）继承了弗洛贝尼乌斯关于"文化圈"的概念，并在有关埃塞俄比亚的研究中做了尝试性的实践，有感于文化圈及文化传播理论建设的不足，格雷布纳又写出了题为《民族学方法论》的小册子，他认为，人类文化学的研究目的，并不在于抽象出有关文化现象的理念类型，或者提供可供普遍应用的法则，而是在于掌握丰富的资料，弄清事实与事实之间的联系，研究某一空间分散存在的类似现象，探索它们的历史变迁关系。在发现和确定现象的"类似"时，一要遵循"形态标准"，二要遵循"数量标准"。如果在某一区域中，类似的文化要素四处可见，那很难认为各种要素具有独立的起源，而是存在相互传播。除这些可以通过统计得到证实的诸要素外，格雷布纳还强调了语言的因素，如果某一地区使用共同语系的语言，则可以将这一点作为判断这些文化同源性的有力证据。格雷布纳将多种同源的文化在同空间内流布传播和共同享有，称为"文化圈"。对比较文学而言，"文化圈"这一概念具有重要的理论价值，它直接导出了"文学圈"的概念，而"文学圈"的概念是比较文学中的"区域文学研究"的首要前提。换言之，比较文学的区域文学的研究，就是文学圈内各民族文学相互交流、相互传播、相互影响的研究，也就是"文学圈"形成机制的研究。

值得一提的是，欧洲神话故事研究中的格林兄弟、缪勒、本菲等人的雅利安—印欧语言本位的研究立场，以及印欧故事向外传播的观点，与文化进化论的观点相结合，后来还进一步延伸、发展为一种文化研究中的"文化传播主义"。文化传播主义者认为：人类文化史上，有独立创新能力的民族和人群是有限的，大部分人都是学习和模仿者。各民族相同的文化成就和现象，大都是先进文化传播和影响的结果。因此，当在落后的某一民族遇到某一种高级的文化现象时，应该首先考虑这是外来传播与影响的结果，因此，各民族文化和文学的研究，主要是应该设法证实先进民族的文学向落后民族地区的扩散与传播，这一观点显然具有科学和合理的成分。但在19世纪、乃至20世纪欧洲学者普遍的欧洲文化中心论思想的大背景下，文化传播这一客观存在的现象却被极端化为一种绝对信念，即"文化传播主义"。例如持文化传播主义立场的学者确信，古代世界发明创造的中心在埃及，或在"古代雅利安人的家园"，即亚洲西部某个地方，欧洲东南部某个地区，换言之，具有这种传播能力的民族大都属于印欧种族，全世界的最初的文字是埃及人发明的，然后向外传播。这样的言论显然是有失偏颇了。

比较神话和比较故事学中的传播研究及传播学派，在20世纪20—30年代，进一步发展为所谓"历史地理学派"，在理论和方法上也更趋于成熟。历史地理学派产生于芬兰，因此又被称作芬兰学派，与相邻的德国本菲的传播学派及弗洛贝尼乌斯的"文化圈"理论之间似乎没有直接师承关系，但两者却具有相当大的重合之处，他们都重视民间文学在地理上的横向传播、在历史上的纵向传承，都属于比较文学中的"传播研究"。但历史地理学派不仅研究民间文学的传播，而且根据民间文学不同于作家创作强烈的趋同性、类型化特征，在传播研究的基础上，总结整理出了一整套故事类型及分类方法，因而这个学派不仅发扬光大了传播研究，而且开启了民间故事、乃至比较文学研究的"主题学""类型学"研究的先河。

历史地理学派的理论是首先由芬兰学者提出来的。1917年芬兰作为国家刚刚独立，为发掘和弘扬本民族的文化传统，学者们努力收集和发掘芬兰民间故事。埃利亚·洛恩诺首先将芬兰民间史诗《卡勒瓦拉》整理出来，并因此引发了民间文学的比较研究，其弟子尤里乌斯·克罗恩（1835—1888）及其儿子卡尔·克罗恩（1863—1933）从历史学和地理学的角度研究民间故事，把流传在民间的同一故事的异文按内容、流传年代和地域加以排列、比较，从中可以看出情节的流变和起源。卡尔·克罗恩从《熊和狐狸的故事》这一故事类型的研究中发现，其中讲傻熊的类型最早是从德国北部传到挪威、瑞典，然后再传到芬兰西部和南部的，而讲笨狼的类型则是从北欧其它国家传入的，因此要研究芬兰民间故事不能不越出芬兰的范围而进入整个欧洲区域。在对欧洲各国的比较、分析和综合中，他发现，从总体上看欧洲的许多故事情节大同小异，主题相似，思想情感相通，要想找出最原始的讲述形式，就必须把一个故事的各种异文加以对照和比较，在此基础上加以分类。卡尔·克罗恩的学生安蒂·阿尔奈（1867—1925）运用这样的原则和方法，写出了世界首部《民间故事类型索引》（1910年）。他将民间故事归纳出三个大类：一、动物故事；二、普通民间故事；三、笑话。每个大类又可分作若干细类，每个种类都用一套统一的数字符号来表示，并在此基础上研究一个故事类型的历史，指出它的最早形态、流传方向、变异及其原因等。由于阿尔奈的索引主要以芬兰民间故事为基础，虽经本人多次增补，内容上仍有局限。后由美国学者斯蒂恩·汤普森（1885—1976）作了一次重要的补充修订，于1918年出版。1961年又印行了该索引的增订版，它不但是检索世界民间故事的十分有用的工具书，并由此牢固地确立了历史地理学派对民间故事作比较研究的方法论体系，各国民间文艺学家把这一成果称为"阿尔奈－汤普森体系"或简称为"AT分类法"。汤普森还于1932至1937年陆续编制出了六卷本的《民间文学母题索引》。

汤普森是历史地理学派的理论与实践的集大成者。他的《民间故事概论》（1946年）对历史地理学派的比较研究的方法有着全面系统的阐述。他指出，世界民间故事没有纯粹民族的东西，在历史上与地理空间上都具有很强的传播性。他将全球的民间故事分为两大部分，一部分是"从爱尔兰到印度的民间故事"，即以印欧语系的民间故事为主体的欧洲与亚洲的民间故事，另一部分是以北美洲印第安人为代表的保持着原始状态的民间故事。在印欧故事圈内，他又划分出了十二个相对的故事区域：1.包括印度（南亚次大陆）；2.穆斯林地区；3.小亚细亚的犹太人地区；4.斯拉夫地区；5.东波罗的海国家；6.斯堪的纳维亚；7.操日耳曼语的地区；8.法兰西；9.西班牙半岛；10.意大利；11.英格兰；12.凯尔特人的苏格兰和爱尔兰。他认为，这样按地理、种族、语言或文化的分类，"将提供界标来澄清这些故事从一地到另一地漫游的线路"。尽管汤普森及其历史地理学派所收集的材料多以印欧语系为主，很难说具有全球性，尤其对中国、日本、韩国等东亚地区的材料的收集相当薄弱，但却启发了后来的学者（包括中国学者）按照这一思路，继续收集补充故事类型索引，使世界民间故事的总体脉络日趋清晰，也相当程度地突破、解构了比较故事学研究中的文化传播主义及印欧中心主义。

从比较文学学术系谱上看，历史地理学派是民间文学比较研究中较为科学和成熟的学派，它主张以实证的方法探索民间故事在空间地理上的传播线路，是比较文学中"传播研究"的一类典型形态。另一方面，对各种故事按主题、题材、情节、情节要素等，层层分类，综合比较，成为比较文学的类型研究、主题研究、题材研究的最典型的形态，做出了最为成功的尝试和示范。

对民间故事的主题、题材进行提炼和分类的工作，在"结构主义"人类学的比较故事研究中，被更进一步细致化了。

结构主义学派的创始人、法国的人类学家列维－斯特劳斯（1908—2009）在《结构主义人类学》①（1958年）等著作中，在对各种原始部落及其文化进行调查分析的基础上，提出人类思维中有一种最基本的恒定不变的结构，他概括为"二元对立"，如生与死，善与恶，真与伪，爱与恨，无辜与罪恶，男人与女人，人与神等，所有的神话与民间文学中都包含着这种二元对立的因素，而神话与传说的基本功能便是化解这些永恒对立的二元矛盾，超越由此而造成

---

① ［法］列维－斯特劳斯：《结构主义人类学》，见《列维－斯特劳斯文集》第一卷。《列维－斯特劳斯文集》中译本由中国人民大学出版社2006年起陆续推出。

的精神困惑和焦虑，恢复心理的和谐与平衡。平心而论，"二元对立"不是列维－斯特劳斯的思想与发现，东西方古代各民族在其文献中早就有了明确的"二元对立"思想的表述。但列维－斯特劳斯却启发人们从"思维结构"这一角度，来看待和分析神话与民间故事的结构类型。这就在历史地理学派的题材、主题的分类依据之外，为民间故事的形态分类，提供另一种方法和途径。

对民间故事形态作结构主义分析的杰出代表是俄国学者弗·普罗普（1894—1970），普罗普在1928年写成的一篇论文《神奇故事的转化》中说：

> 我们不否认研究各种主题和只根据主题的相似而进行比较的用处，但我们可以提出另一种方法，另一种衡量单位。我们可以从故事的组合、结构的角度进行比较，这样，它们的相似之处将从一种新观点的角度表现出来。①

这就是要在历史地理学派的主题分类法之外另辟蹊径。这种想法在他同年出版的《故事形态学》一书中，得到了系统的阐述。在这部著作中，普罗普在对俄罗斯的大量民间故事进行比较分析的基础上，认为民间故事常常把同样的行动——即"角色的行为"，亦即"功能"，有点类似其他学者提出的"情节要素"或"母题"——分派给不同的人物，换言之，在民间故事中，人物虽很多，而"功能"

---

① ［俄］普罗普：《神奇故事的转化》，见《苏俄形式主义文论选》，北京：中国社会科学出版社，1989年，第209页。

确实很有限的，因此，必须把民间故事中的人物的"功能"视为故事的基本构成成分。以"功能"为依据，普罗普归纳出了民间故事结构形态的四个特征，或者说是四项规律：

一、角色的功能充当了故事的稳定不变的因素，它们不依赖于由谁来完成以及怎样完成。他们构成了故事的基本组成部分。

二、故事中已知的功能的数量是有限的。

三、功能项的排列顺序永远是同一的。

四、所有神奇故事按其构成都是同一类型。[①]

很显然，按照普罗普的方法，将"功能"作为基本单位概念来给故事分类，较之上述的历史地理学派以历史、地理为基准的"AT分类法"，大大地简约化、概括化了。对于数量无可计数、几乎永远搜集不尽的神话、传说、故事等民间文学而言，分类方法越是简约，比较研究就越具有操作性，比较研究所得出的结论，也就越具有概括力和理论价值。更值得注意的是，普罗普这种研究与列维－斯特劳斯的主观的、形式主义的倾向颇有不同，普罗普一方面不得不将"功能"形式化、模式化，另一方面又强调要从历史的物质生产方式上寻求故事类同性的根源。他的《神奇故事的历史根源》（1946年）一书，在这方面做出了努力，他认为：

---

① ［俄］普罗普:《故事形态学》，贾放译，北京：中华书局，2006年，第18—22页。

在此要对一直被认为是难以解释的现象，即全世界民间文学情节相似的现象作出历史主义的解释。这种相似要比肉眼所看到的普遍得多也深刻得多。无论是迁移理论、还是人类学派提出的人类心理同一性的理论，都未能解答这个问题。问题的解答要靠将民间文学与物质生活生产联系起来进行历史主义的研究。①

这里明显地表现出俄苏比较文学研究中"历史诗学"的色彩（详后），也表现出苏联时代马克思列宁主义的唯物史观的渗透与影响。

综上所述，19世纪以后，欧洲整个思想与学术界的成果，都从不同角度、不同侧面，为比较文学学术理论的形成提供了支持，积累了相当系统和成熟的经验。可以说，比较文学学科理论的诞生，是欧洲学术界盛行的宏观整体视野与比较方法在文学研究中的直接产物。在19世纪末20世纪初比较文学学科理论基本形成之前或形成的过程中，一些基本理论问题，已经由相关学科首先、或同时提出来，并部分地回答和解决了，这些问题包括：

一、比较文学学科成立的理论前提，人类文化整体性与多样性的确认，人类文化发展史及其不同的进化阶段所具有的普遍有效性和普遍适用性。

---

① ［俄］普罗普：《神奇故事的历史根源》，贾放译，北京：中华书局，2006年，第476页。

二、"世界文学"这一观念和概念的提出，为欧洲的比较文学突破欧洲区域，而放大到全球范围，奠定了理论基础，也为比较文学学科的成立准备了前提。

三、文学的外部决定因素的研究，亦即跨学科研究的基点：种族、环境、时代。

四、比较文学研究的基本范型与基本单位：各民族文化类型及其"基本象征"物，各种文明"单位"与文明类型，在此基础上，可以比较、总结各民族文学的基本特征及基本类型。

五、比较研究方法：综合的、系统的，而非个别的比较，即现在人们所否定的、简单化的X与Y式的双项比较。

六、研究类型："原始共同语""神话残片""语言残片"的追根溯源式的"渊源学"的研究；探寻文学在各民族之间流变轨迹的"借用研究""传播研究"；以若干民族的集合体为单位的"文学圈"亦即区域文学的研究；对各民族文学作品按情节、题材、主题或"功能"加以分类并加以比较的"类型学""主题学""题材学"研究等。

第 4 章

学科成立：
理论建构与学派形成

在19世纪末的欧洲，"比较文学"由文坛走向学院，由"比较文学评论"转化为"比较文学研究"，实现了"学院化"和"学科化"，比较文学的第一部学科理论著作、英国人波斯奈特教授的《比较文学》，把比较文学看成是文化史、文明史研究的一个组成部分，初步将比较文学"史学"化。法国学者则在此基础上，进一步将比较文学界定为"文学史研究"。梵·第根在《比较文学论》中认为，比较文学是一种历史科学，属于国际文学关系文学史的研究，其研究方法是以史料为依据的历史学的实证研究，并排斥文学批评中常见的审美判断，这就将"比较文学"与一般的"文学比较"及"比较文学批评"划清了界线。这一界定在比较文学学术史上具有划时代的意义。由此，"比较文学"具备了"科学"的性质，并有理由、有资格成为一门"学科"。

一、"学院化"与"比较文学研究"的展开

如果说，18世纪盛行的"比较文学批评"的主体，是文学家和文学批评家，主要基地是文坛与舆论媒体界，那么，19世纪的"比较文学研究"的主体则主要是学者和教授，主要基地在大学（学院）。"比较文学研究"由文坛走向学院，带上了"学院派"的特征，也就实现了由"比较文学评论"向"比较文学研究"的转化。而只有如此，比较文学才能成为一个"学科"。

"比较文学研究"作为学院派的研究，首先在19世纪上半期开始于法国。被称为法国"比较文学之父"的维尔曼（1790—1870）是一位修辞学教授，他从1827年至1830年在巴黎大学用比较的方法讲授中古时期和18世纪的法国文学，最早开设了比较文学性质的讲座，为比较文学学科建设开了先路。维尔曼在1829年讲座的题目是《十八世纪法国作家对于外国文学及欧洲思想影响的考察》。他频繁使用"比较文学""比较历史"和"比较分析"之类的概念。他的基本思路，是运用比较史学研究的方法，从实证的角度解释法国文学在欧洲文学的传播及对欧洲思想的影响，指出要通过比较，说明法国从外国文学中所接受的东西，以及它给外国文学的东西。另一

位比较文学学科的开拓者J.J.安倍尔（1800—1864）是法国文学史教授。安倍尔从1826年起开始从事诗歌的比较研究，他于1830年在马赛讲授《各民族的艺术和文学的比较史》，1832年在巴黎大学讲授《中世纪法国文学同外国文学之关系》。安倍尔主张运用比较研究的方法，来寻求"美的本质"并由此建立独立的"文学艺术的哲学"。值得一提的是，安倍尔去世后，1868年，法国文学批评大师圣伯夫（一译圣·佩伟，1804—1869）为安倍尔所写的一篇悼念性的文章，高度赞扬安倍尔为比较文学所做出的贡献，圣伯夫在那篇文章中首次使用了"比较文学"这一凝练的词组。对此，1921年巴登斯贝格在《比较文学：名称与实质》中给予了高度评价，他说圣伯夫"在有文化教养的广大读者中抛出了一种合适的用语……以令人满意的方式提出的它的名称与实质……人们决心接受大批评家圣伯夫的看法，赋予它最准确的含义"，[①]认为圣伯夫对"比较文学"这一概念的确立，起到了决定性作用。

法兰西学士院院士勃吕纳狄尔（一译布吕纳介，1849—1906）则在法国高等师范学院的讲坛上宣扬他的比较文学思想。他从科学主义、实证主义学术研究的立场，强调比较文学的必要性和可行性。他以孔德的实证主义、丹纳的"种族、环境、时代"三要素论和达尔文的进化论为理论依据，将这些思想运用于文学史研究的实践中，他用进化论的观点来解释文学发展史，坚信文学类型也像生物的种属一样，有诞生、成长、灭亡的过程，并会在分解后参与新类型的

---

① ［法］巴登斯贝格：《比较文学：名称与实质》，徐鸿译，见干永昌等选编《比较文学研究译文集》，上海：上海译文出版社，1985年，第31页。

形成，因此，所有文学现象和各种因素之间是相互关联、相互影响的。勃吕纳狄尔认为许多文学作品存在的相似之处是由外来影响造成的，要解释其中的奥秘，单靠研究本国文学是不行的，这就需要运用比较文学的方法，需要撰写国际的文学史。勃吕纳狄尔认为，在确认国际文学之间的影响关系的时候，不应用抽象的推理，而应以"确凿的事实"作根据。

由于缺乏必要的外国语言文学的修养，勃吕纳狄尔本人的研究还局限在法国文学范围内，但他的比较文学的思想却影响了他的学生们，而接受他的影响并卓有成就的，首推戴克斯特（1865—1900）。戴克斯特博士论文的题目是《论卢梭和"文学无国界论"的起源》，写于1895年，是属于比较文学范畴的最早的博士学位论文。这篇论文运用材料实证的方法，探讨了英国文学对卢梭的影响，论证了卢梭为促进法国文学接受外来影响所做的贡献，指出18世纪末欧洲的文学世界主义思潮以及浪漫主义运动，主要是在卢梭思想的影响下形成的，认为卢梭是"文学无国界论"（一译"文学世界主义"）的首倡者。选择属于比较文学的题目来做博士论文，体现出了比较文学学院化的一个侧面。此后，法国乃至欧洲各大学的文学研究中，以欧洲总体文学、比较文学为研究领域的比较文学选题层出不穷，强化了比较文学的学院化进程。

比较文学的学院化，还体现在对比较文学书目文献的整理与目录学的建设上。这项工作也首先在法国展开。在重视文献材料与实证研究的法国各大学与研究机构，书目索引的编写被视为一个学科成立的基础工程，在这方面，另一位比较文学学者、瑞士人贝茨（1903年生）做出了开创性的贡献。贝茨深感比较文学要成为一个学科，就必须清理学科的历史积累，必须把欧洲各国通常算在国别文学或其他学科名义下，而实际上却属于比较文学的那些研究成果，包括著作和论文等文献资料，加以筛选、整理、编目，从而为比较文学理出一个系谱，拿出一个目录清单。基于这样的考虑，贝茨馨数年之功，编写出了一部《比较文学目录》，收录两千个条目，于1897年正式发表。期间贝茨对目录不断增订，1899年出版单行本时，增加到三千多个条目。戴克斯特为单行本写了一个序言，认为《比较文学目录》可以显示，在欧洲文学研究中，比较文学史的研究已经成为一种学术潮流，他因此宣称："19世纪是国别文学史形成和发展的时期，而20世纪的任务无疑是写比较文学史。"贝茨逝世后的1904年，《比较文学目录》再版，又增至六千个条目。从中可以看出，到了19世纪与20世纪之交，欧洲比较文学研究已经有了丰富的成果积累，已经形成了丰厚的学术传统。

比较文学的学院化，还体现在比较文学的体制化和课程化。在法国，1896年，里昂大学正式开设比较文学讲座，此后，比较文学的讲座课程陆续在其他大学开设。如1910年巴黎大学，1919年斯特拉斯堡大学，1925年法兰西公学，1930年里尔大学，都相继开设了正式的比较文学讲座。巴黎大学还于1930年成立了"现代比较文学研究院"，比较文学学科首先在法国大学中确立起来。在德国，1900年，贝茨曾发表《世界文学：歌德和理查德·M.迈耶尔》一文，呼吁在德国大学中开设比较文学课程，但遭到了民族主义学术势力的反对，学院化进程在德国遇到了较大阻力。直到20世纪50年代以后，比较文学学科及课程在德国的各大学也开始建立起来。在英国，阿伯瑞思提大学曾在1921年邀请法国的巴登斯贝格做比较文学讲座，比较文学在英国大学开始被接纳和承认。在意大利，19世纪后期在那不勒斯和都灵大学，都设立了比较文学教授的职位。在欧洲的影响下，比较文学学科在美国也逐渐形成。1871年，牧师沙克福德（1815—1895）在康奈尔大学做过《总体文学还是比较文学》的学术报告。查尔斯·M.盖利（1855—1932）于1888—1889年间在密执安大学开办了以"文学批评的比较"为专题的讲习班。1890—1891年间，哈佛大学开设了比较文学讲座，由阿瑟·里士满·马什教授担任首席教师。1899年，在乔治·伍德贝里（1855—1930）领导下，美国第一个比较文学系在哥伦比亚大学首先创立（1910年起又与该校英文系合并）。1904年哈佛大学也正式设置了比较文学系。此后美国陆续有多所大学设立比较文学教学与研究机构。

比较文学学科的成立，除了上述的学术成果的积累与学术传统的形成，研究体制的学院化、课程化、研究教学人员的专业化之外，还需要有相应的专业期刊，作为发表最新成果的园地和学术交流的便捷媒介。比较文学的专业期刊最先出现在德国，1886年，由文学史家科赫（1855—1931）主办的《比较文学史杂志》创刊，主要刊登神话与民间故事、题材与主题史的比较研究及翻译研究方面的论文，但1910年由于种种原因停刊。1901年，科赫还编辑出版了《比较文学史杂志》的副刊《比较文学研究》，一直到1909年终刊。在法国，比较文学刊物的创办与巴登斯贝格（1871—1958）的努力密不可分。1900年，在戴克斯特去世后，巴登斯贝格接替了戴克斯特在里昂大学的比较文学讲座的职位，1910年巴登斯贝格离开里昂大学，前往巴黎大学就任新开设的比较文学教授职位。1921年，巴登斯贝格和法国文学史家、巴黎大学教授阿扎尔（1878—1944）一起创办了《比较文学杂志》。这份杂志大量刊登反映法国比较文学学者的论文，成为法国比较文学的核心刊物。巴登斯贝格也成为法国文学的领军人物，他在《比较文学杂志》发刊词《比较文学：名称与思考》①中，回顾了法国及欧洲比较文学自18世纪以来的形成历程，简要评价了各种不同的理论主张及其代表人物，并提出了他自己的见解，他指出："仅仅对两个不同的对象同时看上一眼就作比较，仅仅靠记忆和印象的拼凑，靠一些主观臆想把可能游移不定的东西扯在一起找类似点，这样的比较决不可能产生论证的明晰性。"他举例说："凭了某种类似的表面现象，便将高乃依和阿尔菲耶里，将德博尔德－瓦尔莫夫人和伊丽莎白·布朗宁，将儒贝尔和柯勒律，罗宾汉和歇洛克·福尔摩斯进行比较"，"只不过是做在那些隐约相似的作品或人物之间进行对比的故弄玄虚的游戏罢了。"这些观点和主张，都初步表明了《比较文学杂志》及此后逐渐形成的法国学派的研究特色。英国，卡迪夫在1942年共出版了二十四期《比较文学研究》杂志，意在填补战争期间德国的《比较文学研究》停刊后的空缺，1946年停刊。19世纪末至20世纪初欧美主要国家的这些比较文学期刊，虽然由于种种原因持续时间都不长，但却在学科形成之初都起到了相应的作用。在美国，《比较文学杂志》于1903年出版发行，但由于经济原因只出了四期即停刊。1942年，在哥伦比亚大学比较文学教授克里斯蒂（1899—1946）的努力与倡导下，"全国英语教师协会"中设立了一个"比较文学委员会"，并创办《比较文学通

---

① ［法］巴登斯贝格：《比较文学：名称与实质》，见干永昌等选编《比较文学研究译文集》，上海：上海译文出版社，1985年，第31—49页。

讯》作为该会的会刊。这份杂志发行了四年（1942—1946）共三十期，克里斯蒂逝世后停刊。1949年《比较文学》杂志在美国俄勒冈大学的创刊，预示着20世纪50年代后美国比较文学繁荣期的到来。

二、波斯奈特《比较文学》与学科理论初步建构

1886年，英国学者波斯奈特（1855—1927）的比较文学理论著作《比较文学》（*Comparative Literature*），作为"国际科学丛书"的一种正式出版，这是比较文学学术史上第一部直接以"比较文学"为书名的学科理论专著，显示了欧洲学者将比较文学学科化、理论化的企图与努力。比较文学学科理论的第一部系统的著作，不是出现在最早进行比较文学学科建设的法国，而是出现在对比较文学作为学科并不是那么热衷的英国；不是出自比较文学专业人士之手，而是出自像波斯奈特这样的法学博士之手，这些既是偶然的也是必然的。众所周知，英国是文学批评相当发达的国家，批评家们在批评实践中喜欢使用跨国界的综合的、比较的方法，例如黑利·哈莱姆（1777—1859）的四卷本的《十五、十六、十七世纪欧洲文学概论》（1837—1839）、乔治·圣茨伯里（1845—1933）的《批评的历史》（1900—1904）被认为是英国最早运用比较方法研究欧洲文学史、批评史的著作。英国文学批评家M·阿诺德（1822—1888）在其批评实践中，也大量运用比较的方法。在19世纪后期的英国，由于没有要将比较文学建设为一个学科的目的与意图，而仅仅把比较

文学看成是文化史、文明史研究的一个领域与一种方法，因此，在既有的文化史、文明史的框架内设计构建比较文学的理论系统，是较为容易的、顺理成章、水到渠成的事情。它可以不必像法国学者那样等到文学史研究与比较文学的研究实践有了足够积累之后再加以总结。

在这种背景下，关于比较文学学科理论著作首先在英国问世了。波斯奈特的《比较文学》①一书除前言和结语外，分引论、氏族文学、城邦文学、世界文学、国家文学五编，共十八章：

第一编　导论

第一章　什么是文学

第二章　文学的相关性

第三章　文学发展原理

第四章　比较法与文学

第二编　氏族文学

第一章　氏族群

第二章　早期合唱队

第三章　个人的氏族诗歌

第四章　氏族与自然

---

① 在该书尚没有中文全译本之前，关于该书的介绍可参见周玢编译的《介绍波斯奈特及其〈比较文学〉》。周玢还译出了该书第一部分第四章《比较法与文学》的第二十一节至第二十四节，载于上海外国语学院外国语言文学研究所文学研究室编：《比较文学与外国文学》，1982年第2期。姚建彬翻译的《比较文学》全译本2015年由中国社会科学出版社出版。

从该书中可以看出，波斯奈特深受达尔文、斯宾塞、亨利·梅因等人的社会进化论及丹纳的种族、时代、环境三要素决定论的影响，《比较文学》一书的写作宗旨，就是将社会进化的理论，以及三要素决定的理论，直接运用于文学发展过程的解释，他认为当时文艺研究常常忽略社会生活对文学的影响，倘如此，其文学观就不是进化的而是静止不变的。而他所强调的进化的依据则是"社会发展、个人发展和环境影响"，就是诸如气候、土壤、各个不同国家的社会生活，"以及从社会集体到个人生活的进化之规律"。他认为，从社会文化学的角度看，人类社会的发展经历了从氏族社会、到城邦社会，再到民族国家，最后将是各民族广泛联系的时代，而文学史研究也要相应地揭示文学发展从氏族文学、到城邦文学、到民族文学、最后到世界文学的发展进化的历程。他认为，在揭示文学的这一进化的过程中，势必要突破氏族、民族和国家的界限，势必要运用"比较思维"和"比较法"。波斯奈特还看到，这是一个"国际文学的时代"，在这个时代，"英国的评论家必须大量地同外国的成果和精华打交道……他不能满足本国文化的成果……在我国文学前进的每一阶段，评论家事实上不得不或多或少地把目光投向本国海岸以外的远方。评论家业已证明，我国文学的历史不能单独用英国的原因来解释，恰如英国语言或人民的起源不能这样解释一样。他业已证明，每一个国家的文学是一个中心，这个中心不仅吸引本国的力量，而且也吸引国际的力量。"而对于比较文学研究而言，跨国界的国际眼光就显得更为必要了：

> 学者在观察社会演变对文学的这种影响时，绝对不会把自己的眼光局限于这个或者那个国家。他将发现，如果说英国有过氏族时期的话，那么，一般说来欧洲也都有过。如果说法国有过封建诗歌的话，那么，德国、西班牙和英国也都有过；虽然在整个欧洲，城镇的兴起以各种不同的方式影响了文学，这些影响有其共同的普遍特点。在我们欧洲各国，关于中央集权的情况也可以这样说。如果你追溯基督教教士或司法机关或群众大会对不同欧洲国家散文发展的影响，你很快就会发现，内部的社会演变是如何相似地反映在文学的文字和思想上，任何准确的文学研究应该从研究语言进而研究为什么会允许语言和思想达到能够支持一种文学的条件，这是多么必要！这种研究

必然是一种比较和对比的研究。①

波斯奈特认为，决定文学发展的是一个国家内部的社会状况，因此比较文学也可以在一个民族内部进行（这种看法已为今人所不取），而外部的影响、对外国文学的模仿，常常会掩盖一个民族真正的民族精神，外部模仿本身是缺乏生命力的，而对外来影响的研究一旦超过了某一限度，就会将民族本身的东西看成是外来的东西。波斯奈特认为，要探讨文学的内部决定因素与外部因素的关系，就必须进行比较研究。但不能把对外部的模仿视为一个民族文学的本质，因为一个民族的文学本质是由该民族的社会生活所决定的，从这个角度看，他认为："国家文学既从内部得到发展，又从外部得到影响。而对这内部发展的比较研究比外部远远更为有趣，因为前者主要的不是模仿问题，更多地是一种直接取决于社会和物质原因的演变。"基于这样的观点，波斯奈特不把一个国家的文学接受另一个国家文学的影响作为比较文学的重要课题，他虽然也反复使用"影响"，但"影响"指的是社会生活对文学的"影响"，而不是文学对文学的"影响"。换言之，他不主张以国际文学之间的影响与接受的史实作为课题，而是强调"对不同社会状态的文学进行比较"。需要注意，英国波斯奈特的"影响"的概念与稍后形成的、强调文学之间的"影响"研究的法国比较文学的"影响"的概念是很不相同的。在波斯奈特那里，"比较"需要可比性，需要具备一定的条件和前提，

---

① ［英］波斯奈特：《比较文学》，周纯节译，载上海外国语学院外国语言文学研究所文学研究室编：《比较文学与外国文学》1982年第2期，第4—5页。

这个条件和前提就是社会发展阶段的相同性与对应性。他写道:

> 对属于不同社会状态的文学进行比较,这种关系经历了顺序的变化,在这种变化中,我们找到了我们把文学当作可以用科学解释来对待的主要理由。诚然还有其他极为有趣的观点,文学和艺术评论也可以用这类观点来解释——用自然本性,用动物生活的观点。但是,单单通过这些观点,我们无从深窥文学作品的奥秘,因此,我们做了一些更改,这些更改是今后可以看到的。我们采用社会生活逐步扩展的方法,从氏族到城市,从城市到国家,从以上两种到世界大同,作为我们研究比较文学的适当顺序。①

这就是波斯奈特的最终结论。在这里,他用比较研究的方法对传统的文学研究"做了一些更改",确立了比较文学研究的根本宗旨,就是通过文学与社会生活之间的关系的比较研究,揭示后者对前者的影响,而人类的社会生活又可以划分为几个相同的阶段,社会生活阶段的这种相似性,成为比较文学得以进行的基础。就这样,波斯奈特用社会进化论和种族、环境、时代三要素决定论的观念和理论,构筑起了他的"比较文学"的理论框架和体系。此前还没有一个学者,像波斯奈特这样,将比较文学研究置于当时流行的进化论、社会决定论等社会科学的基础上,并对比较文学的一系列

---

① [英] 波斯奈特:《比较文学》,周莼节译,载上海外国语学院外国语言文学研究所文学研究室编《比较文学与外国文学》,1982年第2期,第6页。

基本问题作出如此系统的阐述。这种系统性的理论建构，对后来的法国学派的比较文学学科体系的建构，特别是对半个世纪后的法国学者梵·第根的《比较文学论》产生了相当大的启发和影响。第根曾评价说："这本书虽然有点沉闷，却总还动人，而且又划着一个时代。"[①]可以说，第根关于民族文学（国别文学）、比较文学（两个国家的文学比较）、总体（一般）文学（多国文学的综合研究）的研究显然是波斯奈特的"从氏族到城市，从城市到国家，从以上两种到世界大同"之说的简化。但是总体上看，波斯奈特的比较文学理论体系的构造，还是草创性的。限于当时的研究水平，他虽然具备了东西方文学的视野和若干基本知识，但也显出明显的欠缺和不足，例如该书的第二部分"民族"（氏族）文学，虽然涉及到了中国、希腊、印度、希伯来、阿拉伯、印第安等东西方主要民族国家，但他只介绍了这些民族的早期合唱艺术的演变，叙述了早期合唱怎样从歌唱氏族集体发展到抒发个人感情，合唱怎样与舞蹈结合在一起之类。仅此，显然还不能说明氏族（民族）文学的基本情况，比较研究也不能周延。

波斯奈特的《比较文学》与同时和稍后形成的法国学派的观点有明显的不同，一定程度地显示了英国比较文学的特点。英国比较文学像法国学派一样，提倡强调文学史的研究，但他们对文学关系史、交流史的实证研究兴趣不大，这是它与法国比较文学相区别的地方。波斯奈特的《比较文学》理论建构的基石，是将文学作为一种文化史、文明史现象加以研究的文化史学、文明史学的研究，比

---

① ［法］梵·第根：《比较文学论》，戴望舒译，台北：商务印书馆1995年，第29页。

较文学研究服务于、从属于人类文明发展史的研究，为文明史提供一个方面的材料。在这个问题上，它与后来的美国学派提倡的文学与其它学科的跨学科研究有相通之处。在方法论上，波斯奈特的比较文学理论构建的思想基础主要是以进化论为指导的理性主义，注重规律性的总结，而法国的比较文学则倾向于以解释和描述事实为宗旨的实证主义。由于重视文学发展规律的提升与总结，英国比较文学不赞成法国学派只研究文学的事实交流关系，认为只要有助于文学规律性的揭示，也完全可以对没有事实关系的文学现象进行平行并列的比较研究。波斯奈特在《比较文学》中所提倡的那些"比较"基准，主要不是事实联系，而是社会文明发展阶段上对应性。这一主张，在后来的英国比较文学理论中，有更为明确的表述。例如，在1901年，英国的学者格里戈里·史密斯在其发表的《比较文学的缺点》一文中，批评法国的勃吕纳狄尔等人的观点，认为比较文学不能只是搞那些"目录学式"的、纵向的、"垂直的"文学史的实证研究，应该进行横向的"平行类比"的比较研究，他认为"比较"这一术语的价值，只有在对文学现象进行"水平的"比较的时候，才能体现出来。同时，史密斯还提出在不同艺术样式之间应该进行类比并可以互相加以阐发，而不管不同艺术之间有没有共同的审美基础，都应该去发现它们之间的共同点，并互为参照。从比较文学学术史上看，史密斯的这些看法，最早明确提出了"平行类比"的必要性，可以视为半个世纪后美国学派"平行研究"的一种先声。

三、维谢洛夫斯基与俄罗斯的"历史诗学"

几乎与英国波斯奈特的《比较文学》问世同时，俄罗斯也在西欧各国的影响之下，以自己的方式表达了比较文学的理念。

俄罗斯无论是在地理上、文化上还是国际政治格局中，都是个半西方、半东方的国家，兼具东方与西方的某些特点。在比较文学的理论建构上，俄罗斯学者受到德国、法国等西方学术界的直接影响，同时，和西欧国家比较而言，俄罗斯的文学研究及比较文学研究又具有自己的特点与优势。19世纪，由于沙皇彼得一世实行改革开放政策，俄罗斯掀起了在政治军事上学习德国、在文化习尚上学习法国的风潮。与此同时，作为后期的帝国主义国家，沙皇帝国的对外扩张政策许多是指向东方的，故而俄罗斯人及俄罗斯学者对东方各民族，包括中亚、东北亚、东亚各民族充满研究兴趣，俄罗斯涌现出了一批汉学家、蒙古学家、藏学家、突厥学家等东方学专家。他们写出了许多《东方史》《东方文学史》之类的著作，最早将"东方"作为一个区域整体进行比较研究。他们充分利用了东西方交汇的地缘文化优势，重视对西欧的比较文学研究者而言较为陌生、并有意无意予以忽视的东欧地区的斯拉夫各国文学，还有中亚地区、远东地区的东方文学的研究。可以说，在欧洲的比较文学研究中，俄罗斯最为重视东方文学，对东方文学研究也最有成效，包括汉学家在内的东方学专家人数也最多，成绩也最大。这就在很大程度上纠正了正统的欧洲比较文学中长期存在的"西欧中心论"的偏颇。例如俄罗斯"历史诗学"的创始人维谢洛夫斯基的博士论文《所罗门和基托乌斯拉夫故事与西方关于莫洛夫和马林的传奇：东西方文学交流史片断》（1872年）就是以跨越东西方文学为特色的。作者依据蒙古传本，来研究已经失传的古代印度超日王的故事，又根据欧洲关于亚瑟王故事的拉丁文版本，以及拜占廷—斯拉夫关于所罗门故事的版本，研究拜占廷在东西方文学交流中的作用。这种跨越东西方的宏大视野的大作，在西欧的比较文学中是罕见的。

与此相适应，俄罗斯学者较早重视对世界各民族文学的综合的、总体的研究。1869年维谢洛夫斯基从西欧访学回国，他深受德国的豪普特的"比较诗学"主张与舍雷尔的"诗歌形式的形态学"的启发，深感研究古代文学及古代诗歌必须具备国际视野或总体眼光，并在彼得堡大学开设了"总体文学"课。与此同时，斯托罗仁科、达什凯维奇、基尔皮奇尼科夫等人也分别在莫斯科大学、基辅大学、奥德萨大学开设了"总体文学"课。当时的所谓"总体文学"虽然主要是对欧洲各国文学发展历史的研究，但也涉及到不少东方文学的内容。在普遍开设"总体文学"课的基础上，后来出版了由柯尔什和基尔皮奇尼科夫主编的四卷本《总体文学》。这部著作除了古希腊罗马文学和西欧文学外，还包括拜占庭、斯拉夫和东方文学。这是俄国学者们力图克服在当时文学研究中占统治地位的"欧洲中心论"的初步尝试。

由于具有了西欧人较为陌生、研究比较薄弱的东方文学、东欧斯拉夫文学研究的优越条件和丰厚基础，俄罗斯人的"总体文学"、世界文学综合研究具有显著的优势，这种优势也必然会转化到比较文学研究中。与西欧的比较文学相比，俄罗斯比较文学的特征，在于其东西方文学基本平衡的全球文学视野，在于其兼收并蓄的综合性与整合性，凭着这一优势，俄罗斯的比较文学努力走出自己的路。他们一方面十分关注西欧的"比较文学"的动态，借鉴西欧比较文学的成果与方法，另一方面有意识地与西欧的"比较文学"保持距离，他们在研究实践中也大量运用比较的方法，但他们并非无条件地接受"比较文学"这一概念，而是对这个概念进行改造，并在此基础上提出了所谓"历史诗学"的学科理念。

"历史诗学"的开创者是著名学者亚历山大·尼·维谢洛夫斯基（1838—1906）。

维谢洛夫斯基是一位以研究古代、中世纪文学（主要是民间文学）为主的学者，而不是一位比较文学理论家。他在研究中虽然大量使用比较方法，强调各民族文学的特性及其相互联系，但并没有试图将他的研究纳入"比较文学"的范畴。他的研究涉及面很宽，引述的资料繁杂，在表述上典型地体现出俄罗斯式的絮叨、繁冗与跳跃，缺乏层次感与逻辑的明晰性，给读者的阅读造成了相当大的困难。但尽管如此，在丰富的研究实践的基础上，维谢洛夫斯基在比较文学学术理论方面也有独特的建树。倘若比较文学学术理论系谱不能缺少俄罗斯的话，那么可以说19世纪中后期俄罗斯在比较文学研究及比较文学理论方面的代表人物，就数维谢洛夫斯基。

维谢洛夫斯基"历史诗学"这一概念中回避了"比较"的字眼

儿，而且并没有像西欧的比较文学理论家那样，为"历史诗学"下一个确定的、清晰的定义。从维谢洛夫斯基的《历史诗学》①中可以看出，他的"历史诗学"，顾名思义，似乎既是"历史的"，又是"诗学的"。众所周知，比较文学在法国等西欧国家，本来就是一种"历史的"研究，即跨国界文学史的研究，但俄国的维谢洛夫斯基的"历史诗学"中的"历史"，似乎还另有特殊的含义，否则就与西欧的文学史比较文学没有区别了。由于西欧比较文学学派及理论方法的原发性和原创性，不同的学者都有自己鲜明的理论主张和独特的切入点，并由此形成了不同的学派。这也因此带来了一些问题，那就是各执一端，分别掌握着"片面的真理"。例如，从"历史诗学"的角度看，西欧的比较文学常常是将"历史"与"诗学"相分离的。例如在格林兄弟、缪勒等神话学派那里，民间文学似乎是游离于社会生活之外的纯粹语言学的现象；在德国流传学派本菲那里，对故事情节在国际间的迁移的研究，也无法揭示故事的文学的审美的特性，即诗学特性；在英国的波斯奈特那里，比较文学从属于社会历史的变迁，而文学本身的艺术的规定性及其发展脉络的特性却也无从显示。维谢洛夫斯基对西欧的这些学派都很熟悉，一方面，他深受西欧的英国人类学家泰勒、法国实证哲学、德国唯物主义哲学家费尔巴哈，以及民间故事"流传学派"的代表人物本菲等人的影响；但另一方面，他又试图将西欧比较文化学、比较文学的各执一端的学派的主张整合起来、调和起来，而调和的基本策略就是"历史诗

---

① ［俄］维谢洛夫斯基：《历史诗学》，刘宁译，南昌：百花洲文艺出版社，2003年。该译本所依据的是1989年苏联高等学校出版社出版的普及性的校注本。本节所引用的材料大都依据此书。

学",即寻求"历史"与"诗学"的统一,也就是把社会进化的观点、科学实证的观点、各民族文化与文学相互交流与影响的观点、各民族文化与文学具有独立自主性的观点、文学艺术具有相对独立于社会历史的审美特性的观点,都有机地统一起来。这些方面的统一,根本上就是"历史"与"诗学"的统一。由此,维谢洛夫斯基既吸收了西欧的比较文学的成果与经验,又不无条件地认同他们,从而保持了他与西欧比较文学的距离。

譬如,维谢洛夫斯基对西欧比较学者强调文学与文化的"民族性"表示赞同,但他认为民族性主要不取决于种族、地理环境的因素,而是国际间相互影响、相互作用、相互混合的基础上的复杂历史过程的产物。维谢洛夫斯基对格林兄弟重视民间故事收集和研究的功绩表示肯定,但也反对以格林兄弟、缪勒为代表的神话学派的观点,他认为民间故事的类似主要不是由神话的残留所造成,而是由社会生活所决定的。在《历史诗学三章》(收于《历史诗学》一书)中,维谢洛夫斯基对收集到的各民族文学史料进行了对照、比较之后,发现了西欧各民族、斯拉夫民族和拜占庭的古代神话传说、民间故事、歌谣中的情节和内容方面的类似现象,它们之间有的存在着直接影响和联系,有的并无直接的关系和影响,但这些类似现象不能用"神话残留"的观点来解释。"神话学派"认为,各民族史诗、民间故事等,都是表现原始人对自然界变化的看法的宗教神话的遗迹,他们之所以存在着共同特点,就是因为发源于共同的原始宗教观念。维谢洛夫斯基则不同意这种看法。他认为,文学发展是更广阔的社会历史过程的一部分,它必然受制于社会历史发展的规律性,又由于"心理过程的一致性",在相同的社会发展阶段上就会出现相同或相似的文学现象，尽管它们在时间和空间地域上并无任何关系，但它们却是相同或相似的，这就形成了文学发生的"多源性"。这种见解成为后来日尔蒙斯基等苏联学者提出的"比较类型研究"的基础。

再如，维谢洛夫斯基对流传学派的"借用"理论也产生共鸣并深受影响，但又认为他们的"借用"理论并不能充分解释造成民间故事情节相似性的原因，实际上借用者总是适应着自己的社会生活需要而加以改造和重新解释，"借用"总是以借用一方的特殊需要为基础的。他认为，脱离了借用一方的相似的社会条件和社会思想发展的必要性，"借用"就失去了根据，就成为不可能。另外，"借用"不是消极的、被动的照搬照抄，而是一个积极的再创造过程。外来的被借用的材料要想在一个民族的社会环境土壤里扎根，就需要对被借用者进行一番理解和加工改造，否则，从一个民族借用来的材料就不能适应另一个民族的文化传统，就不能与这个民族的文学融会在一起而成为它的有机组成部分。因此，民间故事的相似性归根到底应从相似的社会阶段和社会生产生活方式中寻求答案。维谢洛夫斯基的这些看法，进一步补充和深化了本菲的"借用"理论。

维谢洛夫斯基综合各派观点后指出，各民族文学现象中出现相同相似现象大致有三种解释：一、作品起源于同一个祖先或本源，神话学派大多持这一观点，但往往将诗歌的神话起源一元化，从而排斥其他起源和相互影响的可能；二、受到外来影响，或属于同一类作品的变异形态，这是流传学派的观点；三、作品之间的雷同可能是由不同民族、不同地域之间历史形成的相似的社会结构、生活方式及心理结构所决定的。维谢洛夫斯基认为这三种学说可以互相补充，不应相互排斥。

在这种综合吸收中，在历史诗学的研究实践中，维谢洛夫斯基形成了自己的"历史比较研究法"。这一方法重事实、重实证、重相互联系、重比较归纳，特别注意考察各种文学现象在历史上的连续性、重复性，认为"这样的重复验证越多，则所获得的概括便越有可能接近规律的准确性"，力图以尽可能多的相似事例对某一规律性结论加以反复验证，从而在比较分析中归纳和概括出某种因果性、规律性的结论。他的历史比较研究法，就其"历史"的属性而言，与法国学派的实证的传播与影响研究的方法是相同的，而就其"比较"的手段而言，维谢洛夫斯基突破了一味寻求事实联系的狭隘范围。他认为，"历史比较法"是一种历史归纳法，它建立在对"相似事实的平行种类"的对照、比较的基础上，目的是探求"它们之间的因果关系"，找出其规律性。这实际上就是人们现在所说的"平行比较"，但是它是有条件的"平行比较"，即以历史发展过程的相似性作为可比性的前提，而不是随意的乱比。从比较文学学术理论系谱上看，维谢洛夫斯基在19世纪末就明确提出并论证了脱离事实关联的平行比较的方法，而且对可比性做出了限定。比1901年英国的史密斯提出的时间早，更比20世纪50年代美国学者提出的"平行研究"早得多，因此应该给予高度评价。当然，和美国学派的没有范围限制的平行比较不同，维谢洛夫斯基只把平行比较局限于中古时代，在他看来，只有在各民族文学缺乏交流的中古时代，寻求类似性才有价值。

按照维谢洛夫斯基的构想，"历史诗学"应当包括以下一些诗学范畴和课题的研究。一、"原始混合艺术"与文学体裁的演变，这是一种文学起源的比较研究，他的《历史诗学》研究的重心就是所谓"原始混合艺术"，即认为民间的原始宗教仪式是原始混合艺术的摇篮，诗歌、戏剧等原始文学都是从原始仪式中分离出来的；二、"情节诗学"，主要属于题材学、主题学的研究；三、诗歌语言风格的形成与发展，是文体风格学的比较研究；四、作家诗人在文学继承与革新中的作用，是作家与诗人的比较研究。在维谢洛夫斯基看来，"历史诗学"研究的中心课题就在于揭示"诗的意识及其形式的演变"。维谢洛夫斯基注意到了文学艺术自身发展规律的特殊性，认为文学形式的演变并不是简单地随着新的思想表现的需要而不断地创造出新的艺术形式，相反，形式本身是相对稳定和持久的。他从各国文学史料的比较研究中，发现人类历史上形成了一些"稳定的诗歌样式"，例如史诗、抒情诗、戏剧等，以及情节、修饰语、韵律等艺术手段。每一代新人都用对生活的新的体验来充实和丰富这些形象和样式，对它们做出新的组合和加工。维谢洛夫斯基的这一论断，对后来俄苏形式主义学派和巴赫金等学者的诗学研究都给予了很大的启发。显然，维谢洛夫斯基的这种研究是严格意义上的"诗学"的研究，这种研究虽然也需要史料与考证，但并不像法国学派那样放弃对文学现象的审美评价。

就是在这种对西欧比较文学的批判吸收中，维谢洛夫斯基在其后期逐渐形成了自己的"历史诗学"的理论构架。"历史诗学"实际上就是综合了以往西欧比较文学史上已有的各家方法，并加以整合和优化而形成的。同时也是维谢洛夫斯基对自己的多方面比较研究实践经验的一种提炼和总结。"历史诗学"是在广泛比较分析各民族自古至今的文学现象和发展过程的基础上，力求揭示人类文学艺术形成及共同发展规律的历史的、归纳性的、总体的诗学,"历史诗学"将"历史"与"诗学"结合在一起,它既是"历史"的,也是"诗学"的研究,即在社会历史的发展变化中把握与研究诗学问题,同时也为诗学本身的发展梳理出历史发展演进的规律性。从这一原则出发,自19世纪80年代起,维谢洛夫斯基陆续在大学开出了一系列有关历史诗学的课程,包括《叙事诗史》《抒情诗与戏剧史》《长篇小说、短篇小说和民间故事史》,90年代又开出了《诗学导论》《历史诗学》等综合性课程,并在讲义的基础上陆续整理发表相关成果。在代表作《历史诗学》(未完)及其他著作与论文中,维谢洛夫斯基从多方面阐述了他的"历史诗学"主张,不断探索将文学史写成"一门学科、一门语言的优美作品的历史,一门历史美学"的可能性。虽然在20世纪40年代的苏联时代,维谢洛夫斯基曾被称为"文艺学中的形式主义和世界主义的开山鼻祖",一度遭到攻击与批判,但更多的苏联人发现他强调文学与社会历史过程密切关联的观点,与马克思列宁主义的历史唯物主义是相通的,因此对他的评价总体上很高。例如,在苏联时代出版的尼古拉耶夫等三人合著的《俄国文艺学史》一书,关于维谢耶夫斯基做了这样的评价:

> 在奠定总体文学史的基础的俄国学者中,维谢洛夫斯基的功绩最大。他的全部著作、理论和方法论几乎都用来解决这一任务,他的全部著作、理论和方法论代表着马克思主义以前学院派文艺学最高成就的水平。他所制定的历史比较方法使他在研究神话学和民间创作,拜占庭的、拉丁−日耳曼的、斯拉夫的文学中,特别是在俄国文学中,取得了一系列卓越的发现。

维谢洛夫斯基试图建立最令人感兴趣的历史诗学里的一种。他卓有成效地扩大了用历史原则研究诗歌的范围，因此他能用新的方法去解决诗歌及其种类的起源问题，描绘出诗歌风格和情节性的基本因素的进化，提出同康德学说对立的对个人在文学史发展过程中所起的作用的理解，并相应地按照另一种方式提出传统与革新的问题。所有这些情况总和起来，不仅在俄国，而且在西方，使维谢洛夫斯基高踞于马克思主义以前许多伟大的文艺学家之上。[1]

虽说如此，但从世界比较文学学术系谱上看，从维谢洛夫斯基的"历史诗学"总体上看，其综合性、整合性大于独创性。他开创的"历史诗学"基本上还只是实践性的，在逻辑层次上还显得混沌杂乱，其比较文学与历史诗学的思想，包含在繁复的历史资料的叙述与分析中，缺乏明晰的整理和表达。而对"历史诗学"的更为清晰的表述，是由他的后继者们，特别是维·马·日尔蒙斯基来完成的。

日尔蒙斯基（1891—1971）曾于1940年将维谢洛夫斯基的有关成果加以校勘注释，编辑出版了《历史诗学》一书，并写过《维谢洛夫斯基与比较文艺学》[2]等文章，系统阐述了维谢洛夫斯基的"历史诗学"思想。他还出版了《拜伦与普希金》（1924年）、《俄国文

---

① ［俄］尼古拉耶夫、库里洛夫、格利舒宁：《俄国文艺学史》，刘保端译，北京：三联书店，1987年，第192页。

② ［俄］日尔蒙斯基：《维谢洛夫斯基与比较文艺学》，韦冈译，见上海师范大学学报编辑部编《比较文学译文选》，上海：上海师范大学出版社，1985年，第192—262页。

学中的歌德》（1937年）等专著及论文集《比较文学研究：东方与西方》等，在理论与实践中继承发展了维谢洛夫斯基历史诗学思想，1935年，日尔蒙斯基在所做的题为《比较文艺学与文学影响问题》报告中，批评西欧学者把比较文学研究引向大多是有直接联系和影响的狭窄范围。他继承维谢洛夫斯基关于人类社会历史发展的一致性决定了文学发展过程的一致性的理论，提出应该把在社会历史过程的同一阶段上发生的类似文学现象进行比较，而不必在意这些现象之间是否存在着事实关系。同时，他也认为各民族文学间的"类型学的相似"并不能忽视具体的"影响"及其所产生的作用，并强调指出，由于受到社会条件的制约，任何影响都要在新的环境里发生"社会变形"。这些观点，在其专著《俄国文学中的歌德》和论文《普希金与西方文学》中都有贯彻，并为此后苏联"比较文艺学"中较有特色的"类型学"研究奠定了基础。

四、梵·第根与法国学派学科理论的完成

比较文学在学科理论上进入系统化、体系化和成熟状态，主要是法国完成的。法国是近现代文学思潮与文学运动的中心，也是比较文学的主要策源地。19世纪之前法国比较文学批评的发达，为法国比较文学学科理论的系统建构准备了条件。19世纪后期至20世纪初期，法国的文学研究者，十分重视从历史学的角度研究文学，由此产生了"文学史"研究这样一种文学研究的方式。而作为一门学科的法国学派的比较文学，就是从法国文学史研究中脱胎而出的。在这方面做出开创性贡献、影响最大的是法国文学史家、巴黎大学教授居斯塔夫·朗松（1857—1934）。

朗松在其代表作《法国文学史》（1894年）一书中，成功地运用历史学的科学方法，系统地研究了从古代到19世纪末期的法国文学史。从比较文学的角度看，该书不仅要研究法国文学本身，也研究法国文学与欧洲其他国家文学的关系，特别是研究法国文学对外国文学的影响，及外国文学对法国文学的影响。因此它既是法国文学史，也是法国文学与欧洲文学的关系史。此外，朗松还写了不少文章，阐述他的文学史研究的基本理念及方法论。在《文学史方法》

（1910年）①一文中，朗松认为文学史是文化史的一部分，文学史的方法"主要就是历史的方法"，也是科学的方法，文学史的研究就是要"尽可能找出最大量的通过验证的事与事之间的关系"，强调文献资料的重要性，认为文学史研究并"不废除任何一种形式的文学批评"，但文学史不是文学批评，应当尽可能将那些"印象式批评"、"专断主义批评"等主观的东西剔除出去。同时，朗松还认为：历史感就是差别感，文学史研究就是要研究作家作品的"独创性"，而要研究独创性，就不能不采用比较研究的方法，在他看来，"最有独创性的作家大多在他身上既装载着前几代的沉积，又有作为当代各项运动的总汇：他身上有四分之三的东西不是他自己的，要发现他本人，就必须把所有那些外来成分从他身上剥离。"他强调："我们的主要工作在于认识文学作品，进行比较，以区别其中的属于个人的东西与属于集体的东西，区别创新与传统，将作品按体裁、学派与潮流加以归类，确定这些东西与我国的智力生活、精神生活及社会生活的关系，以及与欧洲文学与文化发展的关系。"

在《文学与社会学》（1904年）②一文中，朗松对文学的外来影响问题做了系统的阐述。他将外来影响区分为两种情形：一种情形表现为一个国家因国力强大，也顺带将自己的文学推及他国，使相对弱势的国家盲目模仿并接受其影响，这是在政治军事力量主导下的影响；另一种情形是一个国家的文学面临停滞、保守、僵化的时候，主动接受外来影响。他还认为外来影响具有三重功能：一是确

---

① ［法］朗松：《文学史方法》，见《朗松文论集》，徐继曾译，南昌：百花文艺出版社，2009年，第1—34页。

② ［法］朗松：《朗松文论集》，徐继曾译，第40—67页。

认探求新事物的正当性，二是为所求者提供范例而使其新的理想明朗，三是使人们得到在本国文学中无法给予的理智的、美的满足。在《外来影响在法国文学发展中的作用》（1917年）[①]一文中，朗松指出外国文学的影响具有激发本国文学的潜力、将本国文学从束缚中解放出来的作用。而接受外来影响只是为我所用，决不会因接受外来影响而丧失独创性、丧失个性，他认为法国文学的优点正在于对外来文学的接受力。

朗松的法国文学史研究以及系统的理论主张，对法国比较文学学科理论的形成产生了明显影响。他的关于文学史研究属于历史学研究一部分的观点，关于文学史研究要尽可能剔除主观印象式文学批评的观点，以及他对法国文学与欧洲其他国家文学关系研究的重要性的强调，与后来梵·第根等法国比较文学学者对比较文学学科范畴的界定、对比较文学摆脱"文学批评"而定位于可实证的"国际文学交流史研究"，都有着明显的继承关系。换言之，没有此前的朗松等学者的法国文学史研究的理论与实践，就没有后来梵·第根在《比较文学论》中的系统的比较文学学科理论构建。

法国比较文学学科理论的系统建构，是以梵·第根在1931年出版的《比较文学论》[②]为标志的。

梵·第根（1871—1948）于1930—1946年间任巴黎索尔朋大学比较文学教授，创建了现代文学与比较文学研究所，主要著作除

[①]［法］朗松：《朗松文论集》，徐继曾译，第77—83页。

[②]［法］梵·第根的《比较文学论》有戴望舒译本（戴望舒将"第根"译为"提格亨"），1937年由上海商务印书馆出版，1966年由台北商务印书馆出版新版，1995年新版第二次印刷。但该译本在语言上严重老化，有些句子令人费解，可惜迄今未有新的译本出现。

《比较文学论》外，还有《文艺复兴时代迄今的欧美文学史》《法国文学中的外国影响》等。其中，《比较文学论》系统地阐述了法国比较文学的历史和基本原理，对比较文学研究的性质、范围、方法都作了详细、清晰的论述，在很大程度上堪称是对此前以法国学派为代表的欧洲比较文学理论与实践的概括与总结，第根也因此成为正统的西欧比较文学学科理论的发言人和建构者。

《比较文学论》全书分为导言，第一部分"比较文学之形成与发展"，第二部分"比较文学之方法与成绩"，第三部分"总体文学"。

在第一部分中，梵·第根简要评述了法国及欧洲的比较学术史，并提出了自己的"比较文学"定义。他认为，如果"比较"只在于把那些从不同国家的文学中取得的书籍、典型人物、场面等罗列起来，从中证明它们之间的相同和相异，那么，这种"比较"除了得到一点好奇心、趣味上的满足以及优劣高低的判断之外，是没有什么意义的，因为这样的"比较"没有一点历史的价值，对文学史的研究毫无助益。在梵·第根看来：

> 真正的"比较文学"的特质，正如一切历史科学的特质一样，是把尽可能多的来源不同的事实采纳在一起，以便充分地把每一个事实加以解释，是扩大认识的基础，以便找到尽可能多的种种结果的原因。总之，"比较"这两个字应该摆脱了全部美学的含义，而取得一个科学的含义。[①]

---

① [法] 梵·第根:《比较文学论》，戴望舒译，第17页。

这段话集中体现了梵·第根对比较文学的理解与界定。首先，比较文学是一种历史科学，属于文学史的研究，其研究方法是以史料为依据的历史学的、科学的考证，这样就将"比较文学"与一般的"文学比较"划清了界线；其次，与这一性质相联系，"比较文学"不是审美的鉴赏与批评，而是一种科学研究，这就把"比较文学研究"与"比较文学批评"划清了界线。换言之，他将"比较文学"与此前的片断的"文学比较"，与此前的审美鉴赏式的"比较文学批评"，划出了一条分界线。梵·第根的这种界定在比较文学学术史上具有划时代的意义，由此，"比较文学"具备了"科学"的性质，并有理由、有资格成为一门"学科"。对此，我们应该给梵·第根以高度的评价。有人认为梵·第根这个定义"有明显的缺陷"，批评他仅仅从文学史的科学性角度来看待和要求比较文学，而轻视和排斥文学鉴赏和审美活动在文学发展中的作用。这样的看法，显然是对梵·第根的比较文学"学科化"的意图缺乏理解。在欧洲乃至世界的学术史上，任何学术的研究都是"史"的研究，连法学、社会学研究这样的现实性极强的学科，都具有"史"的研究的性质。因此，"比较文学"要成为一种"科学"和一门"学科"，必须强调它的"史"的性质，即"文学史"的性质。况且，梵·第根主张比较文学"摆脱全部的美学含义"，并不意味着在具体的比较文学研究中完全不要审美判断，那既不可能，也无必要，只是审美判断必须服从于科学的、历史的判断而已。

关于比较文学研究的对象，梵·第根提出，比较文学的研究对象是"本质地研究多国文学作品的相互关系"，也就是国际文学之间的事实联系。又说："整个比较文学研究的目的，是在于刻划出'经过路线'，刻划出有什么文学的东西被移到语言学的界限之外这件事实。"即一个国家的语言文学传播到另一个国家的史实的梳理。梵·第根还进一步为这种国际间的文学关系的研究确立了三个要素或三个联系点、纽结点，即"放送者""接受者""媒介者"。他写道：

> 在一切场合中，我们可以：第一，去考察那穿过文学疆界的经过路线底起点：作家，著作、思想。这便是人们所谓"放送者"。其次是到达点：某一作家、某一作品或某一页、某一思想或某一情感。这便是人们所谓"接受者"，可是那经过路线往往是由一个媒介者沟通的：个人或集团，原文的翻译或模仿。这便是人们所谓"传递者"。一个国家的接受者在另一个说起来往往担当着"传递者"的任务。在一七六九年，勒·都尔纳（Le Tourneur）天知道不知怎样翻译了杨（Young）的《夜思》，他的译本在意大利和西班牙代替了原本。但是，那译文已把原文改得不成样子，实际上，这些国家所看到的简直是另外的一部《夜思》了，所以，我们对于"传递者"应该像对于"放送者"和"接受者"一样地注重。[1]

梵·第根为比较文学研究确立的三个支撑点、三个关键词，相当富有创意，而且具有很强的可操作性。有了这三个要素或三个点，纷繁复杂的、混沌一片的国际文学关系、文学传播的"经过路线"，

---

① [法] 梵·第根：《比较文学论》，戴望舒译，第58页。

就显出了层次、秩序，有了可供追根溯源的线索。

更为重要的是梵·第根所确立的比较文学研究的这三个关键词，也使比较文学研究与一般的文学史研究显出了根本的差别。例如，"放送者"是国际文学关系中的第一出发点和第一动力源。然而，传播到国外的、对外国文学释放出某种影响的作家作品，常常并不是本国文学史上最有影响、评价最高的代表作家或代表作品，有时甚至是在本国不受重视的、名不见经传的作家作品。因此，比较文学研究的价值观应不同于一般的国别文学研究的价值观。梵·第根强调指出，比较文学研究者决不能为国别文学研究的某些既定结论、成见所束缚，比较文学所要指出的是某作家作品在国际文学关系中所扮演的角色的重要性，而不是他在国内文学史的重要性，比较文学研究者应该考察的不是这些作家和作品实际是怎么样，而是他们被别人、被外国人认为怎么样。由此，梵·第根提出比较文学应该给那些在本国文学史上并不重要的二三流的作家予足够的重视，如果他们作为"放送者"或"传递者"扮演着重要角色的话。梵·第根说，那些不知名的小作家在传播某种文学影响上比一些著名的大作家还要强，因而"比较文学家的价值表，是和各国文学史家的价值表绝对不相同的"。如此清楚地论证和强调比较文学的价值观与国别文学价值观的不同，是梵·第根对比较文学学科理论的另一个巨大贡献。

梵·第根还进一步将国际文学之间传播关系的研究，分为两个大类别。第一类是考察传播过去的东西本身，即一国文学从另一国文学"假借"过去的东西，其中最常见的是"文体""风格""题材""主题""典型"或"传说""思想""感情"等，也就是文学作品的内容与形式等所谓"物质"层面上的东西。第二类是考察那些"经过路线"是如何形成的，也就是研究文学之间发生影响的具体途径。梵·第根认为可以从三个不同的角度来进行研究：第一，如果研究者站在"放送者"的角度，那就可以研究一部作品、一位作家、一种文体或一种民族文学在外国的"成功"，它们在那里所产生的"影响力及被模仿的情形"。梵·第根把这种研究称为"誉舆学"。第二，研究者如果站在"接受者"的角度，那么他要去探讨一位作家或一部作品的"源流"，即追根溯源，探寻某作家、作品接受了哪些外国作家作品的影响，梵·第根把这种研究称为"源流学"。第三，如果研究者站在传递媒介的位置，来研究这种影响是通过什么媒介发生的，梵·第根把这种研究称为"媒介学"。

从"比较文学"属于国际文学史实的实证研究这一界定出发，梵·第根对德国学者所热衷的神话与民间故事的"主题学"或"题材史"的研究做了考察，认为虽然可以"娱人心智、满人好奇心，可是对于文学史，却没有多大用处"。理由是，那样的题材类型的研究属于纯粹的类比研究，无法确切勾画出"经过路线"，它们只是属于民俗学的范畴，不能将它归在"比较文学"之列。梵·第根将能否运用精确的考证来确定国际间作家作品的事实联系，作为划分比较文学与非比较文学的原则标准，他强调："如果没有这种精细和准确的考证，那么，比较文学便只能给人们一些近似之说和空泛的概论了。"又指出，如果有充分根据表明，某些作家在创作时，借助了外国作家的"题材"、受到外国"典型"人物、外国的传说故事的影响，那么，这样的研究就属于比较文学。但由于古代、中古文学可以确证的国际联系的事实很少，而他又不认可平行类比的类型学研究，所以古代、中古文学的民间文学的研究，事实上被梵·第根摒弃在比较文学之外了。第根反对将古代、中世纪文学特别是民间口头文学纳入比较文学研究的另一个原因，是因为那一时期文学的特点是无个性，作家个人的创作风格不明显，个性被包含在社会性与类型性中，而比较文学是研究个人的作用和影响的，这种无个性的东西与比较文学无缘。可见，梵·第根对"比较文学"的界定相当严格，在显示出科学性、严谨性的同时，也暴露出梵·第根及法国学派比较文学的狭隘性的一面，因而招致了许多指责与批评。

梵·第根界定严格和狭隘的"比较文学"，在他提出的另一个重要概念——"总体文学"中，得到了相当程度的弥补。

梵·第根意识到了，两国之间的文学现象上的相似，除了能够说明是偶然的相似还是由传播—影响所决定的之外，无法说明任何规律性的东西。他发现，"比较文学"只研究那些一个国家与另一个国家之间的"二元的关系"，然而，这类研究工作做得再多，"人们也不能了解一件国际的文学大事实的整体"。换言之，这样的比较文学难以建立起国际文学的整体概念。为了弥补这种"比较文学"的局限与不足，他进而提出了"总体文学"这个概念，认为国别文学研究、比较文学研究、总体文学研究这三个概念代表着三个研究层次。"国别文学"研究主要处理一国文学之内的问题，是一切文学研究的基础；比较文学研究一般处理两种不同文学的关系，是国别文学的必要补充；"总体文学"则探讨更多国家文学所共有的事实，是"比较文学"的进一步展开。他认为，总体文学的研究领域主要有这样几个方面，"有时是一种国际的影响"，如伏尔泰主义、卢梭主义、托尔斯泰主义等；"有时是一种更广泛的思想感情和艺术潮流"，如人文主义、浪漫主义、自然主义等；"有时是一种艺术或风格的共有形式"，如十四行诗体、古典主义悲剧、为艺术而艺术等。另外，在研究方法上，"总体文学"的研究可以不必像"比较文学"研究那样拘泥于事实的确证，而是可以研究那些"没有影响的类似"。他说：

> 比较文学小心谨慎地自封于那些"证实了的影响"，它并不记录那些不能归在任何影响的账上的类似——这或者是因为在年代上或其它说来是不可能的，或者只是因为无法证明。一般〔总体〕文学却相反，它认为是它的主要任务之一的，便是提出尽可能多的在各国中呈现着的无可质疑的类似（那些影响的假设便应该搬开一边），并用"共同的原由"之作用解释它们。①

梵·第根还指出，"总体文学"并不就是'世界文学'，它只是比较文学的一种自然的展开和必要的补充。他举例说，研究卢梭的《新爱洛绮丝》在18世纪法国小说中的位置，这属于"国别文学"；研究英国作家理查生对卢梭的影响，属于"比较文学"；而研究在理查生和卢梭影响下形成的欧洲言情小说，则属"总体文学"范畴了。事实上，在梵·第根那里，"总体文学"毋宁说就是欧洲的总体文学，换言之，是欧洲的"区域文学"。纵观《比较文学论》全书，欧洲以外的文学，特别是具有悠久历史传统的亚洲文学，基本上不在其视野之内，这显示了第根本人的学识修养的限度，也暴露了当时欧洲

---

① ［法］梵·第根：《比较文学论》，戴望舒译，第193页。

学术界的"欧洲中心论"倾向。不过,在全书的最后,梵·第根也展望了所谓"真正的国际文学史"的前景。

总体看来,梵·第根的《比较文学论》是一部论述周密、逻辑严谨的著作,系统总结阐述了法国学派比较文学研究的历史经验和理论主张,并为比较文学建立起了一个严整的理论体系。他将以波斯奈特为代表的从属于文明史学的比较文学研究,转化为以文学史研究为依托的文学研究,使比较文学研究更进一步落实在文学上。从学术史的角度看,梵·第根对比较文学学科理论的最重要的贡献,是将比较文学由"比较文学批评"的形态发展为"比较文学研究"的状态。从此,比较文学结束了主要由批评家、作家来支撑的"文学批评"式的那种较为随意、较为主观、较为零散的"文学比较"形态,而演变为主要由大学教授、学者来支撑的以文学关系史研究为范围的更为系统、更为客观、更为严谨的"比较文学研究"形态,将"比较文学"提升到学术研究、乃至科学研究的状态。假如"比较文学"只是"文学比较",它只能是文学批评的一种可供灵活运用的具体方法;假如不把比较文学研究落实到文学史研究的基础上,那么就不需要运用文献学、考据学、目录学、统计学等一系列实证研究;假如没有实证研究,就难以使比较文学成为真正可靠的科学研究或成为一门学科;假如比较文学不是一门学科,比较文学就没有今天这样的教育体制的保障与持续发展的空间——这是梵·第根及法国学派为比较文学的学科化所作出的关键贡献。

当然,比较文学学科理论的建构,不是梵·第根一个人一蹴而就的,梵·第根也给后人留下了一些需要进一步解决和回答的问题,例如,为什么两个国家的"比较文学"是比较文学,而多个国家的比较文学就不算是"比较文学"呢？所谓"总体文学"本质上难道不是"比较文学"吗？另外，梵·第根使用最多的关键词之一"影响"，究竟是什么意思，"影响"首先是物理的事实，还是心理的微妙感应？若是心理上的东西，可以使用史料实证的方法来研究吗？如此等等。这些问题，都为后来者留下了继续思考的空间。第根之后，法国的比较文学总体上沿着梵·第根的《比较文学论》中的思路与思想进行着比较文学研究，不少法国学者在对梵·第根理论的阐释、补充和修正中，不断地完善着比较文学学科理论架构，并在这个过程中使"法国学派"的学派特征进一步突显出来。

在梵·第根的《比较文学论》出版的二十年后的1951年，比较文学学者马·法·基亚（1921年生）出版了一本书名基本相同的小册子《比较文学》，全书分八章：第一章：起源与历史；第二章：对象与方法；第三章：世界主义文学的传播者；第四章：类型、题材、传说；第五章：影响与成就；第六章：来源；第七章：国际上的各种大思潮、思想、学说、感情；第八章：人们所见到的外国。我们从基亚的这本书可以看出法国学派比较文学理论建构的一个侧面。

基亚的老师、巴登斯贝格的学生、比较文学教授让－玛利·伽列（1887—1958）为基亚的这本小书撰写出了一个篇幅不长的初版序言。他强调："比较文学不等于文学比较……我们不喜欢不厌其烦地探讨丁尼生与缪塞、狄更斯与都德等等之间有什么相似与相异之处。"他还重申："比较文学是文学史的分支，它研究国际性的精神联系，研究拜伦与普希金、歌德与卡莱尔、司各特与维尼之间的事实联系，研究不同文学的作家之间在作品、灵感，甚至生活方面的事实联系。"这与第根的关于比较文学的界定是一致的。但值得注意的是，伽列虽然在比较文学的界定上没有突破，却对第根及此前法国比较文学中"影响研究"表示了怀疑，他指出：

> 人们或许过于专注于影响研究了。这种研究做起来是十分困难的，而且是经常靠不住的。在这种研究中，人们往往试图将一些不可称量的东西加以称量。相比之下，更为可靠的则是由作品的成就、某位作家的境遇、某位大人物的命运、不同民族之间的相互理解记忆旅行和见闻等等所构成的历史。譬如英国人、法国人与德国人等等之间的彼此如何的看法。①

这种对"影响研究"可靠性的怀疑，是在比较文学中坚持实证主义研究方法的必然结果。由于意识到运用实证主义来研究"影响研究"是不可靠的，所以伽列提出，比起影响研究来，应该更加注意不同国家的人在其旅行、见闻记中对别国的看法。而这样的研究内容，完全脱离了正统的法国学派比较文学所强调的国别文学之间的传播与接受、影响与被影响的范畴，突破了第根所论述的"誉舆学""源流学""媒介学"的制约，而成为一种"外国观"或"外国形象"的研究，而且所依据的文本也不一定是纯文学文本，而是诸如游记、见闻录之类的"亚文学"文本。伽列对比较文学研究范围的这一突破，不仅仅是理论上的提倡，也是基于他已有的相关的研究实践经验。早在1933年，当第根的《比较文学》刚刚出版一两年

---

①［法］伽列：《〈比较文学〉初版序言》，见北京师范大学比较文学研究组选编《比较文学研究资料》，北京：北京师范大学出版社，1986年，第43页。

后，伽列就出版了《法国旅行家与作家在埃及》，1947年又出版了《法国作家与德国幻象》等，所研究的都是法国人对外国的观感、描述与评说。从比较文学学术理论史上看，伽列的这些研究实践与理论主张，为后来法国的比较文学"形象学"的研究，奠定了基础，虽然他本人并没有明确提出"形象学"这一概念。

伽列的这一思想在他的学生基亚的《比较文学》中得到了更进一步的发挥与阐释。看得出，基亚进一步发展了第根及法国学派的实证主义倾向，并以此对第根反复强调但论述并不周密的"影响"问题做了进一步的反省和质疑。在基亚看来，"有关影响问题的研究往往是令人失望的……当人们想把问题提高到一个国家对另一个国家的影响时，那无疑很快就落到抽象的文字游戏中去了。"[1]因此，"在确立各种影响之间的关系时要十分谨慎。"[2]他指出，"比较文学的任务就是要研究对某个国家种种阐述的产生及其发展的情况"，也就是说，研究一个国家的作家和作品是如何阐释另一个国家的，"哪怕研究范围只限于一个作家，也要设法了解这个作家对某个外国是如何阐明的，而不能只在他的作品中去寻找他所受的影响"，他认为，这样做的"优点是可以避开'影响'这个暗礁"。[3]基亚的这些言论都表明，他已经意识到"影响"这个研究对象的暧昧性与缥缈无定的特性，意识到了要想用实证的方法来确认"影响"的存在，是十分困难的，这实际上表现了法国学派比较文学研究的某种困窘状况，另一方面坚持比较文学的"科学"的实证性质，而排斥比较文学中

---

① ［法］基亚:《比较文学》，颜保译，北京：北京大学出版社，1983年，第106页。

② ［法］基亚:《比较文学》，颜保译，第74页。

③ ［法］基亚:《比较文学》，颜保译，第16页。

"美学"的评价，一方面又不得不面对"影响"这一虽明显存在、却又不能实证的现象，于是，只有尽可能避开"影响的暗礁"，而退守到能够确证的、可用文献来证明的作家作品在国外的"际遇"，亦即"传播"，号召学生和学者们去研究国际文学关系的媒介工具（翻译、旅行）和使用这些工具的人（译者、旅行家）等，然后是研究文学的体裁、主题、作家的流转际遇、渊源、文学思潮的传播等等。这表明，法国学派实际上不是"影响研究"（因为"影响"的研究无法摆脱审美分析），而是一种"传播的研究"（因为传播可以实证，而不依赖于审美分析）。为了使比较文学从难以把握的"影响研究"中摆脱出来，基亚在这本《比较文学》中专设最后一章（第八章）《人们所看到的外国》。他回顾和梳理了法国比较文学在这方面已经取得的成果，特别是法国人眼里的英国与德国的研究，并强调指出：

> 不再追求抽象的总括性影响，而设法深入了解一些伟大民族传说是如何在个人或群体的意识中形成和存在下去的，这就是近五十年来法国〔比较文学〕的一种远景变化，它使比较文学产生了真正的更新，给它打开了一个新的研究方向。如果许多比较文学工作者已经向这个方向迈进，我敢说，这个领域是宽广的，许多问题都尚未被研究过。①

在这里，基亚同样也没有提出作为一个概念的"形象研究"或

---

① ［法］基亚：《比较文学》，颜保译，第106、107页。

"形象学"（这一名称似乎很晚的时候才固定下来[①]），然而在《人们所看到的外国》这一题目之下，基亚已经对"形象研究"的内涵、外延及研究的意义、价值与前景做了初步的论述，为后来的"形象研究"或"形象学"在理论与实践上的成熟奠定了基础。基亚的这一提倡也与他本人已有的研究实践密切相关，他本人的博士论文的题目是《法国文学中的大不列颠形象（1914～1940）》，显然属于外国形象研究的范围。在伽列和基亚的等人的倡导下，此后法国比较文学中的外国形象研究的成果不断出现，如米歇尔·卡多的《法国精神生活中的俄罗斯形象》（1967）等，并影响到德国、俄国等欧洲各国的比较文学。

法国学派的形象研究，大大地开拓了比较文学研究的空间，扩大了比较文学的内涵和外延。异国形象研究关注的首先是"人们眼中的外国"，为了这一主题而不仅仅在纯文学作品中寻找材料，也从游记、见闻录等"亚文学"作品中寻求资料，甚至还在完全不具备文学性的哲学与学术著作中取材。另外，形象研究的指归不是文学艺术问题或美学问题，不是"文学性"问题，而是注重民族想象、异国幻象、异国舆论与评价等属于社会学、民族心理学、传播学等领域的问题，因而使这一研究具有显著的跨学科研究的特征，这一点后来受到了注重"文学性"研究的韦勒克等美国学派的强烈抨击。这种抨击是有道理的，但同时又是偏颇的（详见本书第五章）。我认为，法国的"形象学研究"将异国形象统统归结为"想象""幻

[①] 参见孟华主编：《比较文学形象学》，北京：北京大学出版社，2001年。

想"和"社会集体想象物"，完全从心理学角度看问题，实际上就否定了"异国观""异国形象"或"异国评论"的可信凭性。事实上异国形象并非只是"幻想"和"想象"，也有正确描写、如实反映的一面，换言之，它们不仅仅有文学的、社会心理学的价值，更有历史学、文献学、考古学的价值。例如中国唐代的玄奘的《大唐西域记》就是如此。对"幻想"、"想象"性的片面强调，既不符合有关文学作品与文献的实际情形，也会导致研究中的偏颇。所以，鉴于这一原因以及其他原因，我在《比较文学学科新论》一书中，将"形象学"这一直译过来的法文概念，改造为"涉外文学"这一概念，较之"形象学"，其内涵外延也发生了相应的变化。①

综上所述，进入20世纪后，比较文学在欧洲已经形成了一整套学科理论体系，此后作为一门相对独立的学科，也已经牢固地确立了在学术研究与教育体制中的地位。当然，在这一过程中，质疑与反对的声音也时有所闻。其中，意大利哲学家克罗齐（1866—1952）是对比较文学学科的独立性持强烈的反对意见的著名人物。克罗齐从他的直觉主义的艺术观出发，认为"比较"是任何一个学科都运用的方法，因此比较文学不能成为一个独立的专业或学科；而任何一个作家都具有无法比拟的独创性，哪怕他们使用了类似的题材，哪怕他受到了外来的影响，也不能证明什么问题。因此对影响的研究、对主题与题材的类比研究没有什么价值。尽管遭到了诸如此类

---

① 参见王向远：《比较文学学科新论》第三章第五节，南昌：江西教育出版社，2002年。

的质疑与反对，比较文学还是以其较为严密的学科理论建构，以其大量丰富的研究实践，以其无可取代的世界视野与整合功能，成为一个学科，并日益显示了其存在的价值。

第 5 章

学科更新:
美国学派的崛起与学科理论的重构

　　20世纪50年代，比较文学学科发展出现了历史性转机，美国学者韦勒克对以实证研究为中心的法国学派提出了强烈批判，提出了一系列新的理论主张。由此，美国的比较文学逐步实现了三重突破，即：从国际文学关系史研究到"文学性"的比较研究，从文学范围的研究到文学与其他学科的跨学科研究，从"西方中心"到全球性的东西方比较文学乃至"比较诗学"，并且在此基础上形成了以跨文化研究、跨学科研究为特征的"美国学派"。法国学者艾田伯基本接受了美国学派的观点，并进一步提出了探讨人类文学通律的"比较诗学"的构想，他的观点标志着传统的法国学派的解体与终结。同时，苏联学者提出了与西方的比较文学相抗衡的"历史比较文艺学"的概念。这些都使传统的法国学派的国际文学关系史研究，转变为以理论整合、比较诗学为主要特征的"文艺学"或曰"诗学"的研究，并从这一角度完成了比较文学学科理论的更新与转型。

一、韦勒克对法国学派的挑战及美国学派的崛起

19世纪后期，美国的比较文学深受欧洲比较文学、特别是法国学派的影响，在研究上也取得了不小成绩。但由于追随欧洲，没有找到美国特色的研究领域与研究课题，更没有形成美国特色的研究方法，因而直到1950年前，一直处于平淡状态。这种情况在20世纪40年代后期开始有了变化。1945年，美国比较文学学会的创始人、北卡罗莱纳大学比较文学系教授弗里德里希（1905年生）发表了《论比较文学》一文，呼吁要重视培养比较文学的专业人才，尽快建立更多的研究机构，并提出了改革比较文学课程设置的周密翔实的计划。1950年，他与法国的巴登斯贝格合编的《比较文学参考书目》在北卡罗莱纳大学出版，1952年又主编并出版了《比较文学和总体文学年鉴》。1954年，弗里德里希和大卫·H.·马娄合写的《从但丁到奥尼尔的比较文学大纲》一书出版。同时，美国的比较文学研究与学科建设迅速推进，几乎所有大学的研究生院都将比较文学列为研究课题，不少大学也纷纷设立了比较文学系或专业课程，各地比较文学的书刊大量出版。

总体而言，直到20世纪50年代，美国的比较文学是深受欧洲

及法国学派影响的，甚至可以说是法国学派在美洲的一个延伸。但是，美国的社会历史与学术研究环境与法国及欧洲颇有不同。首先，美国人来自世界各地，是多民族、多种族的移民国家，他们带着各自的文化传统、宗教信仰、道德准则，而汇入美国这个大家庭，因而它是一个多元文化的综合体。同时，美国又是个只有二百多年历史的年轻国家，早期的美国文学主要是对英国文学的模仿。文化传统与文学传统的积淀还不够深厚，同时也没有历史包袱，和古老的欧洲大陆相比，思想更为自由，更为充满活力。在比较文学研究中，如果一味地承袭欧洲及法国的"国别文学关系史研究"，在其框架内展开比较文学，那就只能被动地研究美国是如何受欧洲一些国家文学的影响的，此外别无他途。无论在研究资源方面，还是学术积淀方面，都没有任何优势可言。只有另辟蹊径，例如重视没有事实关系的民族文学间的平行比较研究，才能获得广阔的发展空间，才能使多元文化集合体的美国文学得到客观的评价。另一方面，欧洲与法国所主张的以悠久的历史传统积淀为基础的"文学关系史"的研究，具有在19世纪就已趋于完善的一整套实证研究的学术方法的支持，美国人要颠覆实证主义传统，回避自己的历史尚浅的局限，就必然另外寻求一套可与实证主义相抗衡的新的方法论，那就是20年代俄国形式主义文学批评流派的开创者罗曼·雅各布森提出的"文学性"命题，以及继承了俄国形式主义、在30年代后逐渐形成的"英美新批评派"所倡导的将文学文本与作家、与社会、与时代、与读者切断关系的文学"本体论"。这种强调文学文本的审美自足性的英美新批评，到了40年代后已经成为美国大学文学教学与文学批评的主流势力，也自然而然地影响到比较文学界。随着比较文学在美国的展开，随着法国学派的保守倾向日益显露，思想活跃的美国学者深感比较文学学科理念需要更新。首先向法国学派发难的，是著名学者、文学批评家、耶鲁大学比较文学教授、美籍捷克学者雷纳·韦勒克（1903—1995）。

韦勒克是一个深受俄国形式主义与英美新批评派影响的学者与批评家。早在1952年，当法国比较文学家伽列为其学生基亚的《比较文学》一书写的前言在美国的《比较文学与总体文学年鉴》转载后，针对伽列与基亚的观点，韦勒克于次年在该年鉴第二卷中发表题为《比较文学概念》的短文，批评法国学派过于重视事实联系，是陈旧的实证主义，认为他们对比较文学定义所进行的解释是狭隘的。他更一针见血地指出，法国学派的研究方法"永远不允许我们分析艺术的个别作品，甚至不能探讨它的总的起源，因为这些东西永远不会仅在他的对外关系中发现"。1958年9月，国际比较文学学会在美国北卡罗莱纳大学所在地教堂山举行第二届会议，讨论中心是欧美文学关系问题。韦勒克在会上做了带有挑战性的发言，题为《比较文学的危机》[①]，在当时的比较文学界引起了强烈反响。

韦勒克的报告一开始就直言不讳地指出："我们的学科岌岌可危，其严重标志是，未能确定明确的研究内容和专门的方法论，巴登斯贝格、梵·第根、伽列和基亚所公布的纲领，也并未完成这一基本任务。他们把陈旧过时的方法论包袱强加于比较文学研究，并压上十九世纪事实主义和唯科学主义和历史相对主义重荷。"纵观全

[①] ［美］韦勒克：《比较文学的危机》，黄源深译，见干永昌等选编《比较文学研究译文集》，上海：上海译文出版社，1985年；沈于译文见张隆溪选编《比较文学译文集》，北京：北京大学出版社，1982年。

文，韦勒克对法国学派的批判与否定，可以归纳为四个方面。

第一，指责法国学派将比较文学局限在文学关系史的研究，是"研究文学的贸易交往"，而不是研究文学本身，是极其不恰当的。这种研究使比较文学只注意文学的"外部"情况，研究那些在"外贸关系"中起作用的二流作家，研究翻译、游记和媒介物，这样一来，就使比较文学"成了只不过是研究国外渊源和作家声誉的附属学科而已"。

第二，韦勒克认为梵·第根关于"比较文学"与"总体文学"的区分是站不住脚的，是不切实际的。因为当对一个作家或一部作品的研究既属于两国关系，同时又属于"总体文学"的时候，强行分开就有问题了。他质问道："为什么将华尔特·司各特在法国的影响视为'比较'文学，而把浪漫主义时期历史小说的研究纳入'总体'文学的范畴？为什么要把研究拜伦对海涅的影响和研究拜伦主义在德国的影响也区别开来？"在韦勒克看来，这完全属于一个问题，无法人为割裂。这样的区分和割裂，就会使比较文学的内容显得鸡零狗碎，很难把握一位作家的全貌。

第三，韦勒克批评法国、德国、意大利等欧洲国家的比较文学研究中所存在的民族主义、爱国主义动机和文化扩张主义倾向。他认为，爱国主义本身虽然无可指责，但它却"造成了比较文学成为文化功劳簿这样一种奇怪的现象，产生了为自己的国家摆功的强烈愿望——竭力证明本国施与他国多方面的影响，或者用更加微妙的方法，论证本国对一个外国大师的吸取和'理解'，胜过其他任何国家"。

第四，韦勒克还进一步否定了当时的伽列和基亚等法国学派为扩大比较文学的范围、矫正"影响研究"的弊病而提倡的"异国形象"的研究。韦勒克指出，这种尝试"也同样不能令人信服"，因为这样的研究已经不再是文学的研究，而成了"公众舆论"的研究。"这是民族心理学，是社会学。作为文学研究，它纯粹是陈旧的题材史的复活……与此同时，还付出了把文学研究融入社会心理学和文化史研究这样的代价"。

韦勒克的这些看法，是有他深刻的学术思想背景的，那就是他所持有的"新批评派"的文学理念。早在20世纪20年代，他在布拉格大学学习期间，就对实证主义有所反感。后来在《实证主义的反抗》一文中，将实证主义概括为"唯事实主义""唯科学主义""历史主义"及"主观主义"等倾向，并宣称这一切都已经陈旧过时了。基于这样的观点，他逐渐接近于一个形式主义流派——英美新批评派（尽管韦勒克本人不承认自己属于该派一员）。1949年他和奥斯汀·沃伦合著的《文学理论》①出版，这本书就方法论而言是对"新批评派"的理论主张的全面贯彻和体现。作者把文学研究分为两种情形，一种是"外部研究"，即研究文学与作家传记、心理学、社会学、思想及其他艺术种类的关系；另一种形态是"内部研究"，即研究文学作品的存在方式，语言、节奏和格律，文体、意象、隐喻、象征、神话，叙事模式等等，并且认为只有文学的"内部研究"才是文学本质的研究、文学本体的研究。基于这样的思想，韦勒克在《比较文学的危机》一文中，排斥法国学派的注重事实联系的实证主义，强调"真正的文学研究所关心的不是毫无生气的事实，而是标

---

① ［美］韦勒克、沃伦:《文学理论》，刘象愚等译，北京:三联书店，1984年。

准和质量"，即对作家作品做出美学评价，他指出，"文学史与文学批评之间不存在任何界线"，文学史家要做文学批评家，比较文学研究不能死抱住"事实的联系"，而应该汇入到文学批评的洪流中。文学研究和比较文学研究，之所以不同于其他学科的研究，就在于它要研究作为文学本质的"文学性"问题。他提醒比较文学研究者不能仅仅研究这种事实关系，还要注意在比较研究中贯彻文学批评的方法，注重审美分析和美学评价。

韦勒克对欧洲及法国学派的比较文学研究的批判，是站在"新批评派"的形式主义立场上进行的，他的观点对法国学派的偏颇具有矫正作用。例如，他指出"总体文学"与"比较文学"的区分在逻辑上的不通和事实上的不可行，是有道理的，事实上所谓"总体文学"也属于"比较文学"；指出仅仅把比较文学局限于文学关系史、交流史的研究，其实质只是"文学外贸"研究，也是击中要害的。与此同时，韦勒克对法国学派的一些指责与批判，有些不免矫枉过正，在启发性中也显出了某些偏颇。例如，认为比较文学到那时为止"未能确定明确的研究内容和专门的方法论"，是不符合学术史的事实的，如果比较文学没有"明确的研究内容"，比较文学学科就不会在欧洲发展了上百年，至于"方法论"，则可以分为哲学的方法论与具体科学的方法论两种，哲学上的方法论是抽象的方法论，一般不具有可操作性。欧洲及法国学派的比较文学的方法论无疑属于具体学科的方法论，其哲学方法论的基础是实证主义，然而它又形成了自己的一套具体可操作的方法论。关于这一点，梵·第根在他的《比较文学论》中已经做了明确的论述。因此韦勒克断言到那时为止的比较文学没有形成自己"专门的方法论"，是言过其实的。事实上，任何严肃的科学研究，都不可能不是"实证"的研究，实证是科学研究共同遵循的方法，文学研究也不例外，韦勒克为了挑战和批判法国学派，为了强调他的"文学性"研究，而对实证研究一概否定，显然是过于简单化了，而他本人在其八卷本巨著《近代文学批评史》中，资料翔实、考证严谨，很好地运用了实证的研究方法，可见实证研究不能轻易否定。韦勒克对法国学派在其后期提出的"异国形象"的研究主张，也全盘加以否定，是有失公允的。他没有看到对"异国形象"研究的提倡，大大地拓展了比较文学的研究领域，一定程度地突破了"影响研究"的某些局限，而且他也没有意识到"异国形象"研究中所涉及的社会文化研究，与文学本体的研究、文学性的研究不是水火不容，而是互为表里的。"异国形象"研究发展到后来的比较文学"形象学"，至今仍繁荣不衰，已证明了其巨大的学术前景与潜力。尽管存在这些偏颇和问题，韦勒克的这篇文章还是很有价值的，他由此打破了比较文学相对沉闷的局面，为比较文学摆脱既定模式与观念的束缚，寻求更广阔的发展空间，打开了一个缺口，使比较文学实现了从"文学关系史"研究到"审美价值判断"的突破，在比较文学学术理论系谱中，起到了承前启后的作用。

如上所说，《比较文学的危机》主要是挑战性、批评性、否定性、解构性的，而韦勒克在1970年发表的《比较文学的名称与实质》[①]一文，则进一步展示了他在比较文学学科建构上的建设性意见。

---

① ［美］韦勒克：《比较文学的名称与性质》，黄源深译，见干永昌等选编《比较文学研究译文集》，第136—159页。

在这篇文章中，韦勒克回顾了比较文学的学科历史，在学术史的评述中重申了他的《比较文学的危机》中的有些观点，同时也更明确地提出了一些建设性的意见。首先，在比较文学范畴的界定上，韦勒克认为，"比较文学是从国际的角度来研究一切文学，认为一切文学创作和研究是统一的，根据这样的（也是我的）看法，比较文学是一种没有语言、伦理和政治界限的文学研究。"韦勒克强调，不能仅仅局限在文学关系史的研究，对比较文学来说，对历史上毫无关系的语言和风格方面的现象进行比较，同相互影响的研究一样有价值。因此，"研究中国、朝鲜、缅甸和波斯的叙事方法或抒情方法，同研究与东方的偶然接触——如伏尔泰的《中国孤儿》——一样名正言顺"，从而强调了"平行研究"的重要性。在比较文学的方法上，韦勒克指出，"比较"固然很重要，但"任何文学研究家不仅仅要比较，而且还要再创造，要分析、阐释、回顾、评价、概括等等，各种方法同时使用"，不可能局限于单一的方法。韦勒克特别强调了"文学评论"在比较文学研究中的重要性："我与许多人都主张摒弃从19世纪继承下来的机械主义是事实主义的观念，而赞成真正的评论。评论意味着注意标准和质量，意味着对作品本身的理解"。因此，"比较文学不能局限于研究文学史，而排斥评论和当代文学"。同时，"评论不能与史的研究割裂"。这种对于"文学评论"或"批评"的强调，不仅仅是对法国学派"事实主义"的反拨，实际上是对欧洲17～18世纪盛行的"比较文学批评"传统的回归。当然这不是简单的回归，而是在比较文学"研究"中运用"批评"的方法，为的是将文学批评的审美价值判断运用于比较研究之中。

韦勒克的这些看法，构成了他对比较文学本体论与方法论的完整的界定，形成了美国学派的基本的理论架构。特别是他对没有事实关系的平行研究的提倡，对比较研究中的审美价值判断、及"文学性"的比较研究的重要性的强调，代表了美国学派对法国学派的一大突破，为此后的比较文学学科理论家们所广泛接受，对比较文学理论与实践的走向也产生了一定影响。

二、美国学派的三重突破

在韦勒克实现了从"文学关系史"研究，到通过平行研究进行"审美价值判断"的第一个突破之后，美国的比较文学学者亨利·雷马克、欧文·奥尔德坦奇、韦斯坦因、约翰·迪尼、刘若愚、厄尔·迈纳等人，进一步发挥、补充、修正了韦勒克的观点，对美国学派的比较文学学科理论进一步加以提炼与阐释，在比较文学的研究对象、研究领域的界定上，又做了第二、第三个突破。

第二个突破，是在研究范围上，突破了法国学派的界定，主张将文学与其他学科的跨学科研究纳入比较文学的范畴。

美国印第安纳大学教授、法国与德国文学比较研究专家亨利·雷马克（1918年生）在1966年发表的《比较文学的定义和功能》一文中，开门见山地给比较文学下了一个明确而洗练的定义——"比较文学研究超越一国范围的文学，并研究文学跟其他知识和信仰领域，诸如艺术（如绘画、雕刻、建筑、音乐）、哲学、历史、社会科学（如政治学、经济学、社会学）、其他科学、宗教等之间的关系。简而言之，它把一国文学同另一国或几国文学进行比较，把文学与人类所表达的其他表现领域相比较。"从这一定义出发，雷马克指出了"法国学派"与"美国学派"（他明确使用了这一对概念）的分歧，认为法国学派只认可上述定义的第一句，即"超越一国范围"的文学比较，而美国学派则强调文学与其他学科的关系研究。而且，即使是在"超越一国范围"的文学比较这一范围中，雷马克和韦勒克一样，也主张突破法国学派对"文学交流史"的"事实关系"的限制，对没有事实影响关系的文学现象进行比较研究，他称之为"纯比较性题目"。对此，雷马克解释道：

> 纯比较性题目是一个取之不尽的宝库，现代学者几乎未曾涉足，他们仿佛忘了我们学科的名称是"比较文学"，而并非"影响文学"。赫尔德和狄德罗，诺瓦利斯和夏多布里昂、缪塞和海涅、巴尔扎克和狄更斯，《白鲸》和《浮士德》……不管他们是否彼此影响，或者影响的程度如何，他们显然是可以相互比较的。[①]

雷马克对比较文学这一范畴的界定，是对韦勒克有关提法的进一步阐发和确认，进一步突破了法国学派在研究对象上的拘泥，明确将没有事实关系的平行比较纳入了比较文学的范围，这就大大拓展了比较文学的空间。但另一方面，正如今天我们所看到的，根据这样的原则从事的"纯比较"，由于没有对"可比性"原则的科学限定，导致了"无限可比"，容易造成牵强附会的简单化比附，从而削

[①]［美］雷马克：《比较文学的定义和功能》，见干永昌等选编《比较文学研究译文集》，第209、210页。

弱了比较文学作为一门学科的科学性，在理论与实践上都带来一系列问题，并引起了后人的反思与批评。

不仅如此，在对法国学派的研究领域的突破方面，雷马克走得比韦勒克更远，就是把文学与其它学科关系的研究纳入比较文学的范畴。对于这样做的理由，雷马克在上述文章中做了论证和说明。他认为，比较文学必须具有综合研究的功能，即具备理论的功能，比较文学就是为了让文学研究走出支离破碎和孤立隔绝的状态，就是要把综合研究所得出的结论呈现给其他学科、呈现给整个民族和整个世界。即使目前在个案研究上的资料收集还不可能完备，但不能因事实资料的不完备而拒绝综合的、宏观的、理论的、总体的研究。这表明雷马克试图从一个更高的层次上，超越法国学派拘泥于"事实"与个案的实证研究的狭隘性。雷马克认为，文学的跨学科的研究除这种理论功能之外，又具有"实际功能"，他指出：

> 我们所理解的比较文学不是一门必须不惜一切建立自己固定法则的独立学科，而是一门迫切需要的辅助学科，是维系地区性文学各小部分的纽带、是连接人类创造事业中实质上有机联系着而形体上分离的各领域的桥梁。不管在比较文学的理论方面有着怎样的分歧，人们对其任务的看法却是一致的：使学者、师生，以及读者，更好地、更全面地把文学作为整体来理解，而不是看作一种局部的片断或几种孤立的局部片断。要达到这个目的，最好的办法是不仅把几种文学相互联系起来，而且把文学和人类知识活动的其它领域，特别是艺术和思想领域

联系起来；也就是，从地理上和属性上扩大文学研究的范围。①

可见，在雷马克那里，比较文学在广度上是要综合各门知识并使之系统化，在高度上则要进行理论提升与概括，这实际上就使得"比较文学"从作为历史的实证研究，走向了以综合与提升为指归的理论研究，从而使比较文学与"文学理论"相重叠。后来同意这种观点的人（例如荷兰的比较文学学者佛克玛等），甚至将比较文学与文学理论的研究范围作同一观，这就不足为怪了。同时，在横向上看，这样的比较文学，又是联系文学与各学科关系的桥梁，"比较文学"由此担负起了凌驾于一切文学研究之上的、跨越学科疆界的宏大的、不是学科的"学科"。这样的定位大大突破了法国学派比较文学研究的狭隘范围，为比较文学展现了无限的视野与空间。但另一方面，也很容易使比较文学作为一个学科应有的边界失去控制。比较文学如果无所不包，无所不能，这也就失去了它的质的规定性和存在的合法性。对这样的主张，连激进的韦勒克也持怀疑态度，但却为后来主流的美国比较学者所接受，并依靠美国文化强大的影响力，影响到了中国等亚洲国家的比较文学的理论建构。

美国学派对比较文学研究领域的第三个突破，表现在空间视阈上，突破了积习已久的西方中心论，不仅通过理论提倡，而且通过研究实践，将东方文学纳入比较文学。

从比较文学学科史上看，欧洲中心主义是欧洲比较文学的顽疾。

---

① ［法］雷马克：《比较文学的定义和功能》，见干永昌等选编《比较文学研究译文集》，第214页。

欧洲的比较文学学者虽然很清楚比较文学的最高宗旨在于寻求世界文学的某些共通规律，他们并非完全无视欧洲文学以外的文学体系的存在，但由于绝大多数学者的学术背景与语言文学修养局限在欧洲、至多是印欧语言文学的范围，因此对东方文学、特别是东亚文学知之甚少，不成系统。为数很少的东方学家，主要精力放在了考古学、古代历史研究领域，对较为晚近的东方文学很不重视。因此，在欧洲人所撰写的世界文学史、比较文学史著作中，东方文学只是一个陪衬，只是为了说明东方虽然文化与文学起源很早，但后来僵化落后了，发展的中心后来移到了欧洲。在这方面，即使是主观上努力突破欧洲视阈的学者，付出的努力及成效也相当有限。例如，1930年由傅东华先生译成中文出版的现代法国学者洛里哀的《比较文学史》[①]显然是试图撰写一部包括东西方在内的"比较文学史"，然而全书二十章，东方文学只在头两章中简略提到；稍后译成中文的美国学者约翰·玛西的《世界文学史话》[②]，全书共四十九章，专论到东方文学的只有第三章，标题是"神秘的东方"，倾向于将东方文学视作"神秘"不可思议的另类。在比较文学学科理论的建构与研究中，情况也是如此。法国学派将比较文学定义为"国际文学交流史"或"关系史"，在这个定义中，没有交流、没有事实的关系、或很少事实关系的国际文学，则不在他们的研究范围内。法国学派的奠基人之一勃吕纳狄尔在题为《世界文学》的文章中，承认"欧洲文学仅仅是比较文学的一个省份"，但接着又说，鉴于欧洲文学和另外的

---

① ［法］洛里哀：《比较文学史》，傅东华译，上海：上海商务印书馆，1930年。
② ［美］约翰·玛西：《世界文学史话》，胡仲持译，上海：上海开明书店，1931年。

"遥远的文化"之间缺乏联系和交流，因此缺乏比较研究的基础。这种观点是几乎所有的欧洲比较文学学者所暗自认同与接受的。这种状况到了50年代后的美国学者那里，才开始有所改变。由于美国的比较文学崛起于第二次世界大战之后，"二战"之后的东方各民族与国家的独立与发展，一定程度地改变了欧洲中心的世界格局，形成了新的世界格局。再加上作为世界性的移民国家，美国学者的民族文化背景相当复杂多样，这有助于美国学者的"比较文学"在空间视阈上，能够率先突破欧洲中心主义的藩篱。

美国比较文学对欧洲中心主义的突破，首先是由"欧洲中心"扩大到"欧美中心"，其代表人物是韦勒克。从某种意义上看，韦勒克的《比较文学的危机》一文，就是站在美国的立场上，对"欧洲中心"的挑战和突破。但是，由于韦勒克对东方文化与文学所知甚少，虽然他也提出理想的比较文学应该"包括遥远的东方文学"，但他的著作的研究范围和学术视阈，仍然完全局限在欧美（西方）文化中。例如，在其煌煌八大卷的《近代文学批评史》①中，所谓"近代文学批评史"尽管没有"欧美"或"西方"之类的限定词，却对东方的文学评论史丝毫不予涉及。或许在他的潜意识中，"近代文学批评史"就等于"欧美近代文学批评史"，而东方"文学批评史"要么不存在，要么不值一提。所以可以说，韦勒克不过是把欧洲及法国比较文学中的"欧洲中心主义"，变成了他的"欧美中心主义"而已。美国比较文学的另一个重要人物雷马克在这个问题上的认识与

---

① 《近代文学批评史》中文译本全八卷，由杨岂深、杨自伍翻译，上海译文出版社于1987—2006年间陆续出齐。

韦勒克差不多。稍后的比较文学家韦斯坦因（1925年—）在70年代出版的《比较文学与文学理论》[1]一书，论述范围也只局限在欧美文学中，东方文学也不在他的视野内，他甚至"对把平行研究扩大到两个不同的文明之间"，即东西方文明之间是否可行感到怀疑。直到1984年，在《我们从何处来，是什么，去何方》一文中，他才对这一做法做了检讨和反省，他说，当时受流行的法国学派欧洲中心论的影响，他在《比较文学与文学理论》一书中"也是持这种观点的，回想起来颇为后悔"。[2]

接着，美国比较文学进一步将比较文学的研究视阈由欧美（西方）扩大到亚洲（东方），特别将以中国、日本为主的非印欧语系的东亚文学纳入研究范围。哈佛大学比较文学系主任克劳迪欧·纪廉认为，将东方文学纳入比较文学视野，是比较文学的发展趋势，他认为，"只有当世界把中国和欧美这两种伟大的文学结合起来理解和思考的时候，我们才能充分面对文学的重大的理论性问题。"[3]美国比较文学协会副主席、比较文学家奥尔德里奇提出了与歌德的世界文学相似的"环球文学"，并力主文化多元主义，他认为，学习与研究文学的人，就必须具备环球视野，要平等地对待东西方各国文学，他呼吁重视东方文学，主张比较文学要将东方文学包含进来。他认

---

① 《比较文学与文学理论》中译本由刘象愚译，辽宁人民出版社于1987年出版。

② ［美］韦斯坦因：《我们从何处来，是什么，去何方》，韩冀宁译，见孙景尧选编《新概念、新方法、新探索——当代西方比较文学论文选》，桂林：漓江出版社，1987年，第30页。

③ 转引自卢康华、孙景尧：《比较文学导论》，哈尔滨：黑龙江人民出版社，1984年，第53页。

为此前西方的"多数比较文学研究者忽视东方文学的惟一理由，是由于他们都缺乏探讨这些作品应有的语文能力"。①曾在台湾大学、香港大学执教的比较文学学者约翰·迪尼（中文名李达三，1931年生）曾在《比较文学研究的回顾与展望》一文中指出："西方必须将比较文学的目标转向东方，换言之，任何比较研究摒除了东方的文学并不能称为国际性的比较研究。"他建议西方学者"仔细考虑并致力于研究东方国家彼此之间的文学关系"，并论证了这一工作的必要性与可行性。②在《比较文学的思维习惯》一文中，约翰·迪尼又指出："为了扭转过分偏向西方的趋势，并使我们重新回到东方的经验世界，我乃选择中国文学作为基本的'比较体'与出发点。这不仅是由于中国文学的清新面目，更鉴于一个信念。我们可望得自其他迄今仍然陌生的文学之处颇多。此外，富丽之中国传统给比较文学研究新增添的特殊东方色彩，更能开拓西方人的眼界，使他们对文学产生一种更广阔的观念。"他在文中还转述了另一位美国学者霍克思教授的话，该教授也指出了中国文学研究在比较文学上的重要性，认为："中国文学的研究价值乃在于它本身形成了一个独立的，与西方完全无关的文学世界……如果拿我们对小说、民谣、戏剧或诗歌的诸般臆测来衡量中国文学的话，我们会立刻产生一些值得一再追问的基本问题……。"③另一方面，随着中美国家关系的越来越重要，以费正清为代表的美国"汉学"及"东方学"随之崛起，也对美国

①　卢康华、孙景尧：《比较文学导论》，第53页。

②　[美]李达三：《比较文学之新方向》，台北：连经出版事业有限公司，1978年，第164页。

③　[美]李达三：《比较文学之新方向》，第171页。

比较文学中的中国文学及东方文学研究有所启发和推动。许多美国学者开始注意汉语、日语和朝鲜语的学习，在这当中，一些华裔美国学者，如刘若愚等，发挥了得天独厚的优势和作用。

在美国学派那里，将比较文学空间视阈扩大到东方，不仅仅是一种主张，更是对某些新的领域——例如文学理论的比较研究——的必然要求。在以往欧洲及法国的比较文学研究中，文学理论的比较研究从属于文学思潮和运动，不是一个独立的研究领域。长期以来，由于文学思潮运动的关联性与作家之间的密切交往，欧洲文学理论，乃至欧美文学理论形成了一个相互关联的整体系统，即今天我们所说的"西方文论"。因此，在欧美范围内进行文学理论的比较研究，总体上只能是文学理论关联性的、相通性的研究，换言之，就是西方各国相互影响、渐成一体的研究。而要使用美国学派的平行研究的方法来做文学理论的比较研究，就必然要求将研究的对象扩大到西方文学理论的体系之外，特别是要求将自成体系的、与西方文学理论迥然有别的中国文学理论、日本文学理论等，纳入比较研究的视野。因此，"文学理论的比较研究"必然要求突破西方文学的视阈，而将东方文学作为比较文学的另一方。事实上，最先提出"文学理论比较研究"的，正是在中国文学及古代文论方面有较高修养的华裔著名学者刘若愚（1926—1986）。刘若愚在其名著《中国文学理论》（1975年）一书的"导论"中，阐述了研究中国文学理论的目的与必要性，他写道：

> 在写这本书时，我心中有三个目的。第一个也是终极的目的，在于提出渊源悠久而大体上独立发展的中国批评思想传统

的各种文学理论，使它们能够与来自其他传统的理论比较，从而有助于达到一个最后可能的世界性的文学理论（an eventual universal theory of literature）。我相信，对历史上互不关联的批评传统的比较研究，例如中国和西方之间的比较，在理论的层次上会比在实际的层次上导出更丰硕的成果，因为对各国别作家与作品的批评，对于不谙原文的读者，是没有多大意义的，而且来自一种文学的批评标准，可能不适用于另一种文学；反之，属于不同文化传统的作家和批评家的文学思想的比较，可能展示出哪种批评概念是世界性的，哪种概念是限于某几种文化传统的，而哪种概念是某一特殊传统所独有的。进而可以帮助我们发现（因为批评概念时常是基于实际的文学作品），哪些特征是所有文学所共同具有的，哪些特征是限于以某些语言所写以及某些文化所产生的，而哪些特征是某一特殊文学所独有的。如此，文学理论的比较研究，可以导致对所有文学的更佳了解。①

这里所强调的，就是在美国从事的中国文学理论的研究，实际上就是中西文论的比较研究，这一研究是建立"世界性的文学理论"的有效途径。刘若愚不仅强调将中国文学纳入比较研究范围的重要性，而且强调中西文学要超越作家作品的比较，要从文学面貌与规律的总结形态——文学理论——的比较入手，弄清哪些文学思想与文学批评概念是民族性、区域性的，哪些则是属于世界性的。这一

---

① 刘若愚：《中国文学理论》，杜国清译，南京：江苏教育出版社，2006年，第3页。

主张，与法国的艾田伯在20世纪60年代提出的探寻人类文学共通规律的"比较诗学"有相通和重合之处，但还不是艾田伯所界定的"比较诗学"（详后）。尽管如此，刘若愚提出并践行的"文学理论的比较研究"既是比较文学视阈的扩大，也是比较文学研究形态的提升，与"比较诗学"也相当接近了。

在刘若愚之后，美国的另一位著名的比较诗学研究者、东亚及日本文学研究家厄尔·迈纳（中文名：孟尔康）在东西方文学理论的跨文化的比较研究上有所推进。在《比较诗学：文学理论的跨文化研究札记》（1990年）一书中，他对以往的比较文学研究局限在欧洲文化体系和北美文化体系内的状况做了反思。在以往欧洲的比较文学研究看来，不属于统一文化体系的文学现象就缺乏"可比性"，但厄尔·迈纳认为，实际上，所谓"可比性"不应受文化体系的限制，而应该取决于比较研究的宗旨与目的。对比较诗学的研究而言，扩大比较研究的范围十分必要，因为在比较文学研究中，比较的范围的大小，会使比较的结果和结论有所不同，而将比较研究的范围扩大到东方，则会使许多结论得以刷新。对此，厄尔·迈纳写道：

> 比较的规模决定着比较的性质，当然也决定着比较的结果。在邓恩和约翰逊之间可以很好地进行比较，因为他们是同代人，甚至是朋友，他们经常用同样的文类和亚文类进行写作。然而，如果拿邓恩抒情诗中的戏剧性因素去与约翰逊的戏剧进行比较，就会使人误入歧途，因为二者间的差别太大。与"邓恩—约翰逊"相类似的比较也存在于其他文学体系之中。中国人喜欢比较李白（？—762）与杜甫（712—770），日本人喜欢比较松尾芭

蕉（1644—1694）与与谢芜村（1716—1783）。在中国人看来，两位唐代诗人相似之处甚多，足以进行比较，但彼此的差别似乎还是很大。日本的那两位诗人的情况也一样。

　　然而，当我们把日本的两位诗人与中国的两位诗人进行比较时，我们会发现这时两位中国诗人似乎彼此非常相似，而与两位日本诗人却判然有别。同样，两位日本诗人此时看上去也很相似。如果我们再进一步扩大比较的规模，把邓恩和约翰逊（或者雨果和波德莱尔等）也纳入比较之列的话，我们一面会为中国诗人与日本诗人之间的神似而目瞪口呆，一面会为西方诗人之间的酷肖而惊叹不已。当然，比较会受到许多其他因素的影响，如口头的与书面的，宗教的与世俗的，以及戏剧、抒情诗与叙事文学等。[①]

　　这段论述相当有理论价值。厄尔·迈纳实际上揭示出了比较研究中的一个定律：用来比较的事项越少（最少的是两项比较），其各自的共同点越多，而各自的特点就越少，即：分母（比较的事项）越大，分子（各自的特点）就越小。因此，只有使"分母"尽可能加大，只有通过跨越东西方的世界各国文学的广泛比较，才能看出世界各国文学广泛的共通性，才能提炼出属于各国、各民族文学的独有的文学特性。否则，有限的比较，很难提炼出民族文学的特性，勉强说是"特性"，其实只不过是他国文学也可能存在的某些"突出

---

① ［美］厄尔·迈纳：《比较诗学》，王宇根、宋伟杰等译，北京：中央编译出版社，1998年，第29、30页。

现象"而已。

　　美国学者厄尔·迈纳充分发挥了自己作为日本文学研究家的优势（他对中国文学也有相当的了解），对东方与西方两大文学体系展开了比较。而且，在实际的研究操作中，厄尔·迈纳不仅局限于东西方"文学理论"这样的比较研究，更对理论形态之外的作品文本形态，进行比较分析。这实际上已经由刘若愚的"文学理论的比较研究"，进一步上升到艾田伯所界定的"比较诗学"的研究了。这种"比较诗学"有助于在东西方文学的广阔视阈中，揭示其中的异同，呈现世界文学的某些规律性联系，从而体现出了"比较诗学"的根本宗旨。

　　综上，20世纪50年代后的美国比较文学，逐步实现了从国际文学关系史研究到"文学性"的比较研究，从文学范围的研究到文学与其他学科的跨学科研究，从"西方中心"到全球性的东西方比较文学乃至比较文论、比较诗学。这样的三重突破，最终形成了不同于"法国学派"的、以跨文化研究与跨学科研究为特征的、以理论建设为宗旨的"美国学派"。可以说，将比较文学与文学理论、乃至文化理论联通起来，是美国学派和法国学派的根本不同点。如果说法国学派的研究宗旨是客观地描述史实和呈现史实，那么美国学派的研究宗旨就是在比较中发现文学现象内在的联系性与普遍规律，由此，美国学派的比较文学研究已经明确指向了文学理论研究乃至文艺学。所以，韦勒克和沃伦才在他们的《文学理论》一书中分专章来论述比较文学问题，韦斯坦因才在《比较文学与文学理论》一书中，将"比较文学"与"文学理论"合二为一。如果说，法国学派将比较文学从属于文学史研究，那么美国学派则将比较文学从属于文学理论、乃至文艺学研究。这是对法国学派的批判继承，因为作为文学理论和文艺学研究的比较文学，也必须以文学史研究为基础；又是对法国学派的超越，因为作为文学理论与文艺学的比较文学研究，不能满足于文学关系史的发掘与描述。同时，美国学派又是对欧洲文学史上漫长的比较文学评论传统的继承和发展。这与法国学派颇有不同。当年法国学派排斥文学批评，拒绝审美判断，为的是使比较文学超越主观性很强的文学批评形态，而提升到以实证为主要特征的学术研究的层次，并由此将比较文学建设为一门学科。现在美国学派又将文学批评纳入比较文学中，也不是简单地复归旧有的批评传统，而是要将文学批评及审美判断作为文学理论与文艺学建构的基础。法国学派比较文学学科理论的基础是实证主义，美国学派比较文学学科理论的基础则是美学与文艺学。换言之，历史性是法国学派的特征，理论性则是美国学派的特征。美国学派正是通过将比较文学加以理论化，而使比较文学得以更新，成为一门超越法国学派实证主义的文艺学、或曰诗学的学科。

而且，本质上，"美国学派"已经一定程度地超出了狭隘的"学派"，倾向于一步步使比较文学走进世界性的学术潮流中。"美国学派"的出现及其对"法国学派"的挑战，使"法国学派"作为一个学派而走向终结，此后的法国乃至欧洲的比较文学，也逐渐走出了传统的"法国学派"的藩篱，而标志着这一转变的先锋性的、有代表性的人物，是法国著名的比较文学家艾田伯。

三、艾田伯与法国学派的终结

艾田伯（一译安田朴，法文名：雷内·艾金伯勒，1909—2002）是当代法国比较文学界的权威之一，著述六十多部，其中包括被中国学界熟悉的《中国文化西传欧洲史》（一译《中国之欧洲》）。他是当代欧洲少有的通晓中国、日本、阿拉伯等东方国家历史文化的东方学家。艾田伯在比较文学学术史上的意义，不仅在于他的著述本身，而且在于他作为一个法国人、欧洲人，欣然认同了美国学派的基本主张，同时对法国学派也并不是一概否定，他的立场观点及其影响，很大程度地标志着传统的"法国学派"的终结，体现了美国学派与法国学派的互补与融合。

艾田伯在比较文学学科理论方面有影响的著述是用感想与札记的文体写成的题为《比较不是理由》的小册子，1963年在法国初版。1966年在美国出版时使用的书名是《比较文学中的危机》，这是继韦勒克之后的由法国比较文学权威发表的又一次"比较文学危机论"。艾田伯在书中通过对比较文学学科史的回顾，从各个方面指出了比较文学"危机"的迹象，其中包括在当时东西方冷战的大背景下，比较文学中出现的"沙文主义"和"地方主义"。他指出在当时的欧洲（例如在德国）的比较文学中，可以窥视到"欧洲梦的影子"，同时他又警告苏联等"社会主义国家不能因为有共同的意识形态，就以此为借口否认或贬低与西欧古老的历史和现实的联系"。关于美国学派与法国学派两者的分歧，艾田伯也不满意两家在有关学术会议上的"剑拔弩张""势不两立"的对立。他指出："两个'流派'——或者毋宁说倾向——在甚至最基本的问题上意见不合，这一点谁也不否认。但是倘若认为法国派是铁板一块的正统派，那么未免失之简单了。"①他说他本人就是一个"背离正统"的人，并承认自己是法国比较文学的"捣蛋鬼"。看得出，艾田伯不仅试图调和东西方不同意识形态之间在比较文学上的对立，更试图弥合美国学派与法国学派之间的分歧，他批评法国学派的"历史主义"，指责法国比较文学界一些人"头脑发热，竟然企图把文学研究，甚至包括比较文学研究，都限制在历史研究的范围内。伽列这样聪明的专家在去世前不久为基亚的《比较文学》所做的序言中就说了许多这样的糊涂话"，他认为各种文学"之间事实联系的历史并不能包括比较文学全部内容"，在这个方面，他表示赞同美国人韦勒克的观点，认为比较文学研究也应该进行审美价值的判断。他写道："和韦勒克一样，我认为，如果法国学派和苏联学派很有理由加以重视的历史研究不着眼于使我们终于能够专门地谈论文学，甚至谈论一般的文学、美学和修辞学，那么比较文学就注定永远不能称其为比较文学。"②他所理想的比较文学是法国学派与美国学派的调和：

----

①［法］艾田伯：《比较不是理由》，罗芃译，见［法］艾田伯：《比较文学之道》，北京：生活·读书·新知三联书店，2006年，第19页。

②［法］艾田伯：《比较不是理由》，罗芃译，第24、25页。

……这种比较文学把历史方法和批评精神结合起来，把考据和文章分析结合起来，把社会学家的谨慎和美学理论家的勇气结合起来，这样比较文学立时便可以找到正确的对象和合适的方法。①

　　在艾田伯所理想的，就是这样混合着两个学派、互相取长补短的比较文学。在两个学派之间架起了相通的桥梁。他不像韦勒克那样全盘否定文学关系史的实证研究，他说："对实证主义的谴责如果导致了纯唯美主义观点，我对此表示怀疑。我坚持认为，美学的一切都要从确凿的研究那儿获得……在不久的将来，处于最理想状态的比较学者会是这种人。"他设想的未来的研究课题，许多都是带有法国学派特色的东西，例如《法国实证主义在拉丁美洲的影响》《在西班牙安达卢西亚地区犹太人、基督徒和穆斯林的接触》《明治文学中的西方影响》《20世纪欧洲小说在苏美影响下的变化》等，都属于文学关系史的实证研究。但另一方面，艾田伯也充分考虑了美国学派的意见，他强调在纯文学的层面上、审美的层面上进行研究。例如，他认为"比较文体学"研究得太少，应该加强；在所谓"比较格律学"上要下功夫，在"意象的比较研究"、作品结构的比较研究上，都应该予以重视。

　　艾田伯不仅仅是将两个学派调和、融合，使之接近起来，而且还进一步超越于两个学派之上，提出对比较文学学科发展而言十分

---

① ［法］艾田伯：《比较不是理由》，罗芃译，第28页。

具有创见性的意见，一个是"翻译艺术"的比较研究，一个是"比较诗学"的研究。

艾田伯认为，应该引导学生"去做翻译中的比较研究"，例如可以对一首诗的几种不同的译文进行比较研究，认为"这才是真正的比较文学的工作"，这样的研究可以使我们在艺术方面对诗人的分析取得长足的进步，能够从译文中更好地理解原文。从比较文学学术史上看，法国学派也主张翻译的研究，但仅仅是把翻译作为一种"媒介"来看待，艾田伯所主张的"翻译艺术"的比较研究，是把翻译作品的艺术性作为一种文学现象来看待的，这是一个巨大的转变。他虽然没有提出"翻译文学"的概念，也没有将"翻译文学"作为一种独立的文学形态，对翻译文学在比较文学中的作用与地位也缺乏充分的阐述，但毕竟为"翻译艺术"的研究纳入"比较文学"开了先路。

艾田伯的比较文学学科理论的第二个大贡献，就是较早明确提出了"比较诗学"的概念。众所周知，自亚里士多德的《诗学》以降，"诗学"在西方就是"文学理论"的代名词。"比较诗学"首先是不同文学体系的文学理论的比较研究。"比较诗学"固然属于"比较文学"，但"比较诗学"的宗旨和目的，是从东西方文学理论与文学史的研究中，探索和建立实用于人类文学的共通规律，因此"比较诗学"是"比较文学"发展的最高阶段。艾田伯对"比较诗学"做了比后来的其他人的相关界定都要高明得多的界定，艾田伯写道：

> 历史的探寻和批判的或美学的沉思，这两种方法以为它们自己是势不两立的对头，而事实上，它们必须互相补充；如果

能将两者结合起来，比较文学便会不可违拗地被导向比较诗学。这种美学不再是从形而上的原理中演绎出来，而是从具体文学的细致研究中而归纳出来，要么是研究文学类型的历史演进，要么是研究不同的文化中创造出来的与文学类型相当的每一种形式的性质和结构；因此，与一切教条主义水火不容，它能成为真正具有实用价值的美学。[①]

在艾田伯看来，这样的"比较诗学"是比较文学发展的最高阶段和必然趋势。这种对"比较诗学"的界定，与后来美国的刘若愚等学者提出的"文学理论的比较研究"，明显有所不同。文学理论的比较研究是对理论形态的比较研究，而艾田伯的"比较诗学"则明言"不再是从形而上的原理中演绎出来，而是从具体的细致的研究中归纳出来"的，它当然可以包含文学理论的研究，但恐怕主要还是从具体细致的比较文学研究中抽象和提升上来的。遗憾的是，对于艾田伯的比较诗学的界定，后来的美国人，乃至深受美国人影响的中国学者，都有意无意地将"比较诗学"等同于"文学理论的比较研究"了。[②]

由于艾田伯向传统的法国学派的保守观点提出了挑战，所以，

[①] 此段文字采用的是戴望的译文，较为流畅清晰，见干永昌等选编《比较文学研究译文集》，第116页。对于此段文字，罗芃的译文（见艾田伯《比较文学之道》，第42页）是这样的："这样两种互相对立而实际上应该相辅相成的方法——历史的考证和批评的或审美的思考——结合起来，比较文学就会像命中注定似的成为一种比较诗学。由于这样的美学不是从思辨原则上加以推导的，而是对体裁的历史演变或者从各种不同的文化体形的特点和结构上做了细致的研究之后归纳出来的，所以它不同于任何教条，它将会是有益的。"

[②] 对这个问题的详细分析，详见王向远：《比较文学学科新论》，第180—192页。

他被称为"激进派"和"超美国学派"，受到了许多指责和批评。尽管如此，他以他的突出才能，继伽列之后担任了巴黎大学比较文学教授，其学术观点逐渐得到人们的认同，也促使了法国的比较文学学者向美国学派的接近。如《总体文学和比较文学》的作者热纳认为，比较文学不应该排斥文学理论和美学问题，也不应排斥分析作品的形式，这就与美国人韦勒克的看法取得了一致。特别是1967年出版的克罗德·毕修瓦和米歇尔·卢梭合著的《比较文学》一书，相当程度地接受了美国学派的观念，他们认为："比较文学是一门系统性很强的文艺学，通常把文学与其它表达方式或知识领域进行比较，以便更好地描述它们，理解它们，欣赏它们，尽管它们之间存在着时间或距离上的间隔，但只要属于多种表达方式或多种文化知识，就应该把它们看成是同一惯例中的一部分。"[①]这显然是对美国文学跨学科研究主张的全盘接受。无怪乎美国学派的代表人物之一雷马克专门写了一篇题为《评介〈比较文学〉》的书评，对该书予以高度评价，认为"此书的出版发行表明法国重新恢复了它在比较文学领域里的向导和调解者的地位"。1983年，皮埃尔·布吕奈尔和毕修瓦、米歇尔·卢梭三人又将该书加以修订，改题为《什么是比较文学》并予以出版，成为1980年后法国较为通行的比较文学教科书与入门书。《什么是比较文学》对比较文学下了这样的定义："所谓比较文学，就是要通过历史的、批评的、哲学的手段，更好地理解作为人类精神之特殊领域的文学，为此，要对跨语言、跨国境的各种文

---

① ［美］亨利·雷马克：《评介〈比较文学〉》，见孙景尧选编《新概念、新方法、新探索——当代西方比较文学论文选》，第114页。

学现象加以分析记述，进行体系的、辨别性的比较，以求得综合解释。"①这一定义与1967年版《比较文学》的定义基本相同，但在表述上也有一些微妙的区别。它以传统的法国学派的定义为基础，适度融合美国学派的观点，其中，所谓"进行体系的、辨别性的比较，以求得综合解释"，显然是在强调比较文学的理论整合功能，从而使比较文学向文艺学靠拢。

此外，该时期还有不少法国学者意识到了比较文学以欧洲为中心的弊病，开始重视欧洲以外文化传统的文学。1970年，巴黎第三大学、威尼斯大学和契尼基金会联合创办了一个"欧亚文化关系研究中心"。基亚也在1978年出版的《比较文学》结论中说，比较文学长期以来局限在从雅典、罗马、耶路撒冷脱胎出来的世界，现在向非洲和亚洲的文化开放了。这些都表明法国学派的观点已经有了很大的变化和发展，或者说传统的"法国学派"已经走向消解和终结。

---

① 转引自渡边洋的日译本《比較文学は何か》，东京：白水社，1986年，第221页。

四、苏联"比较文艺学"的独特立场

1917年俄国共产党领导的"十月革命"成功后，成立了苏维埃社会主义联邦共和国，简称苏联。苏联采取的是与西方市场经济及自由平等博爱等资产阶级意识形态相对立的、以共产党一党专政、阶级斗争、"继续革命"为主要特征的共产主义意识形态，这就决定了苏联官方的比较文学理论也不会轻易认同于西方。不过，苏联建立初期，即20年代，由于忙于国内战争和恢复经济，官方对学术与文艺的控制还不像30年代那样严密和严酷，文坛也较为活跃。十月革命前成立的"莫斯科语言小组"和"诗语研究会"这两个后来被称为"俄国形式主义学派"的团体，十月革命后仍然可以活动，它们把维谢洛夫斯基封为精神导师，从事语言文学及比较文学的研究，使维谢洛夫斯基开创的"历史诗学"得以延续。但到了1930年，在政治压力下，形式主义学派逐渐解体。到了40年代，随着马列主义教条主义和庸俗社会学的泛滥，比较文学遭到批判和否定，连维谢洛夫斯基的历史诗学思想也被称为"文艺学中的形式主义和世界主义的鼻祖"受到攻击。于是，比较文学作为一种资产阶级的学术成为苏联的一个禁区。50年代后期，随着苏联领导人斯大林逝世，苏联学术文化界出现了被称为"解冻"的有限度的思想解放现象，官方的研究机构开始将俄国文学与外国文学的关系之类的问题，列入研究议程。到了1960年，还召开了题为"民族文学的相互联系与相互影响"的学术讨论会，恢复了"历史诗学"的奠基人维谢洛夫斯基的声誉。但是另一方面，由于苏联的政治体制与意识形态没有根本变化，东西方"冷战"进一步加剧，所以在"比较文学"问题上，苏联学者也持有自己的独特的立场。他们一方面认识到应该从事这方面的研究，另一方面又十分警惕地与西方的"比较文学"划清界限，并由此提出了与西方的比较文学相抗衡的、不无标新立异的观点与提法。

苏联学者认为，马克思主义文艺学是与现代资产阶级的"比较主义"（在俄语中这是一个贬义词）格格不入的。首先，他们认为西方学者脱离社会历史条件，排除属于意识形态的一切问题，孤立地去研究文学现象与文学关系，是"唯心主义"的，指责西方人搜集和罗列表面的文学现象进行庸俗的对比，将世界文学发展的整个过程看成是各种文学现象的堆积，而不能揭示其内部联系，不能概括其规律性。其次，苏联学者指责西方学者把外来"影响"看作文学发展的主要动力和第一要素，错误地理解和夸大了文学之间的"影响"的作用，忽略了各民族文学的独创性与特殊性，看不到或者否认一个国家的社会历史条件是它的文学发展过程的决定因素。他们也反对西方比较文学忽视和抹煞文学的民族特点的所谓"世界主义"等。因此，苏联学者断言西方的比较文学的研究方法是"形式主义""主观主义""世界主义"和"唯心主义"的。就这样，苏联学者从一个独特的侧面，同时向法国学派和美国学派挑战，虽然带有强烈的政治与意识形态的成见与偏见，但也从一个侧面矫正了法国学派与美国学派的比较文学学术理论的偏颇与不足，从而具有一定的合理性，并在事实上推动了世界比较文学学科理论的重构与更新。

为了显示自己与西方"资产阶级"的"比较文学"学科的分别，第二次世界大战结束后，苏联学者试图创立另外的概念取而代之。鉴于维谢洛夫斯基的"历史诗学"产生于十月革命前，不属于马列主义的范畴，在当时的政治文化环境下，"历史诗学"不可能原封不动地沿用，因此必须另创新概念。例如，聂乌帕科耶娃（1917—1977）曾建议，将一切可比较的文学现象都囊括在"文学的相互联系和相互影响"这一概念中，但或许因为过于拖沓，响应者寡。而更多的人倾向于将比较文学改称为"历史比较文艺学"或简称"比较文艺学"。"历史比较文艺学"的命名不是故意对西方的比较文学标新立异，而是体现了苏联学者更为自觉地将"比较文学"落实到"文艺学"的学科基础上。在这一点上，苏联学者与美国学派实际上没有分歧，倒是非常一致的，不同的在于苏联的"比较文艺学"的限定词是"历史"。所谓"历史比较文艺学"明显是为了矫正美国比较文学在横向的平行研究中常常出现的缺乏历史感的问题。在这一点上，苏联学者与法国学派的"国际文学关系史研究"又有了契合。换言之，苏联的"历史比较文艺学"是在美国学派及此前的法国学派的基础上，批判地继承而来的，而其指导思想则是马克思主义的历史唯物主义。从这个意义上说，苏联的"历史比较文艺学"有着自己的特色，也不妨说，形成了比较文学的"苏联学派"。

苏联学者对"历史比较文艺学"是怎样具体界定和阐释的呢？

在"历史比较文艺学"的理论建构中，日尔蒙斯基发挥了决定作用。他认为，"历史比较文艺学"研究的对象包括两个方面——文学的联系与影响和类型学的相似，二者是统一的，不可分割的，他对历史比较文艺学所做的这一界定，为较多的苏联学者所接受。1976年出版的《苏联大百科全书》中"历史比较文艺学"的词条就出自日尔蒙斯基之手：

> 历史—比较文艺学是文学史的一个分支，它研究国际联系和国际关系，研究世界各国文艺现象的相同点和不同点。文学事实类同一方面可能出于社会和各民族文化发展相同，另一方面则可能出于各民族之间的文化接触和文学接触，相应地区分为：文学过程的类型学的相似与"文学联系和相互影响"。通常两者相互为用，但不应将它们混为一谈。[①]

"历史比较文艺学"这一界定体现了对维谢洛夫斯基"历史诗学"的继承，而将历史比较文艺学作为"文学史的一个分支"，看上去又与传统的法国学派的主张相趋同。但是，在法国学派的概念中，比较文学虽然属于文学史研究的分支，但却是相对独立的一个学科，确立了一套相对独立的研究对象与研究方法。而苏联学者却不承认比较文艺学是独立的学科，在大学中不设相关专业，也没有专门独立的研究机构及独立的学术组织。在苏联人看来，"比较文艺学"不具备特殊的方法论，因为马列主义的方法论能够统驭和指导一切学

[①]《苏联大百科全书》（1976年）"历史—比较文艺学"条，见干永昌等选编《比较文学研究译文集》，第427、428页。

科的研究，是适用于一切社会科学——当然也包括比较文艺学——的普遍原则，他们反对在比较文艺学领域确立另外的某种特殊的、专用的方法论。例如，日尔蒙斯基就认为，马克思主义是科学研究与学术研究惟一的方法论，"比较属于研究方法，而不属于方法论的范畴……因此不能把'马克思主义方法'与'比较方法'相对立，为了免于误会，也不应该笼统地说'比较方法'或者'比较文学研究'，把它作为有自己一套方法的一门特殊科学。"①同时，为了在比较文艺学中强调马克思主义的历史唯物主义的指导作用，苏联学者还特别提出了所谓"历史比较研究法"，并把它看作是马列主义方法论在历史学及比较文艺学中的具体化。马尔卡良在《关于历史比较研究的一些基本原则》一文中解释道："历史比较研究方法的普遍意义在于，只是由于利用这个方法才能克服历史的'局限性'，才能把一些个别研究的对象放到人类发展的整个时间和空间中去，以此为背景来理解这些个别的研究对象。比较法在把个别的研究对象汇入更广阔的联系中的同时，为广泛的历史概括创造了前提。它推动概括形成，并成为历史综合法的基础。"②

在苏联学者那里，运用"历史比较研究法"所进行的"比较文艺学"，根本宗旨就是要揭示各民族文学历史发展过程中的共通性和差异性，而达成这一目的的主要途径，是进行"历史类型学"或称"类型学"的研究。可以说，在"比较文艺学"研究中把"历史类型

①［苏联］日尔蒙斯基：《对文学进行历史比较研究的问题》，见干永昌等选编《比较文学研究译文集》，第284页。

②［苏联］马尔卡良：《关于历史比较研究的一些基本原则》，见项观奇编《历史比较研究法》，济南：山东教育出版社，1986年，第87页。

学"作为主要的研究对象，构成了苏联比较文艺学的一个突出特色。

"历史类型学"的研究，渊源于维谢洛夫斯基。早在19世纪70—80年代，维谢洛夫斯基就明确提出，不仅要用比较方法对有直接联系与影响的文学现象进行研究，还要对"一系列平行的相似事实"进行研究，从而为"类型学"研究奠定了基础。以后，苏联学者，特别是日尔蒙斯基，根据马克思主义关于经济基础决定论的原理，使"历史类型学"的研究在理论与实践上不断充实。他们认为，任何民族文学的比较研究的基本前提，是人类社会历史发展过程中的一致性和规律性，以及受这一规律所支配的文学艺术发展过程中的一致性和规律性，他们称之为"历史类型学的相似"。在他们看来，文学现象之间的历史类型学的相似特征，不仅表现为思潮、流派，也表现在作品的思想内容、主题题材、人物形象、情节结构、体裁及风格等各个方面。日尔蒙斯基在《对文学进行历史比较研究的问题》《文学流派是国际性现象》①等文章中，曾列举了文学史上历史类型学相似的典型现象。例如，中世纪东西方民族的文学体裁就具有规律性的发展变化。在封建社会形成时期是民间英雄史诗，包括西欧的日尔曼和拉丁语系的民族史诗、俄罗斯壮士歌、南部斯拉夫民族的英雄史诗、突厥族和蒙古族的史诗创作等，封建社会全盛时期则是骑士抒情诗和诗体骑士小说，包括法国普罗旺斯行吟诗人和德国游唱歌手的骑士抒情诗、古典阿拉伯爱情诗、西欧骑士小说和伊朗文学中的"爱情史诗"等，中世纪城市文学的体裁则是诙谐的短篇故事诗、教诲和讽刺的故事诗等。日尔蒙斯基指出，各民族

---

① 收于干永昌等选编《比较文学研究译文集》，第301—322页。

文学中的这些现象是在没有直接联系与相互影响的情况下各自产生的类似现象。而到了近代，虽然文学更具有民族特点与个性化倾向，但仍然不乏这种类型学上的相似例子，例如18世纪西欧资产阶级启蒙运动时期在法国和英国同时出现了市民戏剧与家庭小说。他认为这不能归因于影响，而是由两国的社会与阶级的相似性所决定的。

又如，浪漫主义在1798—1800年几乎同时出现在英国和德国，但当时两国的浪漫主义的代表人物几乎没有实际接触。而近代以后欧洲各国的文学社会思潮又呈现出相同的有规律的序列，如文艺复兴、巴罗克、古典主义、浪漫主义、批判现实主义、自然主义、现代主义等，日尔蒙斯基认为这些类型学的相似证明了整个文学过程的社会制约性和规律性。关于苏联学者的"历史类型学"的研究，正如有研究者所概括总结的，它"既不同于实证主义的影响研究，也区别于对诸文学因素的平行研究（如主题学研究），它的特征在于：把研究对象置于具体的社会历史、文化的背景下，对其间的异同不仅进行系统性的陈述，而且对其成因进行社会历史的探索和历史的、具体的说明。它的根本意义就在于把作为社会科学学科的比较文学建立在科学的唯物史观的基础之上。这就使比较研究不迷惑于某些文学现象表面的相似性和风马牛不相及的滥比的随意性，而使比较研究的对象得到本质的、深层的揭示。"[1]

苏联学者强调"历史类型学"的相似，反对"世界主义"而强调文学的民族特性，是与他们对各民族文学之间相互"影响"的看法联系在一起的。一般说来，为了与法国等西方比较文学的学术理

---

[1] 吴泽霖：《俄苏历史比较文艺学的特征》，载《北京师范大学学报》，2000年第3期。

论相区别，苏联学者对"影响"在文学史上的存在与作用的估价是不高的，认为影响即便存在，也不起决定性作用。例如，1937年苏联出版的《文学百科全书》在阐述文学影响问题的时候这样写道："既然创作的阶级起源是各不相同的，既然心理意向是彼此各异的，内在的相互影响的一切可能性也就消失了……在最好的情况下，这也只是微不足道的、丧失了一切特征的联想反应或借用而已。"[①]50年代后的苏联学者虽然对影响问题的看法不再如此绝对，但根据马克思主义关于事物发展变化中内因起决定作用、外因起次要作用的原理，仍认为不能像法国人那样过分强调影响的作用，起决定作用的是民族自身的社会条件。不同民族之间存在着社会和文学过程的内在相似，一个民族对接受另一个民族的影响有着内在需求，影响与输入才会成为可能。早在19世纪，维谢洛夫斯基曾把这种现象用"迎汇的潮流"这一概念加以概括。后来日尔蒙斯基更明确地解释说："影响不是偶然的，来自外部的机械推动力，不是一个作家或一批作家个人生平所经验过的事实，不是偶尔熟悉一本新书或迷恋一种文学时尚的结果，也不是偶尔存在两种语言的'媒介者'、旅行者或政治流亡者的结果，搜罗这类人，是持经验主义立场的梵·第根和法国比较文学者十分关心的。任何思想的（其中包括文学的）影响是有规律性和受社会制约的……为使影响成为可能，就必须存在这种思想输入的要求，必须有在一定社会、一定文学中多少已经定

---

①《文学百科全书》，第二卷，第265页。转引自李辉凡《苏联的比较文学研究及其理论探索》，载《苏联文学》，1988年第1期。

型的发展的类型倾向。"①因此，不能把某个民族文学的发展归结为外来文学影响的简单总和。但是另一方面，苏联学者也承认文学影响作为一种现象是客观存在的，并且大部分学者也不忽视民族文学交流关系及相互影响的问题的研究。他们认为不同民族的文学现象的相似，主要是因为各民族的社会和文学发展的过程相类似，另一方面则可能是由于各民族间文学的接触与影响所造成。为此，在"类型学研究"之外还应该进行相互影响的研究。这一看法与法国学派、美国学派的理念并无根本不同，但也有微妙的差异。

苏联学者根据马克思主义关于普遍性与特殊性的辩证统一的观点，认为"历史类型学"研究的宗旨，在于揭示每一个民族文化中的普遍性和特殊性的辩证统一。苏联学者认为，西方学者的比较文学强调世界主义，而忽视了民族特性，批评美国的比较文学企图将各民族文学纳入人为的虚构的"全球文学"中。例如聂乌帕科耶娃断言，美国比较文学界推行的是"文化的非民族性的思想"，说他们"采用比较研究是把它作为一种否认揭示文化的民族特性的手段"。她抨击韦勒克的《比较文学的危机》一文"把民族性融合于普遍性的世界主义和露骨的形式主义之中"，指责雷马克的《比较文学研究，定义和任务》一文对比较文学所下的定义，泯灭了"关于世界文学的丰富的多民族性的概念"。②日尔蒙斯基则从正面强调指出："比较并不取消所研究的现象（个人的、民族的、历史的）的特

①［苏联］日尔蒙斯基：《对文学进行历史比较研究的问题》，见干永昌等选编《比较文学研究译文集》，第291页。

②［苏联］聂乌帕科耶娃：《美国比较文学的方法论及其与反动社会学和反动美学的联系》，见干永昌等选编《比较文学研究译文集》，第344—347页。

性，相反，只有借助于比较，才能正确判明其特性之所在。"①尽管苏联学者在这个问题上强调自己与西方比较文学学者的分歧，但实际上，西方比较文学学者与苏联学者关于世界性与民族性关系的意见，只是在不同语境中的论述侧重点可能有所不同，而没有本质的区别。

在比较文艺学研究的空间视阈上，苏联学者也反对欧洲中心主义，强调要重视和加强东方文学的研究。从50年代后期比较文学在苏联复苏起，苏联学者就鲜明地提出了反对"西方中心论"，认为西方人对光辉灿烂的俄罗斯文学估价不足，没有给它以相应的历史地位，主张把世界各国的文学都平等地纳入比较文学研究的范畴。日尔蒙斯基在《对文学进行历史比较研究的问题》一文中也强调："真正的总体文学应该克服传统的外国文学研究中的'欧洲中心论'"，使它成为真正"世界的，而不单是全欧洲的文学史。"著名东方学家、比较文艺学家尼·伊·康拉德（1891—1970）在《现代比较文艺学问题》一文中也指出："国际文学联系的范围远远超出欧洲，不仅西方文学，在这个时期的东方各国在历史上起过巨大作用，就是东方文学也给欧洲文学史的发展作出了自己的贡献。"因此他认为，在比较文艺学领域里应该做的头一件事就是"要断然扩大空间的界限，要把整个文明人类的文学间的联系纳入研究的轨道"。作为专门研究中国、日本等的东方语文学家，康拉德不仅致力于中日文学，而且致力于中亚与欧洲各民族文学之间的比较研究。苏联学者重视东方文学、扩大比较文艺学研究范围的这些努力，与同时期西方学

①［苏联］日尔蒙斯基：《对文学进行历史比较研究的问题》，见干永昌等选编《比较文学研究译文集》，第284页。

者的努力是一致的，有助于突破传统的法国学派的欧洲文学研究的区域局限。但是另一方面，在否定西方中心主义的同时，苏联学者在相关研究中，也有意和无意地表现出故意淡化西欧影响、过分抬高俄罗斯文学、过分强调俄罗斯文学的对外影响等文化沙皇主义倾向。这些都说明，怎样处理比较文学、比较文艺学中的世界主义与研究者自身的民族主义的矛盾关系，仍是一个困难的课题。

值得一提的是，第二次世界大战后形成的冷战格局中，苏联与东欧各国属于社会主义阵营，在意识形态上具有相通性，这一点也体现在比较文学学术理论的建构中。在东欧各国，例如波兰、捷克、匈牙利、罗马尼亚等国家，都有较长的比较文学评论的历史，但在比较文学学术上，与法国、英国、德国等西欧的中心离得较远，呈现出一定程度的边缘性。50年代后，东欧各国在比较文学学术理论建构中，自觉地以苏联为中心，强调以马列主义为指导，在基本观点上与苏联的历史比较文艺学趋同。例如，1962年10月在布达佩斯召开的比较文学大会上，东欧国家的学者都强调马克思主义对比较文学的指导作用，并与苏联学者的观点相呼应。罗马尼亚学者亚历山大·迪马在其《比较文学引论》[1]（1969年）中，整体上采用了与法国学派、美国学派论战的姿态，他提出的比较文学的研究对象有三：第一，有事实联系的文学关系的研究，即翻译、影响、借用等；第二，类型学的相似，即没有事实关系中的某些相似的文学现象，如题材、主题、形象、文体形式、流派、运动等；第三，作为历史比

---

[1] ［罗马尼亚］亚历山大·迪马：《比较文学引论》，谢天振译，上海：上海译文出版社，1991年。

较之对象的各民族文学的特征。显然，这样的分类法与苏联学者几乎没有什么不同。此外，他们在反抗西欧中心论方面，在强调东欧各国文学的特性与成就方面，都与苏联息息相通。当然，这并非说明东欧国家没有自己的学术个性。斯洛伐克学者迪奥尼兹·朱里申（1929—1997）的《理论比较文学》（1967年）一书，就表现出了学术个性。他在当时严酷的共产主义思想的统治下，尽可能避开官方意识形态及"社会主义现实主义"文学观的束缚，大胆采用了当时被视为"反动学术"的形式主义与结构主义的视角，在充分吸收法国、美国、苏联等各学派的思想营养后，建构自己的比较文学理论，被译成了英、德、俄、日等多种版本。① 迪奥尼兹·朱里申与罗马尼亚的迪马一道，被认为是东欧地区具有世界影响的比较文学家，受到了高度评价。

总之，第二次世界大战后，苏联的比较文学及受苏联影响的东欧各国的比较文学，在东西方冷战的背景下，以"历史比较文艺学"及"历史类型学"的概念与研究实践，与西方的比较文学相抗衡，站在自己独特的立场上，冲击了法国学派学科概念的既成模式，并对美国学派流露出来的"形式主义""世界主义"倾向提出了警告，虽然并没有多少理论上的实质创新，而且不无极左意识形态的狭隘偏执的政治动机，但也从一个侧面推动了比较文学学科理论的更新与重构，对此，比较文学学术理论史也应给予适当的评价。

---

① 迪奥尼兹·朱里申在日文版（1987年）的序言中提到中国有谢天振的译文，未刊。

第 6 章

学术东渐：
日本等亚洲国家的比较文学

进入近代社会后，在东西方文化与文学的全面交流的大背景下，亚洲各国的世界文学观念与比较文学意识普遍自觉，加上欧洲比较文学学术理论与研究实践的影响，亚洲主要国家的比较文学先后实现了由近代的"比较文学批评"向现代的"比较文学研究"的转换，实现了由英国波斯奈特的文明史学的比较文学研究，向法国梵·第根的实证主义学术研究的转换，并以大学为主要平台，建立起了自己的学科组织与学术空间。除中国外，日本比较文学接受欧洲影响较早、较全面，理论构建最系统，学术成果最多。蒙古国以其翻译文学研究及翻译理论建构、韩国以其东亚区域文学的研究，印度以其"不同语言文学"之间的比较研究的提倡，在理论或实践上形成了各自的特色。

一、近代日本对波斯奈特比较文学理论的借鉴

日本是在西方影响下，最早把比较文学作为一门学科来研究的亚洲国家。

正如19世纪的西方学术界一样，"比较学"在19世纪末的日本也较为流行，其中，"比较法学""比较宗教学""比较心理学"等学科概念或学术概念，都与"比较文学"同时甚至略早于"比较文学"在学界流行。日本学界均将"比较"作为一种科学研究的先进观念与方法加以推崇，例如，山田寅之助在《比较宗教讲究的必要》（1894年）一文中指出："知识产生于比较。所谓大小，所谓长短，所谓上下，都是比较而言的。知识就是差别，没有差别就没有知识……必须知道差别何在，而要知道差别何在就要比较。比较的必要性就在这里。学者在从事学术研究的时候，感到决不能没有比较，于是比较心理学、比较解剖学兴起……"岸本武能在《关于比较宗教学》一文中，试图从学理上给比较宗教学下定义，认为"比较宗教学就是对各种宗教进行比较的研究，其目的是探究彼我宗教的各方面的相同相异、相互关系的来龙去脉及其优劣。"他认为要做好这一点就要"广泛收集事实材料"，"公平无私地"对各种宗教进

行公正的比较和价值判断。这种定义、定性及方法论上的要求，和"比较文学"显然具有共通性。

日本比较文学学科的奠基人是坪内逍遥博士。在此之前，坪内逍遥曾在《小说神髓》中，大量使用了比较文学批评的方法。[①]1889年，他在东京专门学校讲授"比照文学"课程，标志着他已经从"比较文学评论"发展到了"比较文学研究"，并且具有了比较文学的学科意识。他的《比照文学》讲义主要参照的是英国波斯奈特的《比较文学》一书，并将"比较文学"译为"比照文学"。据当时听课学生的笔记，坪内逍遥在谈到他的讲义与波斯奈特的关系的时候说："我将该书要点抄译出来，提供给各位，但我自己随时插入了许多例子、注释之类，所以本篇讲稿不是翻译，而是以波斯奈特的文学理论为主体，表达我的一管之见。"这似乎预示了包括比较文学在内的日本近代学术的特点——总体上引进和运用西方的东西，而在局部和细节上加以日本式的改造。随后，坪内逍遥发表了《兄弟文学》（1890年）一文，把中国的《西游记》和西方布尼安的《天道逆源》、日本的《武藏镫》和英国笛福的《伦敦大疫年的日记》、日本的《南总里见八犬传》与西方的《神女传》等作家作品做了比照研究。又在《莫里哀的面影:〈夏小袖〉》（1892年）中，将当时流行的日本作家尾崎红叶的《夏小袖》与法国作家莫里哀的《吝啬鬼》相比较，指出了前者对后者的模仿与改编。在《近松研究》（1900年）、《戏剧与文学》等著作中，将近松的戏剧与莎士比亚、易卜生的戏剧加以比较。由于受到波斯奈特关于比较文学可以在一国范围内进行

---

① 参见本书第二章第三节相关段落。

的理论主张的影响，除了这些跨文化的文学比较以外，坪内逍遥还在日本文学内部进行比较，发表了《读〈女杀油地狱〉有感》（1891年）、《评〈释天网岛〉》（1895年）等文章，将日本的歌舞伎剧本与净琉璃剧本做了比较研究。

在近代日本，最早明确而系统地提倡用比较的方法研究文学史的学者，是畔柳芥舟（本名都太郎，1871—1923）。1895年，他在《日本诗歌的精神与欧洲诗歌的精神比较考》中，较早地使用了"比较文学"这一概念，进而又在《比较文学史的兴味》（1896年）一文中，使用了"比较文学史"这一概念，提出"我觉得当务之急是进行文学史的比较研究"，认为很有必要将欧洲文学史与日本文学史加以比较研究。1896年，在《国文学研究者的新事业》①一文中，畔柳芥舟指出："研究各时代的文学家与时代的关系，阐明文学家对时代的影响，或时代的思想潮流对文学家的影响，或者以审美的标准对作家作品的价值及其特质加以评论，以此呈现一国文学的完整的知识，这就是比较文学史的功能。可惜我国还没有这样的著作。"在《比较文学的推奖》（1897年）一文中，畔柳芥舟还明确论述了文学影响的问题，他认为仅仅是介绍外国文学还远远不够，还应该举出具体的例子，来研究外国文学如何在日本产生影响。在《什么是文学的比较研究》（1898年）一文中，畔柳芥舟又指出了比较文学中常常出现的只满足于个别比较的弊病，他强调：

---

① 原载《帝国文学》杂志上的"杂报栏"，未署名，后经日本学者考证，执笔者是畔柳芥舟。

文学的比较研究是什么？这个问题很不容易回答。只是指出彼此文学之间的类似，哪怕这种类似再多，假如缺乏内在的联系的揭示，那还不过是零碎的知识。知识要求统一，统一需要原理。①

在上述的畔柳芥舟的言论中，明显可以看出畔柳芥舟对"文学的比较"的深刻理解，即比较不能满足于寻求类似性，而应寻求内在的联系性、统一性、规律性，要有"原理"，即普遍的理论价值。从世界比较文学学术理论系谱上看，这一主张明显受到英国波斯奈特的理性主义比较文学观的影响。19世纪，德国学者的比较神话学主要是寻求类似性，法国学派主要寻求事实联系，除了俄国的维谢洛夫斯基之外，对比较文学持有的这样的看法的还极少，这样的看法已经蕴含了20世纪后半期以寻求人类文学共通规律为旨归的"比较诗学"的思想萌芽，因而极为可贵。畔柳芥舟本人也指出这样的比较研究很难，他说："据我孤陋寡闻，在东西方各国中，我还不知道有谁能够对这样的课题加以令人圆满的解释。"

题为《比较文学》（1907年）②的长文是畔柳芥舟的比较文学学术理论代表作，也是日本比较文学学术理论史上的重要文献。在这篇文章中，畔柳芥舟论述了对文学进行科学研究的可能性，在他看来，文学这样的精神性的现象，是完全可以用科学的方法，包括比较的方法来研究的。他认为关于文学的研究可以分为三种类型：第

---

① 原载《太阳》四卷七号，明治三十一年。转引自［日］富田仁:《日本近代比较文学史》，东京:樱枫社，1978年，第35页。

② ［日］畔柳芥舟:《比较文学》，载《新小说》杂志，明治四十三年三至五月。

一是"作品研究"，第二是"作家研究"，第三是"时代风土研究"，这三者具有密切的关联，而最关键的是对文学的时代风土的研究。据此，他例举了比较文学研究的若干重要课题：

> 艺术进化的一般原理在文学上有怎样的表现？四周的条件促使了艺术的进化，那么这些条件对文学的影响如何？作为促使文学繁荣的必要因素，表现为哪些社交的、宗教的、政治的、物质的事实？由于什么原因，使某些种类的文学在内容上或者在体裁上或延续、或中断、或反复？某种文学类型为什么在甲地存在而在乙地却不存在？古今东西，国民的性格与四周条件的变化有什么关系？邮政电信电话汽车轮船和新闻杂志的急速进步对文学的发达造成了哪些影响？文学在起源上表现为何种情形？

很明显，这样的比较文学观是在波斯奈特理论延长线上的，并具有明显的斯宾塞的社会进化论、丹纳的种族环境时代三要素决定论的影响。但某些论述在波斯奈特的基础上有明显的优化和调整。例如，对波斯奈特提出的比较文学研究要遵循"从（氏族）民族文学，到城市，到国家，再到世界"这样的进化程序，畔柳芥舟则指出："比较文学研究必须将世界文学置于前，将国民文学置于后。这是因为，法国学者将英国文学与自己国家的文学做比较，结果是突显了英国文学的特征，英国文学将波斯文学与自己的文学做比较，结果突显了波斯文学的特征，只有按照这样的比较研究，各国文学特征、各时代的特征分别得以确认，而各得其所。"也就是说，只有先有了"世界文学"的视野，才能进行比较研究，只有进行比较研究，各国文学的特征才能得以突显，"国民文学"才能成立。在这样的基础上，"世界文学"与"国民文学"才是统一的。畔柳芥舟的比较文学观，很好地处理了一般（世界文学）与个别（国民文学）的关系，并且认为"国民文学"只有确认了自己的"特征"，才能在"世界文学"中具有一席之地。这种理解是相当科学和辩证的。

稍后或同时，坪内逍遥的外甥、著名学者坪内锐雄（1878—1904）对比较文学的研究方法问题，也做过自己的阐述。他的《文学研究法》（1903年）一书虽然受到了诺里森的《英国文学研究法》一书的启发与影响，但在关于比较研究的若干问题上，也提出了自己的鲜明见解。坪内锐雄先以宗教为例指出：一些宗教人士固执于某一宗派，坚信自己的经典具有绝对的真理，然而要证明这一点却不与其他宗派的经典进行比较，就不能说明任何问题，比较就是为了更好地进行"公平无私的判断"。他进而列举文学史上的例子，来说明没有比较就不能做价值判断。他说："净琉璃作家近松门左卫门的长处短处，只有将他与纪海音、竹田出云、近松半二等其他净琉璃作家加以比较，才能明了。《八犬传》的真正的价值，只有把它与《水浒传》等其他类似的小说比较后，才能加以论证。平贺源内、式亭三马、十舍返一九等德川时代的滑稽作家，他们各有自己的特色，只有比较才可以见出。如有可能，还可以将西洋文学中的那些在特征上多少有些相似的作家作品拿来〔与日本〕比较，例如将近松的作品与伊丽莎白时代的剧本做比较，将龙泽马琴与司各特比较，将源内、三马的作品与斯威福特、阿基松的做比较，等等之类，那么，近松、马琴、三马的特质就能够突显出来了。"坪内锐雄进而将"文学的比较研究法"分为三个类型："一，将特征有些相似的作品随意拿来比较；二，将特征类似的作品按年代的顺序加以排列然后进行比较；三，设立特定的论题，就种种相关作品就其异同点加以比较。"坪内锐雄的这三种研究方法，用现代比较文学的术语来说，都属于平行研究的范畴。第一点属于较为随意的两项式平行比较，第二点有了时间范围（年代）的限制，但仍然不是文学关系的研究，第三点则是为了说明预定的论题而进行的平行比较。可见，坪内锐雄在1903年，已经明确系统地提出了比较文学的平行研究的方法及其类型，与英国学者史密斯在1901年提出的"平行类比"的方法差不多同时，而比史密斯更多地具备了跨越东西方的视野，比美国学派的平行研究的主张早了半个世纪。在强调通过平行比较进行价值判断的问题上，也比美国学派早了半个多世纪，相比于19世纪上半期的法国学派实证主义的、唯事实主义的比较文学观念，更具有前瞻性。

　　上述的坪内逍遥、畔柳芥舟等，作为日本近代比较文学的理论家，主要贡献在于对比较文学研究理念与方法的论证与提倡，比较文学的研究实践还不够深入和不够系统。而稍后的高安月郊（1869—1944）则是在坪内逍遥、畔柳芥舟等理论的影响下的比较文学研究实践的集大成者。高安月郊是日本大正时代著名的文学翻译家、剧作家和学贯东西的学者，他在比较文学研究方面的代表作是上下两卷的巨著《东西文学比较评论》①（1916年），这部书在京都同志社大学的讲义的基础上整理而成，在日本学术史特别是比较文学史上，获得了高度评价。全书按体裁类型，即"抒情诗""写景

---

①《东西文学比较评论》于大正五年（1915）由作者自费出版，大正十五年（1926）由东光阁书店出版上下两卷的增订版。

诗""叙事诗""戏剧""小说"而分为五个部分，对日本文学与西方文学中类似现象，相关的作家作品进行了广泛的比较研究。涉及到了从古到今的三百五十多个诗人与作家，其比较范围的广阔、知识运用的丰富、对比分析的精当，令后来者难以企及。虽然是"比较文学评论"，但由于他的评论更具系统性、深入性、全面性，使他的评论与此前片断的"比较文学评论"有所不同，实际上已经进入了"比较文学研究"的层面。例如，高安月郊将日本《万叶集》时代的柿本人麻吕与古希腊的品德洛斯加以比较，将日本江户时代剧作家近松门左卫门与英国的莎士比亚加以比较，江户时代的鬼怪小说作家上田秋成与美国的爱伦·坡的比较，等等。这些比较的对象，大都没有事实联系，属于平行的对比，意在求同辨异。但高安月郊更注意强调东西文学现象的类似性，他在上卷的"增订版附记"中指出："本书比起辨异来，更注重求同，在不忽视时代与国民性差异的前提下，对一时一地大放异彩的个案现象加以综合，努力将他们归拢到永恒普遍的精神层面上。"通过大量个案研究，高安月郊认为：

　　　　对东西文学加以比较，就会看出，种类不同的作品的区别，仅仅体现在表现形式上，而思想、感情则没有什么不同；就会看出悲观、乐观、空想、颓唐、象征、冥想、写景、叙事、悲剧、喜剧、写实小说、空想小说等等，都体现出作家个人的天分，周围的环境也给予一定的影响；就会看出随着人类的进化，在其祖国的特有风习、民族的特性的遗传的同时，个人的倾向也更多地显示出来；就会看出由个人的性格所产生的思想感情，却与他国出生的人相暗合，并逐渐接近；就会看出个人的发展同时也体现了人类的共同的发展；就会看出有些东西会使全世界普遍受到感动，而这一点会使作品保持永久的生命力；就会看出无论是有意无意的，文学总是逐渐地在走向世界化；就会看出纯个人的、与其他人无关的东西，那只不过是极个别的例外；就会看出只属于一国、一个地方的东西，那只不过是断片……。①

我们也"可以看出"，在高安月郊的比较文学思想中，体现着鲜明的进化论的、世界主义的色彩。这也是他把日本文学与西方加以平行比较的理论前提，而比较的结果则反过来更进一步强化了他的进化论的、世界主义的思想观念。在理论方法上，高安月郊外引波斯奈特的《比较文学》，内承坪内逍遥的《比照文学》和畊柳芥舟的《比较文学》，从根本上属于波斯奈特的比较文学学术理论的延伸和发展。如果说，坪内逍遥、坪内锐雄和畊柳芥舟在理论上继承和发展了波斯奈特，高安月郊则以其丰富系统的研究业绩，在实践上体现了波斯奈特的比较文学理论主张。高安月郊在自己的著作中，并没有使用"比较文学"这一学科概念，但他大量使用"比较研究""比较"这样的概念。他所说的"比较"是狭义上的比较，正如富田仁所指出的，实际上就是"对比研究"。高安月郊在《东西文学比较评论》中的比较研究大都是对比研究，他对于各国文学之间的影响关系的研究做得很少，只在《欧洲文学渡来的影响》和《明

①［日］高安月郊：《東西文学比較評論》，东光阁书店，大正十五年（1926），第629—630页。

治文学和欧洲文学的主潮》^①等文章中有所涉及。这表明，在明治和大正时期，即直到20世纪20年代后期，日本的比较文学都属于英国的波斯奈特的理论系统，而当时以影响研究而闻名欧洲的法国学派的理论与实践，对日本基本上没有产生什么影响。

英国及德国学术的双重影响及其学术方法在著名学者土居光知（1886—1983）的著作中也有体现。土居光知的《文学序说》（1922年）一书是一部以若干专题论文构成的卓越的文学概论著作，同时也是一本出色的比较文学著作。在这部书中，土居光知在日本与西方文学比较的框架内、在"世界文学"的视野中，运用英国的文明史学的研究方法，对日本古代文学的历史做了高度的洗练的概括，又在《近代文学中的批评精神》《卡莱尔的批评主义》《阿诺德的批评主义》等各章专题中，评介了英国等国的文学批评，以及法国批评家佩特的文学批评，其中渗透着对比较文学批评精神的提倡。尤其是在题为《国民文学与世界文学》一章中，在日本首次对法国人在17世纪提出的"民族文学"——土居译为"国民文学"——和歌德在18世纪提出的"世界文学"做了有创建的解读和阐释，认为"国民文学"的个性发展到圆满的多样性的阶段，就会出现"超国民文学"，就为"世界文学"的形成准备了条件。土居光知《文学序说》的问世，表明日本人在欧洲学术的影响下，已经具备了以日本文学为中心，建构世界视野的文学理论及比较文学理论体系的能力。这当中，英国人的文学批评的经验型、德国人的抽象的理论概括型，都有相当的影响。

---

① 两篇文章分别原载《早稻田文学》，大正十五年（1926）四月号、六月号。

二、现代日本对法国、美国两学派理论方法的引入与消化

进入20世纪30年代，日本的比较文学进入了转型时期，即在理论与实践上，逐步实现了由英国的波斯奈特的比较文学观念，向法国以梵·第根为代表的比较文学观念的转变。

1931年10月，美学家阿部次郎（1883—1959）为岩波书店的《岩波讲座·日本文学》专辑撰写了题为《比较文学序说》的长篇文章。该文分为"序论：比较文学、世界文学、文学一般""世界文学的理论""世界文学与国民文学""比较法""国民文学和比较法""比较文学的位置"等共六个部分。他的比较文学理念基本上属于波斯奈特系统的，也可以说是波斯奈特的比较文学理论在日本的最后一次发挥和阐释，但同时也可以显示出法国学派影响的某些痕迹。阿部次郎的这篇文章在语言表述上较为艰涩，但可以看出他的基本主张，就是认为文学研究有两个认识目的：在特殊中显示普遍，在普遍性中寻求特殊。由此可以分为两个研究领域方面：一是在特殊中显示普遍（即他所说的"一般文学"），就是要对文学进行超越时空的比较研究，其指向是建立体系性的美学或艺术学，而"文学

理论"就属于其中的一个部门;二是在普遍中寻求特殊,所指向的是"人类文化史",它不能超越时间与空间,要揭示的是人类文学之间的相互联系性,而作为人类文化史之组成部分的,就是"世界文学"。他强调:"比较文学在这两个认识目的中,究竟与哪个相结合,决定着它的应有的领地。"他的看法是,比较文学就是要将没有关系的作家作品加以对比研究,以考察文学的本质,而要这样做,就要立足于"世界文学"的立场。因此,在他看来,"文学理论""世界文学""比较文学"是不同的概念。在阿部次郎的这些理论阐述中,可以看出他的比较文学观是强调比较文学应该有助于在比较中考察文学的特质,寻求文学的规律性,其根基仍然是波斯奈特理性主义的进化论的比较文学观,但同时也认为还有另一个方面,就是要在一定时空范围内,对文学进行属于"人类文化史"的研究。这一主张,已经与法国学派关于比较文学是国际文学关系史的研究这一主张有些靠近了。

在阿部次郎的《比较文学序说》发表的第二年(1932年),岩波书店的《岩波讲座》系列又出版了《岩波讲座·世界文学》的专辑,文学研究家野上丰一郎(1883—1950)为这个专辑撰写了《比较文学论》。这篇长文是对法国学派的梵·第根的《比较文学论》的祖述,将法国文学的理论介绍过来,这在日本比较文学学术史上还是初次,对日本比较文学的走向产生了相当大的影响。同年,太宰施门(1889—1974)在《从卢梭到巴尔扎克》一书中的附录《比较文学》一文中,根据梵·第根的《比较文学论》,介绍了法国比较文学的状况,提出了比较文学的四种类型。1937年,小林正发表《比较文学的实际》①一文，介绍了他在法国留学时期学过的法国比较文学理论。他指出："认为比较文学就是将一国文学与另一国文学进行具体的比较，这是一部分人的误解。在一国范围内对作家作品的关系进行比较，探讨它们之间的影响，也不是比较文学者的任务。"他结合欧洲比较文学的学术史，将比较文学的研究分为四个研究领域：一、文学体裁、文体历史；二、思想的历史，感情的历史；三、文学的主题类型、传说的历史；四，发动者、收容者、媒介者的历史。关于研究方法，小林正强调"比较文学需要严正的科学的态度和广泛的资料收集"。这实际上是对法国比较文学的阐述。

到了1942年，法国文学研究家太田咲太郎（1911—1948）将梵·第根的《比较文学论》完整地译为日文，由丸冈出版社出版发行，从而进一步推动了法国学派比较文学理念在日本的传播与影响。太田咲太郎在该译本出版前夕，曾在《三田评论》杂志上发表了《比较文学的问题》（1942年）一文，对梵·第根的《比较文学论》的主要观点做了概括评述，认为梵·第根的这本书是"迄今为止唯一的一部比较文学概论书"，强调比较文学是"文学史学"的一个分支，强调所谓"比较文学"，指的实际上就是"欧洲的比较文学"，并基于欧洲人的文学理念，但他认为很有必要把这一比较文学的理念从欧洲引入日本，因为"从比较文学的立场上看，日本文学与支那②文学的接触，就是探索对象，而且这种接触不局限于一个时期，而是多个时期"。另一方面，他认为明治维新后"日本文学与欧

---

① [日] 小林正：《比较文学の実際》，载《思想》，第214号（1937年）。

② 当时日本学界普遍将中国称为"支那"。

洲文学的接触，也为比较文学提供了丰富的研究对象"，而现在的研究者所关注的，也多集中在这个领域。太田咲太郎还在《比较文学论》的"译者序"中，进一步论述了比较文学研究的必要性，指出日本的比较文学有必要发展成为一门学科，他写道：

> "比较文学"这个概念在我国已经使用许久了，但大都是将我国的作品与外国的作品并置起来考察它们的异同，这只不过是一种极为朴素的研究方法，而作为学问的比较文学全然不存在……
>
> 如今，我们不能允许作为学术概念的比较文学，被作为一般概念没有根据地随意加以使用，在此之前，这门学问获得了很大的进展，但遗憾的是，它的形成发展是在欧洲各国。然而，我相信，我们只要掌握了这个体系，然后去发展它，就能够为日本文学研究开辟新的境界。特别是在对日本文学与海外接触的几大时期的基础性研究中，不能忘记比较文学方法的运用。正因为如此，我们才更有必要对比较文学的本质加以认识。[1]

太田咲太郎站在法国学派比较文学观念的立场上，断言作家作品之间的平行比较不是"学问"，今天看来是狭隘的学科偏见，但他试图以严谨的法国学派的实证主义研究，将比较文学加以学科化、学问化，这在日本比较文学学术史上，是应该获得高度评价的。

上述的野上丰一郎、小林正、太田咲太郎等学者对法国的比较

---

① ［日］太田咲太郎：《比較文学論》，东京：丸冈出版社，1942年。

文学学科理论的译介，促进了日本比较文学观念与方法由英国影响向法国学派的转变，法国学派的比较文学观念很快成为整个日本比较文学的权威观念。30年代以后，随着法国学派理论的译介，整个日本比较文学处于法国比较文学观念与方法的影响之下，出现了一些研究日本文学与中国文学、与欧洲文学关系的成果。如后藤末雄的《近代远东与西洋的最初的文化交流》（1927年）、《〈赵氏孤儿〉与支那的出典》（1931年）、《支那思想西传法兰西》（1932年）、岛田谨二的《上田敏的〈海潮音〉——文学史的研究》（1933年）等。在日本天皇制政府发动的侵略亚洲所谓的"大东亚战争"期间，日本的比较文学研究受到了一定影响，但也有后藤末雄的《东西文化的流通》（1938年）、竹村觉的《日本英国学发达史》（1937年）、《国民文学与世界文学》（1940年）等有价值的成果出现。

　　日本战败后，随着社会经济秩序的恢复，日本比较文学取得了更快的发展。1948年5月，由中岛健藏、岛田谨二、小林正、吉田精一等人倡议，成立了"日本比较文学学会"，会议提倡国际视野、实证方法与共同研究，该学会后来出版了机关刊物《比较文学》（1958年）。1953年东京大学开设了比较文学、比较文化课程，岛田谨二任讲座主任。第二年，东京大学成立了比较文学会，创刊《比较文学研究》杂志。东京女子大学创立了比较文学研究所，开始出版杂志《比较文化》和《纪要》。后来，早稻田大学等其他一些大学也成立了比较文学研究机构并创办相关杂志。在学会和研究机构成立的同时，比较文学的理论研究著作也纷纷出版，如小林正的《比较文学入门》（1950年），中岛健藏、中野好夫监修（主编）的《比较文学序说》（1951年），日本比较文学研究会编《比较文学——以日本文学为中心》（1953年）、《比较文学——问题与方法》（1955年）等。这些研究成果，都是在法国学派理论方法的指导下完成的。法国学派对日本比较文学的支配性影响，一直持续到日本战败后的50年代中期。在此期间，日本比较文学界一般认为，不是法国学派的比较文学，就不算是比较文学，而是歪门邪道。日本比较文学协会的创始人中岛健藏就曾说过：不按法国文学行事的比较文学就"不像话"。各种工具书、辞典对比较文学所下的定义，都基本上是法国学派定义的翻版。例如，日本最著名的百科辞书《广辞苑》第二版（岩波书店）中写着："比较文学，两国以上的文学比较。它是对相互关系作实证性研究、探明文学源流关系的一种文学研究方法。"福原麟太郎编写的《文学用语辞典》（研究社）中对比较文学的定义是："比较文学通常指一国文学波及他国，从而构成特殊关系的文学研究方法。"福田陆太郎、村松定孝合编的《文学用语解说辞典》（东京堂）的定义是："调查国际间文学关系历史的学问。"大冢幸男在他的《比较文学》一书中写道："所谓比较文学，一言以蔽之，不是任意两个文人之间的对比，而是关于一国作家受他国作家及文学思潮影响，以辩明其材源和影响为主要使命的学问。"小玉晃一在《比较文学的周边》（笠间书院）中认为："比较文学似乎跟美国文学、法国文学一样是一种独立的文学，然而世上没有'比较文学'这种文学，它实际上是一种文学研究方法……至少在两国之间，即以一国文学与另一国文学的影响关系为研究目的，才是我们所说的比较文学。"这些都表明法国学派的比较文学理念在日本是占绝对支配地位的。

这种情况到了1954年，随着美国比较文学理论与方法的传入，才引起了一些学者的质疑和反思，并展开了关于比较文学的立场与方法问题的大讨论，于是日本的比较文学一时间进入了令一些学者担忧的没有规范的"无政府状态"。有的学者仍然基本坚持法国学派的理念，但对美国学派的理论观点也予以借鉴与参照。如太田三郎在《比较文学——概念与研究举例》（1955年）一书中，基本上采纳了法国学派的比较文学定义，但又认为不能过分拘泥于法国文学的观念与方法，只把法国学派作为唯一的标准，是不利于学术发展的。他由此提出要对法国学派进行反省，例如法国学派只把研究范围限定在近代（欧洲文艺复兴后到19世纪上半期），而不把当代文学作为研究对象，而日本的一些比较文学研究者也认为只有对明治时期才能进行比较研究，昭和时期以降则不能，太田三郎认为这是不合理的。因为日本在昭和时代以降有大量丰富的文学交流现象、影响被影响的现象值得研究，哪里有"影响"的存在，哪里就应该有比较文学研究。太田三郎又指出，日本有些研究者认为比较文学只能是实证的，而不做"对比"的研究，而"对比研究"也应该进入比较文学。此时日本的比较文学学者对美国学派提出的关于"对比方法"（即平行研究方法）大都像太田三郎这样持认可态度，但他们只是把"对比研究"作为比较文学研究的一个延伸，倾向于将法国文学的比较文学定义作为"狭义"的比较文学定义，而将美国学派的定义称为"广义"的比较文学定义。例如大冢幸男（1909—1992）在《比较文学：理论·方法·展望》（1972年）一书中，将法国文学的"比较文学"称为"比较文学"，而将美国学派的平行的研究称为"对比文学"，他也不否认"对比研究"的价值，但认为"仅仅是对比研究本身还不能成为学问"。①后来他又在《比较文学原理》②（1977年）一书中重申了这样的观点。以法国学派为主，试图将法国学派与美国学派融为一体的情况，在1996年出版的法国文学、比较文学专家渡边洋的《比较文学研究导论》③一书中典型地体现出来。该书将法国学派的影响与接受的研究、美国学派的对比研究与跨学科研究融为一炉，或许是为了调和两派，全书甚至竟然没有为"比较文学"下一个明确的定义。

　　问题的关键是，比较文学是仅仅像法国学派那样研究国际文学交流史，还是可以进行美国学派那样的对比（平行的比较）？一些学者采纳美国学派的意见，认为对比研究与价值判断也应该属于比较文学，如矢野峰人在《比较文学：考察与资料》（1951年）一书中认为："作品的特质，作家的个性，只有在同他者的比较当中才能明了。一部作品、一个作家之所以具有文学史上的意义，就在于以其独特性为一国文学的发达做出了贡献。假如单单是模仿前人，步人后尘，那无论是作家还是作品，都不可能在文学史上占一席之地……一个作家作品是否有什么独创之处，正如我们所指出的，只有依赖于'比较'，大凡特性，只有在比较中才能突显出来。"武田胜彦在《日本文学概说》（吉田精一编，1969年）一书中也持大致相同的看法，

---

①［日］大塚幸男：《比较文学：理论·方法·展望》，东京：朝日出版社，1972年，第4页。

②［日］大塚幸男：《比较文学原理》，陈秋峰、杨国华译，西安：陕西人民出版社，1985年。

③［日］渡边洋：《比较文学研究导论》，张青编译，北京：中国社会科学出版社，2007年。

他说："比较文学是一门学问。它旨在探讨一国文学与他国文学间的特殊关系，通过两国文学的比较，寻找文学的一般特征，并由此认识文学的价值。比较文学则与此不同，如前所述，比较文学是从各国文学间的共同因素中，认识文学的一般特征，树立价值体系的。它是一门独立的学问。"这些都表现出对美国学派的平行对比方法的吸纳，而特别强调比较文学的功能在于认识国别文学的特性，以此矫正法国学派的拘泥于揭示事实联系的倾向。

总体上看，尽管美国学派对日本的比较文学观念与方法造成了一时的冲击，但日本比较文学研究总体上仍然沿着法国学派的实证研究的路线向前发展。这是有原因的，首先与日本的学术传统、思维特点不无关系。一般认为，日本人的天性中具有"即物主义"的思维倾向，他们具有敏锐的观察与感受力，长于对具体细节的感受与把握，不喜欢脱离具体事物进行抽象思辨，而且不善于从事理论概括。日本的学术研究与文学研究也长期存在这种倾向，表现为重事实材料的收集，重作家生活与作品细节的研究，许多研究不免琐屑无聊，但却相当扎实细致。这种思维习惯与法国比较文学的实证主义的某些方面不谋而合，所以一旦法国学派介绍进来，日本学者就整体上迅速脱离了波斯奈特的以探求文学规律为旨归的文明史学的比较文学思路，而与法国学派同路。另一方面，日本比较文学总体上不脱离法国学派的路线，也是因为日本的可供实证研究的比较文学资源很丰富，古代一千多年间与中国、韩国的交流，近代二百多年间与西方的交流，当代日本对亚洲欧洲等各国文学的影响，都为文学关系史研究准备了大量的取之不尽的课题。在这种情况下，许多日本学者提出，日本的比较文学必须立足于日本，必须以日本自身的文学作为比较的中心点和出发点。早稻田大学教授、法国文学与比较文学专家小林路易（1929—）在《比较文学导入的方法的反省》（1963年）一文中指出，当年法国比较文学的兴旺发达是以法国文学的研究为基础的，今天日本的比较文学研究也一定要站在"国文学"即"日本文学"的立场上，要将比较文学与日本文学史研究密切结合起来，日本的比较文学倘若与日本的"国文学"相游离，就只不过是玩弄方法论的游戏。他认为，日本的比较文学方法不能一味从外国引进，而要从日本文学的研究中产生。另一方面，关于日本的外国文学研究，他强调，正如美国人、英国人研究日本文学有着他们的民族文化立场一样，我们日本人的比较文学研究与外国文学研究，也要强化日本人独特的立场，"否则，外国文学研究不用说，比较文学也会沦落为对外国文学阿谀奉承的殖民地的文学研究"。这些看法，都有相当的启发性。

日本在充分吸收借鉴了英国、德国、法国、美国等欧美各国比较文学理论与方法的同时，也逐渐形成了自己的特色。最突出的是"翻译文学"的研究。日本是翻译及翻译文学的大国，这为翻译文学研究提供了丰富的资源优势。关于这一点，小林路易在《比较文学导入的方法的反省》一文中谈到日本比较文学研究的对象时，曾有明确的阐述：

> 从比较文学的视野看日本，那么日本的特异性的第一条，就是日本是世上无与伦比的翻译王国。从使用读音顺序符号、用假名标注汉语、到借助假名阅读与改写之类的独特的翻译中国文学的方式，到明治以后对西洋文学的翻改、转译，再到严

格意义上的翻译，在贪婪地翻译吸收的基础上，迎来了战前、战后翻译的全盛时代。我国文学史非常大的一部分属于"翻译文学"。而且，日语的特殊性、翻译技术上的困难、旺盛的海外文学的消化力、外国崇拜思想、保守性与追新求变的奇妙的混合、翻译家这一职业的存在及所拥有的很高的社会地位，出版物发售体系的强有力，如此等等，都为日本的翻译文学研究准备了各种各样的问题。这与英、法、德三国之间的单纯的翻译关系有着根本的不同……说日本比较文学缺乏资源，那不过是法国学派影响主义者的偏见……从翻译文学的角度看比较文学，就会发现材料是无限的丰富。[①]

正因为这样，日本历来重视翻译文学的研究。

在西方的翻译研究史上，虽然有从文艺学的角度评论翻译现象的传统，但"翻译文学"这一概念在西方各国并不是一个固定的范畴，也不是一个独立的研究对象，关于翻译的重要性，文学译作的相对独立性，德国的歌德在18世纪早就有所论述。而将文学翻译纳入比较文学的范畴，是从法国学派开始的。但法国学派主要是把翻译作为文学交流的一种"媒介"来看待的，只有到了近代日本，作为一种文学类型的"翻译文学"这一概念才得以成立。"翻译文学"这个用四个汉字、两个词（"翻译"与"文学"）合成的概念，究竟具体起源于何时，现在很难查考了，但可以肯定的是，早在近代日

---

① ［日］小林路易：《比較文学導入の方法の反省》，载早稻田大学比较文学研究室编《比較文学——方法と課題》，东京：早稻田大学出版部，第31、32页，昭和四十五年（1970）。

本，即明治时代，"翻译文学"一词就已经产生并使用了。我国的梁启超在1921年从日本引进并使用了"翻译文学"这一概念，并写了《翻译文学与佛典》一书。从比较文学学术史的角度看，日本将"翻译文学"作为一种"文本"（不是媒介）来研究，最早最成熟的成果是岛田谨二（1901—1993）发表于1934年的长文《上田敏的〈海潮音〉——文学史的研究》。该文对著名翻译家、诗人上田敏（1874—1916）的译诗集《海潮音》（1905年）进行了深入细致的剖析，对于翻译文学的研究而言，在今天仍不失有很强的示范意义。这篇长文分为序言和五节内容，在"序言"中，岛田总体地评述了上田敏对西洋文学的研究与翻译，指出：上田敏在《海潮音》的译序中确立了自己的明确的翻译原则："第一，不可使用本国诗文中的常见的成语来翻译，否则就会使译文丧失清新的趣味；第二，所谓'逐字翻译就是忠实的翻译'这一说法未必正确。理想的译诗，就是在这两者之间达成浑然一体的融合。"认为这是上田敏的指导思想。岛田在第一节中，对影响《海潮音》翻译的译者的"心境"与"环境"做了分析，在第二节对《海潮音》的翻译的年代和取材来源做了考证，在第三节对《海潮音》中的诗派与作品的解释做了"检讨"，在第四节分析了《海潮音》的翻译方法，在第五节考察了《海潮音》的影响。全文从时代环境、原作家、原作品、译者、译作、影响等各个环节，对《海潮音》做了周密的全方位的考察与研究，为从比较文学的角度研究翻译文学，奠定了切实可行的方法论的基础。后来，岛田谨二在自己的丰富的翻译文学研究实践的基础上，写出了题为

《翻译文学》[①]（1951年）的专门著作，这是日本第一部、或许也是世界上第一部以"翻译文学"为题名的学术著作，作者明确强调该书"完全以'比较文学'的精神与方法"写成，自觉地将"翻译文学"的研究纳入比较文学中，从而使翻译文学从法国学派的作为文学交流之"媒介"的媒介研究，而上升作为一种相对独立的文学样式的文学本体研究，从学科史上显示出了重要意义。岛田谨二在该书"序说"中，强调了"翻译文学"研究的重要性和必要性。他认为，日本古代对中国文学的翻译、"翻案"[②]，明治、大正年间的日本近代文学对西洋文学的翻译，都形成了日本文学史上的翻译文学，特别是在明治、大正文学中，比起所谓"创作"来，"翻译"更为重要，而且不少作家，例如尾崎红叶、森鸥外、德富芦花、岛崎藤村等的作品中，"创作"的成分与"翻译"的成分也难分难解，有些作品被视为"创作"，却带有很浓重的"翻译"性质，而从"翻译文学"的角度来看待有关的作家作品，则会看出与以往文学史家所看到的不同的意义，因此，要研究文学史，必须研究翻译文学。岛田谨二的这些看法，至今具有相当的启发性。不过，《翻译文学》并不是一部论述翻译文学原理的系统的学术著作，未能建立翻译文学的理论体系，未能深入阐释翻译文学的相关理论问题。除篇幅不长的"序说"外，全书五章收编了此前的有关单篇文章，均为翻译家及其翻译文学作品的个案研究，反映出日本学者对体系构建的不擅长、不重视。

在岛田谨二的理论与实践的带动与影响下，日本人对翻译理论

---

① ［日］岛田谨二：《翻訳文学》，东京：至文堂，昭和二十六年（1951年）。

② "翻案"一词在日语中是对原本加以改编、改写的意思，可以译为"翻改"。

的探讨与翻译文学史的研究逐渐展开。1938年，野上丰一郎出版了题为《翻译论》的小册子。50年代后，日本的翻译文学进入了繁荣状态，既有翻译文学的鉴赏性著作，如河盛好藏编《近代文学鉴赏讲座·第21卷·翻译文学》（1961年），也有翻译文学史的研究，如太田三郎《翻译文学》（《岩波讲座·日本文学史·14》，1959年）、柳田泉的《明治初期的翻译文学的研究》（1961年）、吉田好孝的《翻译事始》（1967年）等。此外，还有大量的单篇论文对森鸥外、岩野泡鸣等明治、大正时代的翻译家与译作做了具体的研究。

三、蒙、韩、印等亚洲其他国家的比较文学及其特色

除了日本之外，在20世纪后期以降，亚洲各国的比较文学作为一个研究领域或学科都有所作为，而且各有特色。

蒙古和日本一样，无论是在历史上还是现实中都是一个翻译大国，蒙古文学的主要部分也是翻译文学。苏联学者米哈依洛夫在《蒙古现代文学简史》[①]中甚至认为，"蒙古没有本民族独立的文学"，"蒙古文学完全是佛教文学"，"蒙古文学完全是翻译、复述、转述的文学"等。因此研究文学翻译对蒙古文学研究来说极为重要，对文学翻译的研究也成为蒙古比较文学的一大特点。据蒙古学王浩博士的研究[②]，蒙古国著名作家、翻译家和学者达木丁·苏伦（1908—1986）在《蒙古文学概要》（第一卷，1957年）中首次将翻译作品纳入蒙古文学中。在《蒙古文学研究中的一些问题》（1959年）等著作及其他论文中，他认为"将译作保存在蒙古文学中是至关重要的"，

①［苏联］米哈依洛夫的《蒙古现代文学简史》的中文译本于1958年由作家出版社出版。

②　王浩：《东方翻译文学理论建构——达木丁·苏伦与翻译文学本土化理论阐释与研究》，载《东方文学研究集刊》第4辑，太原：北岳文艺出版社，2008年。

并提出了"文学翻译本土化"的命题，认为蒙古文学在接受和翻译藏文文学、印度文学、俄苏文学等外来文学的过程中，不拘泥原文，而是根据本民族的情况加以变动和改造，渗透蒙古民族的审美趣味、民族精神，一些译作在思想内容、体裁样式、人物情节、语言表现等各方面，都被不同程度地蒙古化了，而使许多作品具有了蒙古民族特色，在漫长的历史发展过程中逐渐本土化，成为蒙古民族自身的文学。因此，达木丁·苏伦强调："对于翻译文学逐步发展成为蒙古的作品，给予重视和研究，是当前蒙古文学研究的重要任务之一。"达木丁·苏伦不仅在理论上、实践上按照这样的思路研究蒙古的文学翻译，而且还通过编纂《蒙古古代文学精选百篇》（1959年）将许多翻译文学纳入，作为文学教参，从而进一步促进了翻译文学的本土化。从世界比较文学学术史及学科理论谱系上看，达木丁·苏伦关于"文学翻译本土化"的命题，及文学翻译研究中的理论与实践，都具有先行性。此后，同样的理论命题在其它国家出现，例如在中国，90年代出现了"翻译文学是中国文学的一个组成部分"的论断。

韩国比较文学研究早在20世纪30年代就开始了[①]，到了60年代以降，受美国学派及法国学派的理论论争的影响，比较文学在韩国逐渐受到重视。

总体上看，韩国比较文学主要以朝鲜半岛与中国文学的关系，即东亚区域文学研究而形成了特色，在方法论上受到美国、欧洲、

---

① 关于韩国的比较文学研究的概况，参见许辉勋、金柄珉的文章，见《当代韩国人文社会科学》，第四章第六节，北京：商务印书馆，1999年，第218—222页。

日本的多重影响，具有兼收并蓄的特征。首先，在选题上，以中韩文学的关系研究、比较研究为最多。主要的专门著作有：李在秀的《韩国小说研究》（1969年），李钟殷的《韩国诗歌上的道教思想研究》（1978年）、朴晟義的《韩中文学背景研究》（1972年）、李秀美的《韩国现代诗与中国现代诗的比较研究》（1973年）、李庆善的《对〈三国演义〉的比较文学研究》《韩国比较文学论考）（均1976年）、金铉龙的《韩中小说、说话比较研究》（1976年）、李丙畴的《韩国文学史上的杜诗研究》（1976年）、柳晟俊的《王维诗与李朝申纬诗之比较研究》（1980年）、李昌龙的《韩中诗的比较研究》（1984年）、丁奎福的《韩中文学比较研究》（1987年）、国学资料院的《韩国与中国现代小说的比较研究）（1995年）等。其中，《韩中小说、说话比较研究》主要考察了《太平广记》对朝鲜小说的影响，用考证的方法指出了李朝时代后期近二十部小说，即《九云梦》《谢氏南征记》《燕岩小说》《云英传》等小说的题材来源及其变异特点。李庆善的《对〈三国演义）的比较文学研究》详细考察了《三国演义》流入朝鲜的历史过程以及韩国作家的接收特点，考察、分析了《三国演义》对李朝一系列军功小说及《九云梦》《玉楼梦》等作品的巨大影响，进而分析了韩国的"关羽信仰"的历史过程。

其次，是韩国与日本、西方各国文学交流史研究。如白铁的《朝鲜新文学思潮史》（1949）是较早地系统、全面地考察韩国近代文学在其发展过程中接受外国文学思潮的专著。金澤东的《韩国开化期诗歌研究》（1981年）研究了韩国近代诗歌发展与日本、欧洲各国诗歌关系，此外，文德洙的《韩国现代派诗歌研究》（1981年）、徐俊燮的《韩国现代派文学研究》（1988年）、郑哲仁的《韩国自然主义文学的比较研究》（1975年）、朴鲁均的《20世纪30年代韩国诗歌对西欧象征主义的接受研究》（1992年）等，都属于外国文艺思潮与韩国文学的关联研究方面的成果。关于韩国文学与基督教的关系，则有崔炳国的《春园文学的基督教思想分析》（1963年）、朴昌浩的《在开化期小说中所反映的基督教接收状况考》（1986年）、申龟镐的《韩国基督教诗歌研究——以体裁论为中心》（韩国大学，1992年）等。

在翻译文学方面，著名学者金秉哲作出了突出成绩。他的《韩国近代翻译文学史研究》（1975年）以较大的篇幅与丰富翔实的资料，详细考察了世界各国文学译成韩国语传入韩国的历史过程，又考察了翻译特点以及翻译作品对韩国近代文学发展的作用。《韩国近代西洋文学移入史研究》（上、下，1980，1982年）则是金秉哲在《韩国近代翻译文学史研究》的基础上撰写的更大规模的著作，全面梳理总结了西方各国文学传入韩国的历史过程、特点和影响。

在比较文学学科理论方面，韩国学者也有一些成果。李庆善1957年出版的《比较文学》一书，是韩国较早的系统论述比较文学学科理论的著作。80年代，则有金学涑的《比较文学论》（1984年）、李惠淳的《比较文学》（1986年）等。90年代前后，在比较文学、世界文学学科理论方面最有影响的是赵东一。他的《比较文学的方向转换序说》（1991年）一文强调了平行研究的重要性。《东亚文学史比较论》（1993年）一书对韩国、中国、日本、越南的文学史进行了比较研究，其目的是为写一部全面的东亚文学史打下基础。《世界文学的虚实》一书对各国出版的37种世界文学史著作进行了比较考察，在此基础上提出了克服欧洲中心主义、重新叙述世界文学史的观点。

在西亚和南亚地区，埃及和印度都是该地区比较文学的学术重镇。埃及作为阿拉伯国家的文化中心，在20世纪40年代后受法国学派及梵·第根的《比较文学论》的影响，使比较文学由评论形态转变为学术研究形态。至70年代，埃及各大学都设立了比较文学的课程与专业，出版了比较文学研究丛书，创办了名为《Fusul》的比较文学杂志。埃及的比较文学在研究方法上主要是实证研究，主要的研究成果集中于埃及与欧洲文学的关系，包括古代埃及神话、《一千零一夜》故事对欧洲文学的影响，近代欧洲文学对阿拉伯、埃及的影响等。其代表人物是开罗大学教授、曾留学法国并师从伽列的古奈米·希莱勒（1916—1968），他的《比较文学》（1953年）是阿拉伯学者撰写的第一部学科理论著作和教材，反映了法国学派的理论观念。

印度是一个多语言、多民族的国家，又有二百多年的英国殖民统治与英国文学支配性影响的历史，其比较文学具有天然的发展条件。近代比较文学批评起步较早，但作为一个学科的比较文学却起步较晚。直到1956年，印度第一个比较文学系才在加尔各答的加达芙波尔大学设立，随后，印度的各大学才设立比较文学课程并建立相关学科专业，1981年成立印度比较文学学会。半个多世纪以来，除了一些具体的研究成果外，在学术理论方面也出现了一些重要的著作，如巴苏的《印度比较文学》（1959年）、S.K.达斯的《比较文学史》（1977年）、R.K.古帕塔的《印度比较文学的开端》（1977年）、达斯盖普塔的《印度比较文学的观念》、钱德拉·莫翰的《比较文学的方方面面》（1989年）等。但总体看来，印度的比较文学学科建设及学术研究并不繁荣，这或许是受到了印度的社会经济发展水平的制约。周始元先生在《印度比较文学简况》[①]一文中认为，在印度，学习语言文学的学生不好就业，比较文学缺乏优秀生源等因素，都限制了比较文学的发展。但尽管如此，印度比较文学也形成了自己的特色。由于印度一直是一个多种民族、多种语言、多种文学并存的国家，现代的法定语言就有十六种，因而在学科理论上，印度比较文学学者不受法国学派、美国学派关于比较文学是国别文学之间的比较研究的界定，认为不能以国别为依据划分比较文学的单位，而应以"语言文学"的不同来划分，他们主张比较文学应是两种以上的"语言文学"的比较研究。对印度文学研究者来说，如果不运用这样的比较文学的观念与方法将不同语言的文学统合起来，那就会使梵语文学、印地语文学、孟加拉语文学、乌尔都语文学、泰米尔语文学等印度各种语言文学之间互相隔绝，完整的、统一的"印度文学"的概念就无法形成。印度人也好，外国人也好，都难以把握印度文学的总体面貌，也就更谈不上将印度文学与外国文学进行有效的比较研究。可见这样的主张对印度人来说是自然的、合理的，对其他多民族多语言的国家的比较文学理论建构而言，也有一定的参考价值。倪培耕先生在《比较文学的印度学派》[②]一文中，甚至把这一主张作为"比较文学印度学派"的主要特征。这实际上就涉及到了比较文学研究的基本单位的划分，是以"民族（语言）文学"还是以"国民文学"为依据的问题，这是一个一直没有很好解决的

---

① 周始元:《印度比较文学简况》，载《中国比较文学》，总第4期，杭州：浙江文艺出版社，1987年。

② 倪培耕:《比较文学的印度学派》，载《中国比较文学》，总第5期，1988年第1期，上海：上海外语教育出版社，1988年。

重要理论与实践问题。这也从一个侧面表明，在解决这一问题之前，有必要首先将"民族文学"与"国民文学"两个概念加以科学的界定。

第 7 章

跨文化诗学：
中国比较文学及其理论特色

　　20世纪80年代后世界比较文学的重心移至中国。中国学者对比较文学研究方法做了一系列新探索与新表述，提出了包括阐发法、原典实证法、三重证据法等方法论，并将影响研究与传播研究剥离，将平行研究优化为"平行贯通"研究，将"跨学科"研究法修正为"超文学研究法"。在比较文学的若干分支学科上做出了新开拓与新建构，包括：建立了从"译介学"到"翻译文学"的本体理论，开拓了"世界文学学"与"宏观比较文学"，提出了"形态学"与"变异学"的研究领域。当代中国比较文学的根本特征，是以其开阔的胸襟与宏大的视野，超越了法国学派、美国学派那样的"学派"局限，犹如大河汇流，百川归海，逐步达成整合学派、跨越文化、超越学科、和而不同的新阶段。在这个阶段，东方文化与西方文化融合，文化视阈与文学学科融合，历史深度与现实关怀融合，从而形成了"跨文化诗学"的学术形态，进入了"跨文化诗学"的新时代。

一、20世纪80年代后世界比较文学的重心移至中国

如果将比较文学学术思潮形容为一个气象学上的风潮，那么可以说它发源于西欧，在法国加强为热带风暴，扩散到整个欧洲，越过大西洋，20世纪50年代后在美国形成台风，然后越过太平洋，进入亚洲的日本，60年代进入中国的台湾与香港地区，80年代登上中国的大陆，90年代后在中国大陆再次盘旋不去，历时三十多年，直至如今。很明显，世界比较文学学术的重心已经移到了中国。

综观世界，进入80年代特别是90年代后，欧美、日本等国家的比较文学普遍进入平淡状态。在欧洲，比较文学业已走过了一百多年的历程，文学史上的重要课题基本上得到了解决，欧美文学内部的比较研究资源越来越少，而以平行对比为主要内容的美国学派的比较文学也逐渐走向纯理论化，与文学理论、美学、文化研究合流。欧美各国的比较文学虽然作为学科仍然存在，但理论创新点明显缺乏，学术论争的交锋点有所钝化，学术研究广度与深度的开拓受限，有价值的研究成果出版的频率降低。在这种情况下，比较文学危机论和消亡论甚至再度成为话题。特别是在美国，一些学者宣称比较文学学科已经老化或过时，英国学者苏珊·巴斯奈特在1993年出版

的《比较文学批评导论》一书中断言："比较文学作为一学科已经过时"，"比较文学在某种意义上已经死亡"。2003年，斯皮瓦克则在《学科之死》的论著里，进一步宣布比较文学的"学科之死"。"学科之死"之类的表述，主要是理论家惯用的以耸人听闻的方式吸引公众注意的策略，因为西方比较文学事实上没有死亡，也不会死亡，只要有文学的国际交流，只要文学研究需要世界文学的视野，比较文学在哪里都不会死亡。然而另一方面，也确实反映出了当今西方比较文学学科的衰微的现状。为了应对比较文学学术资源减少的危机，巴斯奈特等人提出应以"翻译研究"这一学科取而代之，美国的一些大学的比较文学专业也向"翻译研究"转向，但至少从现在的状况来看，他们的翻译研究也深陷玄学泥淖中，许多文章、包括我国翻译介绍过来的那些有代表性的文章，也大多是玄言虚语，空泛无聊。

　　与西方比较文学的衰微状况形成鲜明对照的，是中国的比较文学。早在20世纪80年代中期，当中国比较文学刚要崛起的时候，法国比较文学的权威艾田伯在第十一届比较文学年会（1985年，巴黎）上所作的《比较文学在中国的复兴》一文中，面对80年代中期中国比较文学的强劲崛起，他谦逊而又担忧地说："法国在一段时间内曾在我们这个学科居领先地位，曾几何时，他发现我们已生活在一个'已结束的'世界里了。（这里取瓦莱里对形容词'已结束'所下的定义），倘若我们的比较文学界不满怀诚意，竭尽全力地效法中国的榜样，我们极有可能在不久的将来成为一个取'死亡'意思的世界。"宣称"学科之死"的美国学者巴斯奈特，也不得不正视中国、印度等国的比较文学的发展与繁荣，她在1993年的《比较文学批评导论》中指出："正值比较文学这门学科在西方面临危机和衰微之际，世界很多地方因民族意识的觉醒以及对超越殖民遗存必要性意识的增强，促使了比较文学卓有成效地发展。无论在中国、巴西、印度，还是在非洲很多国家，比较文学所使用的这种方法富有建设性意义。"①

80年代后世界比较文学的重心已经移到中国，中国学术界此前也有过类似的看法。例如，曹顺庆教授认为，中国的比较文学是"跨越东西方异质文化的'跨文明'研究，是比较文学的又一新阶段。是继比较文学学科理论的第一阶段，即法国学派的'影响研究'和比较文学学科理论的第二阶段，即美国学派'平行研究'之后的又一个比较文学的新阶段，即以跨越东西方异质文明为特征的比较文学学科理论的第三阶段。"②乐黛云先生等在《20世纪中国人文学科学术史研究丛书·比较文学研究》一书中也说："如果说，欧洲比较文学代表了世界比较文学发展和繁荣的第一阶段，美国比较文学代表了世界比较文学的第二阶段，那么，20世纪最后二十年世界比较文学的重心则明显地转移到了中国。可以说，中国比较文学是继法国、美国比较文学之后，在中国本土破土而出的、全球第三阶段的比较文学的代表。"③

比较文学在80年代后的中国取得高度繁荣，是有着深刻的历史文化背景的。

早在20世纪30年代，比较文学作为一种学术理念就传入中国，

---

① Susan Bassnett, *Comparative Literature: A Critical Introduction*, Oxford, Blackwell, 1993, p.8. 转引自《中国比较文学》，2009年第1期。

② 曹顺庆:《推动比较文学学科理论建设》，见《比较文学论》，成都：四川教育出版社，2002年，第10页。

③ 乐黛云、王向远:《比较文学研究》，福州：福建人民出版社，2005年，第6页。

而且在一些大学也有过一些学科建设的尝试。50年代直至70年代的三十年间，由于政治的原因而处于停滞状态。70年代末，中国结束了以执政党内权力斗争为中心的政治运动，实行以发展经济为中心的改革开放政策。此后，大学恢复招生，知识分子逐渐具有了教学与研究的环境与条件。50年代后被窒息三十年的比较文学研究，适应中国改革开放、思想解放的需要，很快恢复和发展起来。经过了二十年的努力，到20世纪末，中国的比较文学取得了举世瞩目的成果，在时代的呼唤下，在外国比较文学的影响下，在本土文学与文化的深厚的沃土之中，中国比较文学由自为到自觉、从分散到凝聚、从观念到实体，从依托其它学科到成为相对独立的学科，再从弱小学科发展到较为强大的学科。

先从学科建设上看，由于世界绝大多数国家的大学大都是私立、公立、国立三分天下，所以学科设置并不整齐划一。许多国家的名牌大学都有比较文学学科，但也有一些大学，例如一些不太知名的普通大学则没有比较文学的学科的建制。而中国作为一个社会主义国家，所有像样的大学都是国立的，受政府部门严格的统一管理。在学科建设方面也都整齐划一。在这种情况下，在1998年大学本科专业调整时，"比较文学与世界文学"被正式列为各大学中国语言文学系的八个二级学科之一，并相应地建立了从本科，到硕士、博士三个层次的人才培养机制。进入21世纪后的几年间，许多外国语言文学一级学科（外语系、外国语学院）也建立起了比较文学专业的硕士与博士点。这样，比较文学就覆盖了所有大学的文学院（或中文系），也逐渐延伸到许多外国语言文学系（或学院），甚至一些地方性大学的比较文学学科及相关学术组织，在尝试将比较文学向中学延伸，推动比较文学的前期教育与普及化。中国的比较文学学科建设的全面化、多层次化，在其他国家都是极少见的。从研究队伍上说，"中国比较文学学会"的在册会员已约一千名，加上没有入会的从事比较文学教学与研究的人员，估计应在千人以上。这样一个规模，更是任何一个国家所不能比拟的。

从研究成果的规模效应上看，据《中国比较文学论文索引（1980—2000年）》（江西教育出版社，2002年）一书的统计，20世纪最后二十年间，仅中国大陆地区的学术刊物上就刊登了一万两千多篇严格意义上的比较文学论文或文章，还出版了三百七十多部严格意义上的比较文学专著。有不少著作都具有很高或较高的学术水准，在知识发掘与理论概括方面填补了一系列空白，体现了中国人独特的学术优势。最引人注目的是研究领域的全面性，除了涉及英语、日语、法语、俄语、德语、梵语、朝鲜语、阿拉伯语等语言文学外，研究众多"小语种"的比较文学领域，也或多或少有人从事着必要的研究。可以说，就比较文学研究领域的全方位性而言，中国比较文学在世界各国中即使不是最充分的，也是最充分的之一。尽管我们现在还无法对世界上比较文学较为发达的国家，如法国、美国、英国、日本等国的比较文学成果做出确切的统计，但我们也可以肯定地说：仅从学术成果的数量上看，中国比较文学在这二十年间的成果，已经在世界上处于领先地位了。

从学科理论建设方面来看，据《中国比较文学论文索引（1980—2000）》一书的统计，在1980—2000这二十年间，我国发表的关于比较文学学科理论方面的文章有七百多篇。撰写和出版学科理论著作与教材二十多部，其中重要的有卢康华、孙景尧合著《比较文学导论》（黑龙江人民出版社，1984年），孙景尧著《简明比较文学》（中国青年出版社，1988年；修订版，2003年），陈挺著《比较文学简编》（华东师范大学出版社，1986年），乐黛云著《比较文学原理》（湖南人民出版社，1987年）和《比较文学与比较文化十讲》（复旦大学出版社，2004年），乐黛云主编《中西比较文学教程》（高等教育出版社，1988年），陈惇等著《比较文学概论》（北京师范大学出版社，1988年；修订版，2000年），朱维之主编《中外比较文学》（南开大学出版社，1992年），刘介民著《比较文学方法论》（天津人民出版社，1993年），陈惇、孙景尧、谢天振主编《比较文学》（高等教育出版社，1998年），张铁夫主编《新编比较文学教程》（湖南出版社，1997年），梁工、卢永茂、李伟昉编著《比较文学概观》（河南大学出版社，1999年），孟昭毅的《比较文学通论》（天津人民出版社，2000年）。进入21世纪后，又有刘献彪、刘介民主编的《比较文学教程》（中国青年出版社，2001年），曹顺庆主编《比较文学学科理论研究》（巴蜀书社，2001年）、《比较文学论》（四川教育出版社，2002年）、《比较文学学》（四川大学出版社，2005年）和《比较文学教程》（高等教育出版社，2006年），张弘著《比较文学理论与实践》（华东师范大学出版社，2004年）、孟庆枢等著《中国比较文学十论》（吉林文史出版社，2005年），谢天振著《译介学》（上海外语教育出版社，1999年）与《译介学导论》（北京大学出版社，2007年）、王向远著《比较文学学科新论》（江西教育出版社，2002年）和《翻译文学导论》（北京师范大学出版社，2004年）、《宏观比较文学讲演录》（广西师范大学出版社2008年）等。编译出版外国的比较文学学术理论论文集及专著十几部，论文集有干永昌等选编《比较文学研究译文集》，孙景尧选编《新概念、新方法、新探索——当代西方比较文学论文选》，刘介民编《比较文学译文选》，张隆溪选编《比较文学译文集》，上海师范大学学报编辑部编辑《比较文学译文选》，孟华主编《比较文学形象学》等。翻译专著有法国基亚的《比较文学》，日本大冢幸男的《比较文学原理》、罗马尼亚迪马的《比较文学引论》，瑞士约斯特的《比较文学导论》，法国艾田伯的论文集《比较文学之道》等。此外还有散见于各种报刊杂志上的单篇译文，对外国比较文学与比较文学学科理论加以介绍与评价的文章也有不少。围绕学科理论的一些基本理论问题，也展开了讨论与争鸣，其中包括：关于阐发研究及中国学派问题的论争，关于比较文学研究的文化立场与话语属性问题的论争，关于影响研究问题的论争，关于比较文学与比较文化关系问题的论争等。从各方面看，与同时期其他国家比较而言，乃至与历史上相似阶段的其他国家比较而言，我国比较文学学科理论的探讨都是最活跃的。

总之，通过二三十年的努力，中国的比较文学已被纳入学术体制与教育体制中，成为高等教育与学术研究中的一个重要的学科部门，形成了从本科生到博士生的系统连贯的人才培养体系，有了成规模的研究与教学队伍，还有了《中国比较文学》等几种专门的核心刊物。由此，中国比较文学已经成为一个不可忽视的存在，成为一种"显学"，在中国学术文化体系中确立了自己独特的位置。可以说，20世纪80年代后中国比较文学的规模、声势、社会文化与学术效应，都大大地超过了19世纪至20世纪上半期的法国的比较文学、20世纪50年代至70年代的美国比较文学，也大大超过了同时期世界各国的比较文学。

二、研究方法的新探索

比较文学作为一门有较长学术传统的学科，其研究方法也经历了逐渐形成、确立、重构与革新的历史过程，经历了法国学派的实证研究的文学史方法，到美国学派的文艺学方法两个基本的发展阶段。接着，中国学者在自己的丰富而独到的研究实践中，也逐渐克服着对外来学术的迷信、崇拜、拘泥的心态。许多中国学者敢于对外来的概念、范畴、命题、体系等提出质疑，对所引进的外来理论方法加以运用、验证、调试、补充、修改，对中国的比较文学研究实践加以总结，提出了新的研究方法的概念，从而为比较文学学术方法的进一步优化与完善作出了自己的贡献。

第一，是"阐发研究法"的提出。早在50年代后，中国台湾、香港及其他地方的一些华人学者就使用西方文学、美学理论的一些概念与范畴，来研究和阐释中国文学，久而久之，成为一种学术方法。1975年，台湾大学的朱立民先生提出，运用西方流行的批评方法来研究中国文学是必要的。1976年，台湾省学者古添洪、陈鹏翔在《比较文学的垦拓在台湾》（台湾东大图书公司，1976年）一书的序言中说："我国文学，丰富含蓄，但对于研究文学的方法，却缺乏系统性，缺乏既能深探本源又能丰实可辨的理论；故晚近受西方文学训练的中国学者，回头研究中国古典或晚近中国文学时，即援用西方的理论与方法，以阐发中国文学的宝藏。由于这援用西方的理论与方法，既涉及西方文学，而其援用亦往往加以调整，即对原理论与方法作一考验、作一修正，故此中文学研究亦可目之为比较文学。我们不妨大胆地宣言说，这援用西方的理论与方法并加以考验、调整以用之于中国文学的研究，是比较文学中的中国〔学〕派。"1978年，古添洪在一篇题为《中西比较文学：范畴、方法、精神的初探》的文章中，进一步将这种方法命名为"阐发法"。他说："利用西方有系统的文学批评来阐发中国文学及中国文学理论，我们可命之为'阐发法'。这'阐发法'一直为中国比较文学者所采用。"

尽管现在看来以上提法有不少问题，例如说中国文学没有自己的理论，并不符合中国传统的文学研究的事实，说"阐发法"是所谓"中国学派"的特征，更失之偏颇。但这种"援用西方的理论与方法，以阐发中国文学"的所谓"阐发法"的提出，是对近现代中国学术一种基本方法的一个很精确的总结。实际上，"阐发法"不仅仅是中国比较文学的研究方法，也是近现代受西学影响的其他学科的共通的基本方法，但"阐发法"这一概念，毕竟是由比较文学学者首先提出来的，证明了比较文学研究对方法论的特有敏感。"阐发法"提出后，大陆学者对此有积极的评论，例如，卢康华、孙景尧合著的大陆第一部学科理论著作《比较文学导论》中，一方面指出阐发法"不失为文学研究的一种好方法"，同时也指出，这只是中国文学研究中的一种方法，把它与所谓"中国学派"联系在一起，"就未免使之片面了"。在1987年出版的陈惇、刘象愚合著《比较文学概论》的第三章《比较文学的基本类型与研究方法》中，将"阐发研究"单列一节，与影响研究、平行研究、接受研究并列为四种基本方法类型，而且对阐发研究作出了更为科学的阐释。他们认为，阐发研究的方法特别适用于文化系统迥异的诸民族文学的比较研究，它包含了下述三方面的内容：一、用一种恰当的外来理论模式解释本民族文学中的某些作品或文学现象，或者反过来，用本民族文学中的某种理论模式解释外民族文学中的作品和文学现象，以期在理解某些文学现象和作家作品方面获得一个新的角度和视野。它要求具体研究者对一种理论模式和被解释对象做仔细的分析和选择，还包含着在研究中结合本民族的理论模式对外来模式的改造。二、把不同民族文学的观念、理论、方法相互发现，相互印证，相互阐释，以达到完善某种文学观念、理论和方法的目的。三、在跨学科研究的范围内，阐发研究是以别的学科对文学作出阐发，或者用别的学科的理论来解释文学中的各种问题，而不是相反。鉴于台湾学者"阐发法"只强调以西方理论阐发中国文学的偏颇，两位先生还进一步提出："阐发研究决不是单向的，而应该是双向的，即相互的"，"决不仅仅用西方理论来阐发中国的文学，或者仅仅用中国的模式去解释西方的文学，而应该是两种或多种民族文学的互相阐发、互相发明"。①尽管"双向阐发"很不容易做到，用中国文学去阐发西方文学的例子在研究实践中还很罕见，但从纯粹理论方法的角度看，"双向阐发"是辩证的、科学的，是对"阐发法"的修正与

---

① 陈惇、刘象愚：《比较文学概论》，北京：北京师范大学出版社，1988年，第145、146页。

完善，符合比较文学的根本宗旨。这一方法在刚提出时，带有鲜明的中国特色，但经理论上的完善，完全可以适用于东西方比较文学的实践，例如在日本、韩国的近现代的学术研究及比较文学研究中，实际上也大量使用了"阐发研究"。因此，"阐发研究"虽由中国人提出，同时也具有国际性，所以它与所谓"中国学派的特征"没有因果关系。

第二，是"原典性实证研究"方法的提出。

实证研究是科学研究的基本方法，"实证"的方法作为科学研究的基本方法运用也非常普遍，法国学派的比较文学研究就以此作为基本的原则方法。但在人文科学研究这种主观性、人文性很强的"软性"学科中如何运用实证方法，仍是值得探讨的问题，在中国比较文学界，关于实证研究的可行性问题也曾有争论。一些倾向于、习惯于"文学批评"的学者认为，实证研究无法说明作家作品的相互影响与独创问题，因此认为实证研究作为方法已经陈旧过时，一些学人写文章只是玩弄概念，提出口号，流于空泛。在这样的背景下，文献学家严绍璗先生发表《双边文化关系研究与"原典性的实证"的方法论问题》一文，指出："自然科学一直嘲笑人文科学是'想象者的乐园'。但是，人文研究之所以成为科学，不但是因为它具有了认识人文现象的观念形态，而且还因为它已经具备了揭示内在逻辑的系统性手段。人文研究虽然不能运用'实验'加以证明，然而，它却可以运用'实证'加以推导，并得出相应的结论。这是其它任何方法都难以达到的。在现今奢靡学风极盛于研究界之时，强调研究的'实证性'，对维护学科的生命力具有根本性的意义。"① 严绍璗总结并提炼出了"原典性的实证研究"方法中可以操作的系统，它由四个层面构成：一、"确证相互关系的材料的原典性"，一方面是指研究者所使用的文献材料与研究对象之间要具有时间上的一致性，比如不能用公元17世纪的材料来证明公元前3世纪的研究对象，同时，研究所使用的材料必须是本国或本民族的原典材料。二、是"原典材料的确实性"，就是要提供能够说明问题的"死证"。三、是"实证的二重性"，即强调王国维提出的地上文献与地下文物的相互参证。四、是"双边（或多边）文化氛围的实证性"，认为研究者要有异文化氛围的体验。严绍璗先生的这些观点虽然主要根据古代中日文学关系的研究实践总结出来的，但对比较文学与比较文化而言却具有普遍参考价值。由于法国学派将研究对象局限在文艺复兴后的欧洲文学中，时空的阻隔较为有限，所以对文献资料的"原典性"的要求不高，对实证的"原典性"也没有提出具体可操作的方法。可以说，严绍璗先生的"原典性的实证研究"的方法是对法国学派实证研究方法的进一步补充与优化。

第三，"人类学三重证据法"。

文学人类学专家叶舒宪先生在上古文化、比较神话、史诗研究中，有着自己鲜明的方法论意识。他曾发表了《世界眼光与中国学问》（《文艺争鸣》1992年第5期）、《人类学视野与考据学方法更新》（《中国比较文学》1993年第1期）、《人类学"三重证据法"与考据学更新》（《书城》1994年第1期）等阐述方法论的文章。所谓"三

---

① 严绍璗：《双边文化关系研究与"原典性的实证"的方法论问题》，载《中国比较文学》，1996年第1期。

重证据法"，是指在王国维提出的"二重证据"——"纸上材料"与"地下材料"——之外，再加上跨文化的人类学材料。叶舒宪认为，在王国维提出"二重证据法"之后，鲁迅、郭沫若、闻一多、凌纯声、郑振铎等学者在研究实际中就自觉或不自觉地探讨第三重证据的可行性，叶舒宪总结了他们的经验，又提炼了自己的经验，提出"援西套中"或"借西释中"，即用西方的理论模式阐释中国学术问题，将世界各民族大量的文化人类学的材料，包括原始宗教、习俗、图腾、仪式、神话、史诗等，作为中国同类文学文化现象的参照，从而在王国维的"二重证据"之外，明确提出了"三重证据法"的必要性和可行性。"三重证据法"的第三重方法，主要得益于西方人类学的方法，也可以说是"人类学的方法"，所强调的就是跨文化的世界眼光，就是贯通中外，就是自觉的比较文化与比较文学的意识，其实质就是引进西学、将西学作为参照系，使西学与国学融会贯通起来。叶舒宪把这种方法运用于研究实践，写出了一系列著作。其中，《中国神话哲学》在传统的"二重证据法"之外，运用西方人类学的原型模式构拟的方法，为散乱的、片断的中国远古神话构拟、复原出了一个整体系统，呈现出了中国神话宇宙观（哲学）的时空象征体系。在《英雄与太阳》（1991年）一书中，叶舒宪参照巴比伦史诗《吉尔伽美什》等其它外国古代文献，大胆而富有想象力地构拟、还原出了中国的"羿史诗"。叶舒宪在《英雄与太阳》的"引言"中自称这种方法为"发掘式研究"，"即试图从可经验的文学（文化）对象的表层分析入手，探讨不可经验的但又实际存在着、并主宰决定着表层现象的深层结构模式，进而从原型的生成和人类象征思维的普遍性方面对这种深层模式作出合理的发生学阐释。"90年代中期以后，叶舒宪用人类学的三重证据法，对中国传统文化的几部重要的经典著作进行了系统深入的研究，出版了《诗经的文化阐释》（1994年）、《庄子的文化阐释》（1996年）、《老子的文化解读》（与萧兵合著，1994年）等，对人们所熟知的、被历代学者反复研究和阐述过的经典，做出了新的、具有当代特色的诠释。在这些著作中，文、史、哲、宗教熔为一炉，中国传统的考据学、文字训诂学与西方的人类学、神话学、原型批评等理论与方法相遇合，中国古典在外来理论模式的烛照下，在外来相关材料的映照下，呈现出了新的意义和新的面目，一些考据学的、文字训诂学的难题迎刃而解。虽然，人类学方法作为一种方法不是中国学者创始的方法，但将这种方法拿来运用到国学研究中，在方法论上是一种创新，并催生出了创新性成果，也从一个侧面丰富与充实了比较文学的方法论。

第四，"传播研究"方法的提出及"影响研究"与"传播研究"的区分。

"影响研究"问题是一个老问题，但中国学者在研究中又有自己独到的体会与见解。早在1983年，王富仁先生在《鲁迅前期小说与俄罗斯文学》的总论部分，谈到该书的研究方法时指出："我们所使用的'影响'一词，不仅指直接的、外部的、形式的借用与采取，更重要的是鲁迅在自己的创作中有机融化了俄国作家的创作经验。"又说："我们的目的是在彼此大致相近的艺术特色中，来体会和揣摩俄国文学影响的存在，而不是指出哪些或哪部分作品单纯地反映了俄国作家的影响。所以，我们只是在'不确定性'中去把握'确定性'的因素，在'相对'性中去寻找'绝对'，这样才能不使我们的工作仅仅局限在史料的钩沉和枝节的攀比上"。这里已经触及了"影响研究"的两难处境："不确定性"与"确定性"，"相对性"与"绝对性"，即科学的研究与主观"揣摩"的两重性。实际上，无论是在研究实践中，还是在理论表述上，"影响研究"长期处在一种二元分裂的状态。在法国，梵·第根一方面提倡本来难以确证的影响研究，一方面又要使比较文学研究实证化、科学化。在梵·第根之后，法国学派的代表人物伽列、基亚等，已经明确地表示过，用实证的方法来证实和研究"影响"是不可靠的，所以他们主张要尽可能回避"影响"问题，而去研究作家在外国的旅行见闻录、作家作品在外国的译介情况、两国文学的相互评介等更为切实可靠的问题。在中国，一些学者因为影响问题无法实证，所以主张抛弃影响研究。

王向远在《比较文学学科新论》中认为，由于法国学派自身的概念运用和表述上的缺陷，导致人们常说法国学派是"影响研究"的学派，并且将"影响"的研究和"传播"的研究混为一谈，这是一种误解。实际上法国学派是"传播研究"的学派，法国学派实际主张的不是"影响研究"，而是"传播研究"。王向远指出："影响"与"传播"有共通之处，从一定意义上说，"影响"也是"传播"的，或者说"影响"也有"传播"的性质。但是，为了科学地区分比较文学研究的不同领域与不同的方法，就必须搞清文学中的"影响"与"传播"这两种现象的不同本质。在比较文学中，"影响"不是一种物理的事实，甚至不是一种本体概念，而是一种关系的概念，"影响"是作为一种精神的、心理的现象而存在的。作者写道：

> 从比较文学研究方法论的角度来看，"影响"研究和"传播"研究的立足点就有不同。"影响"研究是一种探讨作家创

造的内在奥秘、揭示作家的创作心理、分析作品的成因的一种研究。它本质上是作家作品的本体研究，属于文学的内部研究（不是外缘的、外部的研究），是立足于审美判断，特别是创作心理分析、美学构成分析上的研究。与"影响"密切相关的范畴是："影响"与"接受"、"影响"与"超越"、"影响"与"独创"，它的基本的研究方法主要不是实证，而是审美判断和创作心理分析，它主要研究"影响"与"接受"、"影响"与"超越"、"影响"与"独创"之间的复杂关系。而"传播"研究与"影响"研究不同。它是建立在外在事实和历史事实基础上的文学关系研究，像"法国学派"所做的那样，本质上是文学交流史的研究。它关注的是国际文学关系史上的基本事实，特别是一国文学传播到另一国的途径、方式、媒介、效果和反应，其基本的研究方法是历史学的、社会学的、统计学的、实证的方法，它是文学社会学的研究，属于文学的外部关系研究的范畴。在"传播"研究中，除非特别需要，它一般不涉及对具体作家作品的分析判断，而只关注其传播与交流情况。与传播研究相关的重要概念是"渊源""媒介""输入""反馈"等等。①

这样的辨析揭示了法国学派的"传播研究"学术方法的实质，指出传播研究属于"实证研究"的范畴，"影响研究"属于"文学批评"的范畴，这就清楚地界定了两种不同的研究方法的内涵，并使其在具体研究实践中具有可操作性。

---

① 王向远：《比较文学学科新论》，第27页。

第五，由"平行研究"到"打通"与"平行贯通"。

　　平行对比的方法，在欧美各国的比较文学批评和比较文学研究中的运用已有相当长的历史，但极少出现因缺乏"可比性"的滥比而导致庸俗化的情况，欧美学术界也没有出现对"平行研究"这一研究方式和模式加以深入反思的机会，美国学派关于平行比较的方法，与20世纪前欧美流行的"比较文学批评"的方法基本上相同。美国学派在平行比较的问题上，原本就没有深入的理论阐释，加上他们缺乏跨越东西方的平行比较的实践经验，因而难以发现其中的一些深层次的问题。但尽管如此，平行比较在美国和欧美都没有出现大问题，因为在欧美文化内部进行的平行对比，可比性一般都不成问题。而跨越了东方文化与西方文化两大文化体系，跨越了中、西的时空与文化的阻隔，可比性就可能大成问题。例如，将法国的伏尔泰与德国的歌德加以比较，无论在何种意义上都是可行的，因为两者具有广泛的相通点。而将中国的杜甫与德国的歌德加以比较，情况就很不一样了，他们不是不能比，关键是一定需要有可比性，首先要明确为什么要比较，在何种意义上比较，这样，问题就变得复杂了。

　　进入80年代以后，特别是在中国比较文学的复兴初期，美国学派所提倡的平行研究一时遍地开花，公开发表的相关文章每年数以百计。许多人随便拿外国的作家作品与中国的某作家作品加以比较，找出异同，说明造成异同的原因，即大功告成，于是导致了"X比Y"式的"平行研究"（实际上谈不上是什么"研究"，而仅仅是"平行比附"）的泛滥，造成比较文学的简单化、庸俗化与非学术化倾向。有识者很快及时指出它的弊端和问题。季羡林等先生严厉批评了那些"X比Y"式的生拉硬扯、牵强附会地胡乱比附："'X与Y这种模式'，在目前中国的比较文学研究中，颇为流行。原因显而易见，这种模式非常容易下手。""试问中国的屈原、杜甫、李白等同欧洲的荷马、但丁、莎士比亚、歌德等有什么共同的基础呢？……勉强去比，只能是海阔天空，不着边际，说一些类似白糖在冰淇淋中的作用的话。这样能不产生'危机'吗？"[①]中国比较文学在平行比较中走过一些弯路、付出了一定代价之后，也在实践上做了自己的探索，在理论方法上对"平行研究"法予以修正。

在现代中国，对没有事实关系的文学现象的平行比较上，做得最早、最多、最好的是钱钟书先生，虽然钱先生从不以"比较文学"相标榜，更不以"平行研究"自许。他在《管锥编》的各则札记中，都围绕某一个问题点，将中外古今的相关材料汇集起来，吸纳在一起，进行阐述。从学科上看，这里涉及语言训诂学、哲学、历史学、心理学、文艺学、宗教学等社会科学的各个领域，使不同来源的材料为说明某一个问题服务。早在《谈艺录》序中，钱钟书就把这种跨国界、跨学科的研究方法称为"打通"，在《管锥编》中，他更将这种"打通"发挥到得心应手的极致状态。他在一封信中曾明确说过：

> 弟之方法并非'比较文学'in the usual sense of the term，而是'打通'，以中国文学与外国文学打通，以中国诗文词

---

① 季羡林:《对于X与Y这种比较文学模式的几点意见》，见《比较文学与民间文学》，北京：北京大学出版社，1991年，第372页。

曲与小说打通。弟本作小说，积习难改，故《编》（指《管锥编》——引者注）如67—9，164—6，211—2，281—2，321，etc，etc，皆以白话小说阐释古诗文之语言与作法。他如阐发古诗文中透露之心理状（181，270—1），论哲学家文人对语言之不信任（406），登高而悲之浪漫情绪（第三册论宋玉文），词章中写心行之往而返（116）。etc，etc，皆'打通'而拈出新意。①

这种"打通"的精髓，就是用一连串平行类似的材料来反复说明、强调和凸显同一主题、同一观点或同一结论。这些材料本身来自不同时代、不同民族、不同文化体系中，一般没有事实联系，但一旦在特定的议题下把它们摆在一起，它们就成为一个活的有机体，各条例证材料之间相互显发，有了密切关联。它不是简单的求同存异，而是发现和呈现隐含于这些材料中的某种规律性现象。在材料例证的连缀和排比中，古今中外就被"打通"了。来自不同民族、不同语种的材料，在表达内容与表达方式上竟如此相似和相通，就不由地使读者产生"人同此心，心同此理"的文化认同感，而作者的观点也就自然呈现，有时无需多费一词，便有很强的说服力。因此"打通"方法的提出与运用，非学贯中西的饱学之士而不能为，体现了中国学者对比较文学学术方法的独特表述与实践。

此后，萧兵先生在《中国文化的精英——太阳英雄神话比较研

---

① 钱钟书：《〈管锥编〉作者的自白》，见郑朝宗《海滨感旧集》，厦门：厦门大学出版社，1988年。

究》等著作中，基于中外神话平行比较的大量实践经验，提出了平行比较中的"可比性"的三条基本原则和方法。第一条就是"整体对应"或"规律性对应"的原则，认为这是比较法的"第一要义"。例如关于英雄出生后被抛弃，有若干基本的情节：一、他们都在婴幼期被抛弃过（尽管原因和手段等不尽相同）；二、他们都被援救并成长为英雄人物；三、在被抛弃或被收留过程中都各有灵异之处。他指出，如果不同的弃子英雄的神话的共同点只是在上述某一点上偶尔相同，那只是缺乏可比性的偶同；如果在所有方面都契合，那就是"整体性对应"。第二条，是多重平行原则，指比较的对象在时代背景、种族背景、经济基础等方面，如果具有相当多的平行的相似，其可比性就大，"平行线"越多，趋同性、类似性、对应性越强，比较就越可靠、越科学、越有兴味。第三条是细节密合原则，如果比较的对象连细节都密合无间，那可比性就进一步增强。萧兵先生强调：

> 比较文化学首先要"求同"，找出对象间越多越好的共同点、聚合点、对照点，用"对应性"证实"可比性"，以"密合性"保证"确切性"。在"求同"前提下"存异"，在分析基础上综合。这种"同"当然是规律性之"同"，这种"异"必须是"趋同"之余的"异"。独木不成林，无同不可比，有异才有同。客观事物总是复杂的，往往同中有异，异中有同；比较文化学的任务之一便是异中求同，同中见异。它首先要求异中之同，然后再发现同中之异。无"异"之"同"不必比，无"同"

之"异"不可比较。有谁去比较赫拉克里斯和猪八戒呢？①

　　这既是作者研究经验的总结，也是作者研究工作的指导方法。在《中国文化的精英——太阳英雄神话比较研究》一书中，作者每谈一个问题，都找出尽可能多的同类材料，寻找尽可能多的"平行线"，并不厌其烦地分析材料在细节上的"密合"，将研究对象的同中之异，异中之同呈现出来。

　　针对"X比Y"式的生拉硬扯、牵强附会地胡乱比附，1987年，翻译家、翻译理论与比较文学家方平先生用化学方程式的形式，提出在旧有的A：B＝A＋B的模式之外，提倡A：B→C，并认为A：B→C才是平行研究的宗旨，C就是比较后得出的新结论。②对此，王向远认为，显然"A：B→C"比第一种方法"A：B＝A＋B"有了质的飞跃，但也有局限，那就是仍然没有摆脱A与B的两项式比较。它可以得出一些有益的结论，但结论又往往由于材料的两极性，而缺乏从众多事实材料中提炼出规律性见解的基础。其中C的部分，也难免是用有限的事例，来证明众所周知的、或没有多少创新的平凡的见解。他主张，在类同研究中，应变两项式平行研究为多项式平行研究，化用方平先生的"化学方程式"，则可表示为：

　　X1：X2：X3：X4：X5……→Y

　　在这里，X1、X2、X3、X4、X5……表示不同民族、不同语言、

---

　　① 萧兵：《中国文化的精英——太阳英雄神话比较研究》，上海：上海文艺出版社，1989年，第342、343页。

　　② 方平：《三个从家庭出走的妇女——比较文学论文集》，北京：外国文学出版社，1987年，第363页。

不同文化背景中的同类材料。它们可以是作家作品，可以是概念、术语和命题，也可以是彼此关联的不同的学科中的相关问题；Y则表示研究者的新的见解。这是最高级的平行比较的模式，也是钱钟书先生在《管锥编》等著作中成功运用的方法。在这里，"平行研究"就不再是"平而不交"的研究，平行的两条线"＝"形变为纵横交错的"井"字形。这就是纵横交叉的"贯通"，"平行研究"也就变成了"平行—贯通"的研究。王向远进一步解释说："这里不是X与Y或A：B式的两项或两极对比，不是单文孤证，而是多项、多极的旁征博引的比较研究；这里包括多学科、多对象，跨文化、跨民族、跨时空、越国界，纵横交错、触类旁通、连类举似、充类至尽、集思综断，最后殊途同归。各种界限被研究者的思想贯通起来了，所有不同的材料都服务于研究者某一特定的思考和发现。同时，研究者使用了严格的文献学方法，句句有来历，事事有出典，这就避免了随意发挥、敷衍，滥发空论的弊病……这也是比较文学的最高层次。"①

第六，由"跨学科研究"到"超文学研究"法。

对美国学派提出的"跨学科研究"的思考（又称"科际整合"研究）中国比较文学界起初给予了相当的认同，绝大多数的学科理论著作和教科书都在努力提倡和阐述"跨学科研究"，但二十年来跨学科研究的成果却很有限，与理论上的大力提倡并不相称。在这种情况下也有人对"跨学科"研究在实践和理论上做了反思："跨学科

---

① 王向远：《比较文学平行研究功能模式新论》，载《北京师范大学学报》，2003年第2期。

研究"究竟是研究方法，还是研究领域？换言之，它是文学与其它学科之间的关系研究，还是在文学研究的方法和视角上对其它学科的借鉴？对此美国学派在理论上并没有讲清楚。针对这种情况，中国比较文学界有人提出，不宜把"跨学科研究"无条件地视为"比较文学"，否则一方面就会使比较文学丧失必要的学科界限，而使比较文学自身遭到解构，另一方面容易误导研究者和学习者把研究"对象"当作研究"课题"，从而催生某些大而无当、大题小作的空疏之作；认为"跨学科研究"是当今各门学科中通用的研究方法，也是文学研究中通用的方法，而不是比较文学的特有方法，因而只有当"跨学科"的同时也"跨文化"，才能视为比较文学。为了与跨学科研究相区别，并强调"文学"本体，而提出了"超文学研究"的方法。认为"超文学研究"方法，"不是总体地描述文学与其他学科的一般关系，而是要在一定的范围内，从具体的问题出发，研究有关国际性、全球性或世界性的政治事件和政治运动、经济形势、军事与战争、哲学与宗教思想等，与某一国家、某一地区、某一时代的文学，其或全球文学的关系。"[①]这样的界定，与美国学派雷马克等人的关于"跨学科研究"是"文学与其他学科之间的关系研究"，内涵大有不同，明确将"超文学研究"作为一种立足于文学本体的"研究方法"，可以有效地矫正美国学派在"跨学科研究"表述上的含糊与缺漏。

---

① 王向远：《试论比较文学的"超文学研究"》，载《中国文学研究》，2003年第1期；另见《比较文学学科新论》，第二章第四节《"超文学"研究法》。

三、分支学科的理论开拓及研究范式的形成

中国学者对比较文学学科理论与学科建设的贡献，还表现在对比较文学的若干分支学科的开拓与建构上。其中包括译介学与翻译文学、文学人类学、东方比较文学、变异学、世界文学学等方面。

第一，译介学与翻译文学。

在法国学派的比较文学中，翻译是被作为文学交流的媒介而被纳入研究视阈的。因此又称为媒介学。另外西方还有一门学科叫做"翻译研究"或"翻译学"（又简称译学），它虽然与比较文学有密切关系，但并不从属于比较文学。从佛经翻译文学的探讨开始，中国有着译学研究的悠久传统。到了20年代，梁启超受到日本学术界的启发，在《翻译文学与佛典》中率先尝试从跨文化的立场将"翻译文学"作为一个独立的研究对象。

到了80年代以后，中国的译学研究形成了三种形态。第一种形态是包含在"翻译学"中的"文学翻译"研究，在这种形态中"文学翻译"是"翻译学"框架中的一个组成部分，这是一种较为传统的研究；第二种形态是"文学翻译"的研究，即把"文学翻译"从"翻译学"中独立出来，使其成为一个相对独立的研究领域，研究的

重心是"文学的翻译"，即主要把文学翻译作为一种活动过程加以观照，特别注重具体的译本批评及译本的比较分析，其代表人物首推南京大学的许钧教授；第三种形态是"翻译文学"的研究，即把"翻译文学"作为一种文本形式或文学类型加以研究，属于文学研究和文学文本论。在这一领域中，方平先生、罗新璋先生、谢天振先生等，都各自作出了突出贡献。其中，方平、罗新璋先生是文学翻译家，他们谈文学翻译与翻译文学的文章，随笔散文风格的为多，带有翻译实践家所特有的生动性、感悟性特征。谢天振先生虽然也做过翻译实践，但他显然更具有一个学者和理论家的禀赋，他谈译介学及翻译文学的文章多属于学院派的风格，遵循严格的学术规范，注重个人的学术观点与史料和材料的统一，追求论证的缜密性与观点的穿透力，既能充分借鉴外国的研究成果，又注重利用中国丰富的文学翻译传统，从而提出自己的更系统更深入的思考与表述。

　　谢天振先生提出的"译介学"的研究，核心是"文学翻译"与"翻译文学"的研究。他在《译介学》一书中，将这种研究称之为"比较文学的翻译研究"，努力把"翻译研究"纳入到"比较文学"的范畴中，意在摆脱长期以来翻译研究中主要研究翻译实践、翻译技巧的狭隘视界的束缚，而将翻译研究文本化、文学化、文化化。在"比较文学的翻译研究"这一视阈中，翻译研究也讲译本的艺术效果和艺术评价，但却不以字句的对错、移译的技巧为标准，重点不是对译文做出语言学上的价值判断，而是采取一种更高的"文化立场"，即谢天振所说的"超脱"的立场，对译本中所显示出的文化冲突与文学交流、误读与误译的文化心理机制，译本对译入语国家的影响与超影响，译者的创造性叛逆等，做出评述与评价。这一切都体现了比较文学的思路，体现了将"翻译研究"由单纯的语言转换的研究，提升为文学研究、文化研究的意图。这一意图和思路与国际的学术大环境也有密切关系。由于学术资源的减少，比较文学在欧美许多国家呈现衰落的趋势，而随着全球化的加速，翻译研究在欧美国家越来越受重视。谢天振很了解欧美学术界的这些动向，他曾写过多篇论文，评介英美、俄国、东欧国家的比较文学与翻译研究的现状，他将"翻译研究"与"比较文学"两者结合起来，既切合了中国比较文学复兴与振兴的要求，也体现了将中国的"翻译研究"融入时代语境与国际学术潮流的要求。可以说，将"译介学"整理形成一种理论系统，并纳入比较文学的学科理论体系的人，主要是谢天振先生。他的"译介学"中的核心内容是翻译文学。鉴于近半个多世纪以来中国的各种文学史书上不写翻译文学，不给翻译家和翻译文学以一定的位置，谢天振提出应该承认翻译文学。他认为翻译文学不等于外国文学，"翻译文学应该是中国文学的一个组成部分"。这个观点的提出给中国比较文学界乃至整个中国文学研究界，都造成了一定的冲击，引起了热烈的反响和争论。他认为对翻译文学的承认最终应落实在两个方面，一是在国别（中国）文学史上让翻译文学占有一席之地，一是编写相对独立的翻译文学史，并就如何撰写"翻译文学史"提出了自己的看法，认为"文学翻译史"不等于"翻译文学史"。前者侧重于文学的事件和翻译家的评述，后者是以文学为主体，也是理想的翻译文学史的写法。这些理论和观点对90年代后期之后的比较文学及翻译文学研究，特别是对翻译文学史的研究，都有一定的影响。

　　经过近二十年执着的努力，经过学术论争的是非明辨，谢天振先生关于文学翻译、翻译文学的一系列学术观点和理论主张，已经逐渐地为大多数人所理解和接受了。尤其是从比较文学学科理论建设的角度来看，他将翻译研究与比较文学相对接所做出的努力，对中国比较文学的学科理论与学科建设，也产生了显著的影响。这一点，从中国的几部比较文学概论类著作中的内容构成的演变中就可以清楚地看出。在中国比较文学学科理论的奠基性著作——卢康华、孙景尧的《比较文学导论》（1984年）中，译介学的地位还相当不显，只在第二章"影响研究"中列出了一个"媒介学"一小节，将"媒介学"作为"影响研究"的一个组成部分。接下去是在陈惇教授等著《比较文学概论》（1988年）中，仍将翻译研究领域称之为"媒介学"，并作为第四章"文学范围内的比较研究"中的一小节。诚然，将译介学作为比较文学的一个组成部分，纳入比较文学学科理论中，对中国比较文学学科理论建设而言十分重要。不过，另一方面，以"媒介学"这一概念来概括翻译研究或翻译文学研究，似乎还是太拘泥于西方学术界的传统界定了。"媒介"不仅仅包括翻译的媒介，还包括人员交往等其它的媒介。而且"媒介学"中的"媒介"一词，给人的印象似乎它只是一个"中介"物和中介概念，而不是本体概念。在这种界定中，翻译研究及翻译文学研究作为一个相对独立的研究领域，作为一个比较文学中的相对独立的分支学科的概念，就难以成立。从1989年起，谢天振教授连续发表了关于译介学与翻译文学的文章，情况便开始有所改观。在陈惇、孙景尧、谢天振三教授联袂主编的文科教材《比较文学》（1989年）一书中，谢天振执笔的《译介学》作为第四章被纳入了全书的框架体系中，在这里，此前的"媒介学"的概念被"译介学"所取代，并由之前的

"媒介学"在比较文学学科理论的"节"的地位，上升为"译介学"的"章"的地位，即由一个二级概念，上升为一级概念。这显然是一个很大的变化，标志着"译介学"在比较文学学科理论中获得了应有的重要位置。

2001年，王向远在谢天振的"翻译文学是中国文学的组成部分"这一命题的基础上，加上了"特殊"二字，进一步提出"翻译文学是中国文学的一个特殊组成部分"，并认为："说它'特殊'，就是承认它毕竟是翻译过来的外国作品，而不是我国作家的作品；说它'特殊'，就是承认翻译家的特殊劳动和贡献，承认译作在中国文学中特殊的、无可替代的位置，也就是承认了翻译文学的特性。"他还写出了中国第一部国别翻译文学史《二十世纪中国的日本翻译文学史》（北京师范大学出版社，2001年；再版改题《日本文学汉译史》，宁夏人民出版社，2007年），并在书中提出了翻译文学写作的六大要素：时代环境、作家、作品、翻译家、译本、读者，四大问题：一、为什么要译？二、译的是什么？三、译得怎么样？四、译本有何反响？在《比较文学学科新论》一书中，王向远第一次设立了"翻译文学"的专门章节，将翻译文学界定为一种文学类型的概念，把"翻译文学"作为比较文学的六大研究对象之一。从起初的"媒介学"，到谢天振的"译介学"的概念，再到"翻译文学"，一个动态的中介概念，逐渐转换成为一个静态的文学本体概念。在《翻译文学导论》（北京师范大学出版社，2004）一书中，王向远试图为翻译文学建立一个完整的理论系统："通过对'翻译文学'的本体、价值、发展、方法、类型、鉴赏批评、学术研究等方面的系统探讨，构建了我国本土的翻译文学基本理论，为我国的翻译文学学科建设和研究奠定了基础，提供了导向。全书内容由'十论'构成，分为十章，分别从不同的侧面解释翻译文学的具体内容。'概念论'从'内涵和外延'上对翻译文学进行'定性和定位'；'特征论'从文学翻译和非文学翻译的'异同'上，对翻译文学的'本质特征'进行揭示；'功用论'从理论与实践两方面对翻译文学的意义和作用进行说明；'发展论'从纵的方向对翻译文学历史演进及其规律进行'鸟瞰'和'概括'；'方法论'从具体形式上对翻译文学的四种方法进行爬疏；'译作类型论'从译本生成上对翻译文学的形成'缘由'及'是非功过'进行评述；'原则标准论'从'信达雅'的丰富内涵上对翻译文学的衡量准则进行细说；'审美理想论'从'神似'与'化境'入手对翻译文学的理想境界加以分析；'鉴赏与批评论'从消费、接受与阅读上对翻译文学的赏析与批评进行论述；'学术研究论'从学科理论建构的角度对翻译学、翻译文学的学科建设问题加以探讨。十章内容，层层推进，环环相扣，重点突出而又浑然一体，构成了一个严谨的翻译文学的理论体系。"① 从比较文学学术史上看，关于"翻译文学"的专著，日本学者岛田谨二的《翻译文学》可以说是世界第一部以"翻译文学"为书名的著作，但该书主要以个案性的实例分析构成，不是一部系统的专著，也没有建立起翻译文学的理论体系。欧美世界中关于翻译文学原理性的专著也极为罕见。相比之下，《翻译文学导论》的重心则在于翻译文学原理与翻译文学本体论的建构。

第二，"世界文学学"与"宏观比较文学"

---

① 刘献彪等主编：《新时期比较文学的垦拓与建构》，合肥：安徽大学出版社，2007年，第208、209页。

钱念孙先生在《文学横向发展论》（上海文艺出版社，1989年）一书及相关文章中，提出了建立"世界文学学"的构想。"世界文学"是一个国际性的概念，将人类各民族文学作为一个整体来研究的"世界文学研究"在西方国家也有较为悠久的传统。但明确提出"世界文学学"这样的一个学科概念并加以论证的，在国外似乎还很少见。钱念孙认为，比较文学的影响研究、平行研究或中西比较研究，多半都局限于两国或几国文学之间，而未能将世界文学作为一个整体来研究。他认为，虽然梵·第根曾在"比较文学"之外提出了"总体文学"的概念，但他的"总体文学"这个概念太含混。而且"总体文学"主要把自己的研究对象看作同一文学思潮、艺术风格或艺术种类的流播过程，注重考察这种流播的"事实联系"。所以他认为提出"世界文学学"这个概念不是对"总体文学"名称的简单替换，而是试图使文学研究跃入一个新的境界，即对世界文学进行整体把握和系统研究。

钱念孙认为，"世界文学学"起码可在世界文学史和世界文学理论两个方面，展开具有自己独立意义的研究。在世界文学史方面，打破此前的将各国文学简单相加式的"世界文学史"写作模式，而不断尝试书写真正意义上的世界文学史或全球文学史。在世界文学理论方面的研究，则可包括三个方面的内容：第一，面对整个人类文学现象进行文学基本理论的研究。这类研究既要注重概括各种文学的共同点，即文学的共通规律，揭示出哪些文学思想和观念是具有世界性的；又要注重把握不同文学系统的不同点，即各种文学的自身特色，指出哪些文学思想和观念是属于某些特定文学系统的，并对两者的相互关系及产生的原因作出分析，以便能够更为深透地理解文学的性质和人类文学既内在统一又纷繁多样的特征。第二，对世界文学现象进行研究。对世界文学的结构、层次、性质、功能、运动特点及其对民族文学和地域文学发展的影响进行研究等。第三，建立一种世界文学的批评观。过去，人们研评作家作品和一定时期的文学思潮、文学流派，其参照系，或者说参比对象，多半囿于民族文学和国别文学的范围。建立一种世界文学的批评观，就是要从广阔的世界文学背景上来确定作家作品或某种文学思潮、流派的地位及意义。钱念孙相信，以这样的内容充实起来的"世界文学学""是一个比现有各种文学理论体系更富有启发性和更有广泛性的理论设想"。显然，钱念孙对"比较文学"的理解是狭义的，因此未把世界文学整体研究包括在"比较文学"之内，所以在"比较文学"之外提出了"世界文学学"。在中国比较文学学术界，虽然都承认"比较文学"与"世界文学"两者具有极为密切的关系，但对两者的关系的理解并不一致。因此，1998年国家在学科调整时，将这个学科的名称命名为"比较文学与世界文学"，就反映了一种折衷调和倾向。但不管怎样，将世界文学作为一个整体加以研究的"世界文学学"，提醒人们注意："世界文学"不仅仅是比较文学的一种视野，也是独立的研究对象，"世界文学学"也不同于"外国文学"，不是外国文学的简单相加的集合体，而是要用系统整体的方法去做宏观把握。实际上，在当代中国的比较文学研究中，这样的研究成果已经有了一定的积累。

与"世界文学学"相关的另一个学科概念是"宏观比较文学"。

"宏观比较文学"的学科概念是王向远在《宏观比较文学演讲录》（广西师范大学出版社，2008年）中所提出的。该书认为，在世界比较文学学术史及学科史上，虽然并没有人明确区分"微观比较文学"与"宏观比较文学"并提出"宏观比较文学"这一概念，但早在19世纪，欧洲一些学者就已经触及到了宏观比较文学的问题，并论述了它的独特作用与方法。例如，德国浪漫派诗人、理论家与文学史家弗·施莱格尔的"整体描述"方法，斯达尔夫人的所谓"集体性的比较"方法，都与"宏观比较文学"的方法相一致。王向远指出，所谓"宏观比较文学"，其实质是"世界文学宏观比较论"，它是以民族（国家）文学为最小单位、以全球文学为广阔平台和背景的比较研究，它以"平行比较"的方法总结、概括各民族文学的特性，用"传播研究"与"影响研究"的方法揭示多民族文学之间因相互联系而构成的文学区域性，探讨由世界各国的广泛联系而产生的全球化、一体化的文学现象及发展趋势。由此他把"宏观比较文学"分为三个层次和步骤：第一，在平行比较中提炼、概括有代表性的"民族文学"与"国民文学"的民族特性；第二，在相互传播、相互影响的横向联系与历史交流中，弄清各国文学逐渐发展为"区域文学"的方式与途径，把握不同的区域文学形成的文化背景、机制及其特征；第三，在了解了民族文学特性、区域文学共性的基础上，把握全球化的"世界文学"如何由一种理想观念逐渐演变为一种现实走势。《宏观比较文学讲演录》以这三个层次为依据，构建了宏观比较文学的理论系统，并认为"宏观比较文学"的主要功能是中外文学史、文学理论知识的整合与理论提升。因此从学科建设与学科教育的角度看，他认为应该在大学本科生高年级开设"宏观比较文学"的基础课程，以帮助本科生完成本科阶段中外文学史知识的系统整合，而将此前通行的以学科概论、学科原理及研究方法论为主要内容的"微观比较文学"划归为研究生阶段的教学内容，以此来解决本科生比较文学教学内容的纯理论化与繁琐化、比较文学与其他课程的重叠交叉化、研究生与本科生课程的无层次化、"比较文学"与"世界文学"的分裂化、东方文学与西方文学的不平衡化等困扰已久的问题。

第三，"形态学方法"与"变异学"。

中国学者所进行的比较文学研究，以跨越东西方文学体系为主要特征，这与欧美各国比较文学主要在西方文化内部从事比较研究的情况颇有不同。在同一文化体系内从事比较文学研究，首先是寻求共通性，而跨越东西方文化的比较文学研究，则首先注意的是差异性。中国学者在研究实践中，对国际文学交流中的这种差异变化有着深刻的体会，并上升到方法论总结的高度。例如，中英文学关系研究专家张弘先生在《中国文学在英国》一书的《余论：影响研究的形态学方法》①中，提出了影响研究中的"形态学的方法"，即"文本形态""诠释形态"和"想象形态"这三个层次的形态的变异现象，并且以中英文学交流史为例，指出中国文学的原本的"文本形态"经过英国人独特的理解与译介之后形成了"诠释形态"，而英国人又进一步超越文本自身，从自己的文化视域出发所做出的"想当然"的结论，即"想象形态"。张弘把这种形态变异贯穿在英国文学对中国文学的接受研究中，他解释说：所谓文本形态文学的基本的存在样式，文本形态就是"写下来的文学"，诠释形态就是"解释中的文学"，想象形态就是对文本诠释的超越，或者说是对文学精神

---

① 参见张弘：《中国文学在英国》，广州：花城出版社，1992年，第348—379页。

的领悟，实际上是对外来文本的"想象形态"，是本民族精神需求的一种折射。张弘先生提出的文本的三种形态，实际上揭示了文学传播与影响过程中，文本形态变异的两个层次，即"诠释"与"想象"，这不仅可以作为比较文学研究中的一种方法论（即"形态学方法"），为文学交流与传播研究提供一个新的视角，而且也是对文本形态变异的普遍规律的一个总结和概括。张先生的形态学方法的提出，受到了西方文学理论及比较文学理论、特别是文本理论的影响，但此前还没有人从理论概念上明确做出这种概括，并加以系统深入阐释，它突破了法国学派的文学交流史研究中的历史学方法，也不同于俄苏的"历史比较文艺学"的类型学方法，而是以文本的形态变异为中心，将历史时序的方法与逻辑的方法有机统一起来，有利于在具体研究中得出具有普遍理论价值的观点与看法。

中日文化文学关系研究专家严绍璗先生则在日本文化与日本文学特点的研究中，也发现了"变异"的现象。他认为日本文化的本质是"变异体文化"，进而认为日本古代文学是"复合形态的变异体文学"，并进一步对文学的"变异"问题做出解释，他指出："文学的'变异'，指的是一种文学所具备的吸收外来文化，并使之溶解而形成新的文学形态的能力。文学的'变异'性所表现出来的这种对外来文化的'吸收'和'溶解'，不是一般意义上的理解。如果从生物学的观点来说，'变异'就是新生命、新形态产生。文学的'变异'，一般说来，就是以民族文学为母本，以外来文化为父本，它们相互汇合而形成新的文学形态。这种新的文学形态，正是原有的民族文学的某些性质的延续和继承，并在高一层次上获得发展。"①

在严绍璗的"变异体"理论、张弘的"形态学方法"之后，曹顺庆先生将"变异"这个范畴上升为学科概念的高度，提出了"变异学"的范畴。他在题为《比较文学学科理论的"跨越性"与"变异学"的提出》②的文章中指出：从人类文学史的历时发展形态上，不同文学体系在横向交流和碰撞中产生了文学新质，使得本土固有的传统得以变迁，这样的文学变异是一个复杂的动态过程，因此对文学变异学的研究理应成为比较文学研究的主要视角之一。另一方面，对于没有实际影响关系的不同的文学现象之间，除一些基本的文学原则大致相同外，更多的是差异性。中国的比较文学研究要走出西方比较文学的那种以求同为主的思路，而从差异、变化、变异入手来重新考察和界定比较文学的变异学领域。他主张，比较文学的文学变异学要将变异性和文学性作为自己的学科支点，通过研究不同国家之间的文学现象交流的变异状态，以及研究文学现象之间在同一个范畴上存在的文学表达上的变异，从而探究文学现象变异的内在规律性所在。为此，他把"文学变异学"的研究分为四个层面。一是"语言层面变异学"，主要是指文学现象穿越语言的界限，通过翻译而在目的语环境中得到接受的过程，也就是译介学研究；二是"民族国家形象变异学研究"，又称为形象学；三是"文学文本变异学研究"，基点是文学性和文本本身；四是"文化变异学研究"，其中，主要是对"文化过滤现象"的研究。"变异学"的这一思路

---

① 严绍璗：《中日古代文学关系史稿》，长沙：湖南文艺出版社，1987年，第3页。

② 曹顺庆：《比较文学学科理论的"跨越性"与"变异学"的提出》，载《中外文化与文论》，第13辑，成都：四川大学出版社，2006年。

具体体现在他主编的研究生教材《比较文学学》（四川大学出版社，2005年）中，该书分为"文学跨越学""文学关系学""文学变异学"和"总体文学学"共四章，其中第三章"文学变异学"，涵盖了"译介学""形象学""接受学""主题学""文类学""文化过滤与文学误读"共六个方面的问题。可见，曹顺庆先生的"文学变异学"，除了强调研究中的"变异"的角度之外，还是一个比较文学中的整合性的概念，他试图以这样的概念，超越"影响研究""平行研究"等表述模式，将比较文学中与"变异"现象密切相关的分支学科领域统驭、整合起来。

中国比较文学在近百年来的研究实践中，还形成了自己特有的研究范式，一个是"中西比较文学"，一个是"东方比较文学"。

首先是"中西比较文学"。"中西"一词，指的是中国与西方（西洋），早在晚清时期就被使用，逐渐成为一个固定概念。在比较文学兴起后，"中西比较文学"又成为比较文学的一个约定俗成的流行范式，以"中西"为关键词的比较文学研究成果，在所有研究文章乃至著作中是最多的。说起来，"中西"中的中国与西方，一个是国家概念，一个是多国组成的区域概念，两者之间的比较是不对称的。另一方面，西方各国各民族的文化也是千差万别，笼统地将其视为"西"而一视同仁，也往往容易使比较研究走向简单化。而且，"中西比较"这一研究范式的长期通行，在比较文学界乃至中国学术文化界已经形成了自觉或不自觉的"中西中心主义"，将"中西"比较得出的结论视为普遍有效的结论。尽管有这样的局限和问题，事实上，无论在中西文学关系，还是中西文学的平行研究方面，也确实出现了不少优秀的成果。

另一个研究范式"东方比较文学"，是20世纪80年代之后才大规模展开的。所谓"东方比较文学"，主要是以中国文学为出发点、立足点，以东方（亚洲）另一民族或国家为比较对象的文学研究，也有的是东方各国文学的总体的比较研究。由于历史上东方各国文学之间存在着长期的事实联系与交流关系，"东方比较文学"研究范式比起"中西比较文学"来，更加侧重于文学交流史、关系史的研究，更加注重文献学的实证研究的方法的运用。"东方比较文学"研究范式形成较晚，对"中西比较文学"范式起到了一种补充乃至纠偏的作用。

　　上述"中西比较文学"与"东方比较文学"两个研究范式，很大程度地影响了中国比较文学的学术特色。两个研究范式本身也有相当的理论价值，对中国比较文学学术理论面貌的形成，也有一定的影响。

四、"跨文化诗学"：中国比较文学的形态与特色

综上，中国比较文学学科理论，从各种不同的角度，对各种外来理论做了研究、消化、修改、补充和优化，兼收并蓄、取其精华，并在丰富的研究实践中，逐渐呈现出鲜明的学术特色。

在中国比较文学崛起与繁荣的同时，就有学者对中国比较文学的学术特色作出探讨、概括。台湾学者古添洪、陈鹏翔在1976年出版的《比较文学的垦拓在台湾》一书的序言中，将"阐发法"作为"中国〔学〕派"的特色。80年代中期，在香港任教的美国学者李达三较早提出了建立比较文学"中国学派"的设想。曹顺庆在1995年左右认为中国比较文学已经形成了"中国学派"，并指出"中国学派的特征"是"跨文化研究"，特别是跨越了"东西方异质文化"，他认为："如果说法国学派以'影响研究'为基本特色，美国学派以'平行研究'为基本特色，那么，中国学派可以说是以'跨文化研究'为基本特色"，并总结了中国学派"跨文化研究"的五种方法。①

---

① 曹顺庆：《比较文学中国学派基本理论特征及其方法论体系初探》，载《中国比较文学》，1995年第1期。

后来他又将"跨越东西方异质文化"的提法进一步凝练为"跨文明",他认为:"'跨文明研究',或者说着眼于中西文明冲突、对话与交流的跨越东西方文明的比较文学研究,将是中国比较文学乃至世界比较文学发展的必由之路。"①乐黛云、王向远不提"学派",而提"阶段",在两人合写的《中国比较文学百年史整体观》一文中认为,"世界比较文学发展的第三阶段,或称第三个历史时期,已经在中国展开。中国比较文学所代表的是世界比较文学发展中的一个阶段,赋予它生命的是一个时代,它不只是一般意义上的如'法国学派''美国学派'那样的'学派'"②。乐黛云在《比较文学与比较文化十讲》(复旦大学出版社,2004年)及多篇文章中,提出要将孔子提出的"和而不同"作为中国比较文学的学术立场,就是承认文化差别,寻求理解、对话与共同发展。孟庆枢等在《中国比较文学十论》一书中也认为,一部中华文化史就是"和而不同"的发展史,并将"和而不同"作为"中国比较文学的文化策略"。③在概括中国比较文学的特征的时候,以上各种看法虽然不一,并曾在学理层面上展开了争论,但在确认中国比较文学崛起与学术特色的形成方面,意见是基本一致的,都有助于中国比较文学学术特色的呈现,其本身也构成了中国比较文学学术理论的一个侧面。

80年代以降三十年间中国比较文学理论与实践的过程,是对欧美比较文学学科理论的继承、阐释与超越的过程。必须把中国比较

---

① 参见曹顺庆主编《比较文学论》,第四章《跨文明研究》,第335页。

② 乐黛云、王向远:《中国比较文学百年史整体观》,载《文艺研究》,2005年第2期。

③ 孟庆枢、王宗杰、刘研:《中国比较文学十论》,长春:吉林文史出版社,2005年,第64—74页。

文学置于世界比较文学学术理论的谱系中，通过前后左右的比较，才能发现、总结中国比较文学的特色。本书对世界比较文学学术理论谱系的研究已经证明，比较文学学院化和学科化后，在欧美国家渐次形成了两种学术形态，即：法国学派的"文学史研究"形态，美国学派与苏联学派的以理论概括与体系建构为主要宗旨的"文艺学"形态。而到了80年代后，中国的比较文学在欧美比较文学两种形态的基础上，逐渐形成了第三种形态，就是"文化诗学"，加上比较文学所固有的跨文化属性，亦可以称之为"跨文化诗学"。

"文化诗学"这一概念是美国当代文学研究中的"新历史主义"的代表人物格林布拉特（一译葛林伯雷）于1980年在《文艺复兴自我塑造》中提出来的，后来又在其他文章中加以论述。"新历史主义"流派的另一个代表人物海登·怀特解释说："新历史主义实际上提出了一种'文化诗学'的观点，并进而提出'历史诗学'的观点，以之作为对历史序列的许多方面进行鉴别的手段。"[①]这就出现了如何看待和区分"新历史主义""文化诗学""历史诗学"三个概念之间的复杂关系的问题，我国已有学者对此做过专门阐释，读者可以参照。[②]而根据笔者的理解，"新历史主义"指称的是流派或学派，"文化诗学"概括的则是新历史主义学派的研究实践和学术方法论，而"历史诗学"的概念早就由俄罗斯的维谢洛夫斯基提出，怀特使用这个概念是对"文化诗学"的"历史性"的侧面的强调，而核心还是

---

① 张京媛主编：《新历史主义与文学批评》，北京：北京大学出版社，1993年，第106页。

② 张进：《新历史主义与历史诗学》，北京：中国社会科学出版社，2004年，第316—340页。

"文化诗学"。进入90年代中期后，我国有学者不拘泥于这个外来概念的学派与语境的限制，吸收其合理成分，结合中国学术文化的实践对"文化诗学"的概念做了阐发，从而把它改造为概括与总结80年代后中国诗学、文艺学研究的理论与实践，并指导未来方向的、颇具包容性、综合性但又不空泛的、含义明确的学术概念。[①]该概念的主要阐释者童庆炳先生认为："文化诗学"有以下五种品格：第一，双向拓展，一方面向宏观的文化视角拓展，一方面向微观的语言分析的角度拓展；第二，审美评判，即用审美的观念来评判作品；第三，就是将此前美国人韦勒克对文学研究所划分的文学的语言、结构等"内部研究"与社会历史文化等因素的"外部研究"加以贯通；第四，关怀现实；第五，跨学科的方法。[②]可以说，"文化诗学"的本质就是超越、打通、整合、融汇，这与比较文学研究的宗旨非常吻合。我认为，从比较文学的角度来说，"文化诗学"就是"跨文化诗学"，亦即在中外文化、人类文化、世界文化视阈中研究文学、文艺学问题，它的基本特征就是跨越、包容、打通、整合。具体说，就是跨越民族、国家、语言与文化，包容以往不同的学术方法与学术流派，打通文化各领域、各要素与诗学之间的壁垒，整合文学与各知识领域而提升为诗学理论形态。换言之，"跨文化诗学"的基本

----

① 1995年，蒋述卓发表《走文化诗学之路——关于第三种批评的构想》(《当代人》，1995年第4期)，从"文学批评"观念更新的角度初步提出了"文化诗学"的概念。1999年，童庆炳发表《中西比较文论视野中的文化诗学》(《文艺研究》，1999年第4期)、《文化诗学的学术空间》(《东南学术》，1999年第5期)、《文化诗学是可能的》(《江海学刊》，1999年第5期)等文章，从文学理论及文艺学的角度对"文化诗学"做了论证。

② 童庆炳：《美学与当代文化讲演录》，桂林：广西师范大学出版社，2006年，第234、235页。

宗旨就是兼收并蓄，就是超越以往的学派分歧（例如法国学派与美国学派的分歧），而走向文化与诗学的融合。

将"跨文化诗学"作为中国比较文学的特征与发展方向，并不排斥此前其它的相关提法，并且能够更加有效地整合、包容、凝练、概括此前一些学者提出的观点。例如，"跨文化诗学"可以将"跨文化研究"或"跨文明研究"的提法包容进来。以"跨文化研究"或"跨越东西方异质文明"的"跨文明研究"，来说明中国比较文学的性质，固然没有错，但"跨文化研究""跨文明研究"作为一个概念，其本身未能表述出"文学研究"的内涵。要清楚地表述出这一内涵，只能加上"文学研究"或"比较文学研究"字样，表述为"跨文化的文学研究"或"跨文明的比较文学研究"之类，这从术语、概念的角度看，就不免冗长拖沓。更重要的是，倘若以"跨文化"的眼光来看比较文学，则任何国家的比较文学都是"跨文化"的，而跨越"东西方异质文化"的也不仅仅是中国的比较文学，日本、朝鲜、印度等许多东方国家的比较文学也跨越了"东西方异质文化"，西方的"东方学"研究也是"跨越东西方异质文化"的。但"跨文化诗学"这一概念就不同了，虽然它相当包容，但又具有明确的特指性，它不像"跨文化"那样可以概括所有国家、所有阶段的比较文学，而是最适合概括中国的比较文学。具体地说，英国波斯奈特提出的比较文学，和后来法国学派的比较文学，本质上是一种历史学的、国际关系史的研究，"文学性"（诗学）的因素相对淡薄。梵·第根更是明确地将审美分析从比较文学中剔除出去，因而法国学派的比较文学本质上缺乏"诗学"研究的性质。后来美国学派虽则极力矫正法国的"非诗学"性，同时强调跨文化，但美国学派的研究在实践中出现了两种偏向：一种是受"新批评派"的影响，在理论上过分强调"文学性"，在实践上过分注重对具体作品的语言形式与文本结构的分析与审美判断，由于历史维度与实证研究的缺失，有时候很容易使"比较文学研究"重蹈比较文学学科化之前的"比较文学批评"，从而丧失了一门学科应有的科学实证性；另一种偏向就是在理论上强调"跨学科""跨文化"，但却使比较文学丧失了它应有的学科边界，外延变得模糊不清，使比较文学走向了泛文化的比较，从而使得"文学"或"诗学"被"文化"淹没。可见，世界比较文学系谱中的这两大学派，在理论与实践中都存在着"文化"与"诗学"两者的背离和悖论，因而都难以使用"文化诗学"或"跨文化诗学"这一概念来加以概括。

更为重要的是，"文化诗学"或"跨文化诗学"以其超越、打通、整合、融合的性质，而超越了对"学派"特性的概括。以此来概括中国比较文学的特征，不是作为"学派"的特征，而是代表了世界比较文学新时代的特征。与此相反，以"跨文化研究"或"跨文明研究"来概括中国比较文学，是以"学派"的思路来看待中国比较文学的。而"学派"的本质就是宗派、派别，学派往往旗帜鲜明，而又各执一端，中国比较文学显然已经超越了这样的"学派"范畴，因而不能将中国比较文学视为一个"学派"。

我们只需通过简单的比较，就可以看出中国比较文学不是法国学派、美国学派、苏联学派那种意义上的"学派"。

首先，在当今中国的比较文学研究中，以"中外文学关系史"为主要形态的实证的国际文学关系史研究，成果很多，成绩很大，传播—影响研究方法的运用也极为普遍，这些都与法国学派相通。

但中国学者在实证性的研究中不仅仅运用实证的方法，而是根据需要灵活使用其他方法。而且，当年的法国学派基本上将研究范围局限在文艺复兴后欧洲各国之间的文学关系，中国学者的中外文学关系史研究的范围则以中国为出发点，纵贯古今，横跨东西方。另外，正如后人所批评的那样，法国学派常常因缺乏"文学性"的研究，而脱出"诗学"的范畴，将国际文学关系史变成"文学外贸史"，即一般的文化交流史。中国的"跨文化诗学"研究则不忘"诗学"本位，将史实性的传播研究与审美的影响分析有机结合起来，从而使比较文学保持"文学研究"的性质。这些都大大地超出了"法国学派"的畛域。

中国比较文学的平行研究，受到美国学派的影响与启发，但又有别于"美国学派"的"平行研究"。在80—90年代的平行研究中，许多学者简单套用美国的平行比较的理论模式，导致庸俗而又简陋的比附一度泛滥，后来在反思与总结中，逐渐找到了自己的理论与方法。"平行贯通"方法的实践，使得中国学者超越了简单比附的循环，注意寻求美国学派常常缺乏的那种历史纬度，避免美国学派中常见的"外部研究"与"内部研究"的分离与分裂，警惕美国式的"跨学科研究"的空泛，在鲜明的问题意识中，将文化视阈与审美视阈统一起来。

中国的比较文学与前苏联的比较文学也有相通之处，区别却更为显著。中国的社会主义意识形态与前苏联的社会主义意识形态虽然没有根本的不同，但80年代以来数次思想解放运动的展开，1992年后市场经济的转型，使中国社会具有了较多的弹性空间与和谐诉求。中国文学界通过关于文学"主体性"的讨论，从文学服务于政治的枷锁中摆脱出来；通过关于文学与人道主义的论争，将文学从"阶级性"的定性中摆脱出来；通过"文学是审美意识形态"的讨论，进一步确认了文学的审美本质。因此，中国的比较文学，与当年社会主义苏联带有强烈政治意识形态性质、东西方冷战色彩的"苏联学派"，有着本质上的不同。

以上分析可以表明，20世纪80年代后，中国比较文学继日本之后，将比较文学由一种西方的学术形态与话语方式，转换为一种东方西方共有的话语方式与学术形态，真正将文学的文本属性与历史文化属性结合起来，把比较文学提升为一种包容性、世界性、贯通性的学术文化形态。假如从"学派"的狭隘视阈看待和概括中国比较文学，就不免方凿圆枘，龃龉难从，就无法呈现中国比较文学的开阔的胸襟与宏大的视野。中国比较文学，已经超越了"学派"性质，世界比较文学发展到当代中国，已经进入了一个新的阶段，犹如大河汇流，百川归海，逐步达成整合学派、跨越文化、超越学科、和而不同、求同存异、共存共生的新时代。在这个阶段，东方文化与西方文化融合，文化视阈与文本诗学融合，形成了"文化诗学"或"跨文化诗学"的学术形态，使比较文学进入了"文化诗学"或"跨文化诗学"的新时代，并成为今后的发展方向。

初版后记

2007年10月，以十卷本《王向远著作集》的出版为界线，我的研究工作也进入了一个新阶段，开始实施一系列新的研究计划，先是出版了《宏观比较文学讲演录》（广西师范大学出版社，2008年），然后便是这部《比较文学系谱学》。两本书都属于比较文学宏观研究的范畴。经过数年的酝酿准备和最近大半年的全力投入，在盛夏酷暑中，我按照预定计划完成了《比较文学系谱学》的写作。

拙作使用的"系谱学"一词，与法国的米歇尔·福柯的"系谱学"概念有所不同，是"系谱学"这一汉字词汇本身所能显示出来的基本涵义，也就是对比较文学学术理论史加以综合研究、系统梳理的意思。为什么要做这样的"系谱学"的研究呢？以我愚见，比较文学学科及学术理论从古代到现代，由西方到东方，发展至今已经成为一种世界性的学术思潮，成为全球化时代最富有标志性的学术理论形态之一。它既是一种文学理论、学术理论，也是一种有深度的文化交往理论。这一理论形态如今已经发育成熟，对它进行"综合研究"的时机也随之成熟。

"综合研究"作为学术研究的重要方式与途径，正如德国哲学家康德所指出的：它能够为"所有以前的知识带来真正的增益"。而对于比较文学学术理论而言，综合研究则是比较文学学术理论发展到成熟阶段的必然要求，也是当下比较文学学科建设中不可缺少的基础工程。这样的综合研究，从时间范围上，应该贯通古今；从空间范围上，应该涵盖东方与西方；从研究形态上，应该追求体系化的融会贯通。然而迄今为止，这方面的专门著作在国内还付之阙如，国外似乎也没有，而这一工作应该有人来做。我的《比较文学系谱学》就是在这一方面做出的初步尝试。其宗旨，就是对世界范围的比较文学学术（学科）理论的起源、发展、演变加以综合的、系统的研究与评述，寻索比较文学学科理论的发展演进的内在逻辑与关联，对学术理论史上的一些重要人物、重要著述、重要理论观点与学术现象做出独特的解读与阐释，为比较文学学科建立一个理论谱系，并且在世界比较文学学科发展史的大背景下，对1980年以来中国比较文学加以定性和定位。

　　这是一个困难的选题。刘勰《文心雕龙》云："夫铨序一文为易，弥纶群言为难。"《比较文学系谱学》不是"铨序一文"的个案研究，而是"弥纶群言"的综合、系统的研究，确实有着相当的难度。在这样的研究中，你言说的话题别人都言说过，你所使用的材料别人使用过，你所品评的人物别人都品评过，你所分析的文本别人都分析过。因而稍有不慎，就会流于重复、空疏、平庸。你首先必须弄清别人是怎么说的，然后要接着别人说，而且言说须要新鲜，议论须要精当，见解须要独到，结论须要稳妥。更重要的是，你的立场与视角需要更高、更广，要有鲜明的"创造综合"

（Creative Synthesis）意识，要有自觉的"贯通融合"（interfusion）的追求。然而，这一切，《比较文学系谱学》都做到了吗？书是写出来了，心中却不免有些惴惴。在材料运用、理论分析、立论与结论等方面，拙作都难免不当与谬误。不过，随着我国学术的快速进步，此后必会有高人予以指正，也会有更好的著作将本书覆盖，这是可以确信和期待的。

还想说明的是，在多种选题酝酿许久，却没有时间动笔的情况下，我先将这本书写出，主要是出于研究生教学的迫切需要。近十年来，我一直为"比较文学与世界文学"专业研究生开设两门基础课，一门是"史"，一门是"论"，即《比较文学学术史研究》和《比较文学学科理论研究》。讲授学术史的时候，使用《中国比较文学研究二十年》和《中国比较文学百年史》作教材；讲授学科理论的时候，主要使用《比较文学学科新论》与《翻译文学导论》作教材。现在有了这本《比较文学系谱学》，弥补了此前不能通过自己的研究系统地讲述世界比较文学学术理论发展史的缺憾，由此进一步实现了我历来提倡的"教材专著化"、"用自己的书，讲自己的话"的主张。

多年来，在行政主导和经济利益等因素的驱动下，集体编写的统编教材层出不穷，太多太滥，有不少是内容重复、观点平庸、思维僵化、行文呆板，缺乏学术价值的。可叹许多大学教授为此消耗了一生中大量的、甚至是主要的时光。鉴于此，我在多种场合不断提倡"只有好的学术著作才配用作教材"，"教材专著化"，呼吁"用自己的书，讲自己的话"。这也是我从教二十多年来一直坚持的一个信念，真心希望我国的大学教授们能够将主要精力投向具有长久价值的创新性学术研究。无奈人微言轻，百呼难有一应，只能先从自己做起。为此，多年来我一次次放弃了参与集体编写教材的机会，除不得已曾为一部集体编写的教材写过一篇"序言"外，没有为统编教材的正文写过一个字，每每放弃有关部门下达的集体编写教材的立项申报，也数次谢绝了出版社要我担任教材主编的请求。但这并不意味着我不重视此项工作，相反，我是一直非常看重学科建设与教材建设的，并且为此投入了大量的时间与精力。在迄今为止已出版的十八部著作中，至少有六七部是直接为学科建设与教材建设而写的。从《东方文学史通论》开始，到《东方各国文学在中国》《比较文学学科新论》《翻译文学导论》《比较文学研究二十年》，再到《宏观比较文学讲演录》和《比较文学系谱学》，我关于"比较文学与世界文学"学科建设及教材建设的一系列著述计划，以及"教材专著化"的目标，如今可以说基本实现了。我所担任的本科生、研究生的相关基础课程的教材与教参写作，也大体臻于齐备，并趋于体系化。"教材专著化""用自己的书，讲自己的话"，这一目标的基本实现竟然用了二十多年！想来不禁感慨系之。要做的事情太多，已做的事情太少；虚度的光阴太多，可用的光阴太少。呜呼，奈何！

2008年8月8日

书稿写成后，邮寄给我所敬重的比较文学与翻译理论研究名家谢天振先生，向他请教并索序。先生在百忙中读完书稿，如期赐序，使本书"头冠生辉"；我的学生周冰心、李文静、杜小芹等，参与了书稿的校对并看出了许多差错，北京师范大学出版社语言文学编辑室赵月华主任、马佩林编辑，为本书的出版付出了不少心血，在此一并表达谢意。

2009年9月18日补记

再版后记

────────

我在《王向远文学史书系》的"卷末说明与志谢"中有这样一段话：

2020年1月初，有出版界朋友建议我，将以往三十多年间出版的单行本著作予以修订，出版一套学术著作集……于是在二十多位弟子的帮助下，将已有的作品做了编选、增补、修订或校勘，编为二十卷。6月份，当全部书稿完成排版后，被告知《"笔部队"和侵华战争》等侵华史研究的三部著作按规定须送审，且要等待许久。考虑到二十卷若缺少这三卷，就失去了"学术著作集"的完整性，于是决定放弃二十卷本的编纂出版方式，另按"文学史书系"（七种）、"比较文学三论"（三种）、"译学四书"（四种）、"东方学论集"（四种）几类不同题材，分别陆续编辑出版。

原定二十卷就这样拆成了四套小丛书。其中，《王向远文学史书系》（七种）已由九州出版社2021年9月出版，《王向远译学四书》（四种）仍由九州出版社编辑出版，《王向远比较文学三论》（三种）由广西师范大学出版社出版。

"比较文学系谱学"作为一种撰写模式，是比较文学学术思想史的一种简约形式，是对比较文学学科理论史的总体性、宏观性的梳理与建构，是从思想史角度对比较文学的学者、学术成果、学科理论的体系化把握。《比较文学系谱学》是国内学界关于这个论题的第一部著作。2009年列入《比较文学文库》由北京师范大学出版社初版、次年重印。此次列入广西师范大学出版社"大学问"品牌，作为《王向远比较文学三论》之一予以再版时，对初版本做了校勘，发现改正了一些技术性差错，局部做了增补，加了若干脚注。

最后，感谢孟庆利老师校阅书稿，感谢赵艳老师及广西师大出版社为策划与编辑出版付出的心血与劳动。

王向远

于广州白云山下广东外语外贸大学东方学研究院

2021年10月5日